곰탕
2

열두 명이 사라진 밤

곰탕

2

김영탁
장편소설

arte

차례

곰탕 제2권 1 ·· 7
2
3
4
5
·
·
·
·
·
·
45

작가의 말 ·· 331

1

'그 머리카락들, 누구 거죠? 셋이 가족이던데.'

저 말을 들은 후 다른 말들은 들려오지 않았다. 박종대가 사무실 앞에 서 있는 자신을 남겨두고 떠난 후에도, 자전거를 타고 영도에서 식당까지 돌아오는 그 먼 길 위에서도 우환의 귀에는 저 말만 들려왔다.

무너져 스산해진 고가 옆을 지날 때도, 파란 신호 아래에 혼자 멈춰 있을 때도, 오르막에서 내리막으로 바뀌는 힘 빠지는 순간에도, 내리막이 다시 오르막으로 이어져 힘이 들어가야 할 때도, '셋이 가족이다' 우환은 그 말만 생각했다.

식당에 돌아왔을 때 종인은 티브이를 보고 있었다. 티브이 속에는 열둘이 죽어 있었다. 그제야 그 말이 더 이상 들려오지 않았다.

우환은 파도에 쓸려와 해변에 버려진 죽은 몸뚱이들을 봤다.

우환은, 자신이 죽인 사람들을 봤다. 열둘이었다.

우환은 미처, 그들까지는 생각하지 못했다. 그 배에서 나와야 한다고만 생각했다. 어떻게든 문을 열고 나와야 했다. 우환이 그 문을 연 순간 배는 가라앉기 시작한 거다. 하지만, 다른 시간으로 가기 위해 내려가던 그 배야말로 우환에게는 침몰 중인 것이었다. 그래서 문을 열었던 거다. 살기 위해. 바로 이곳에서 살기 위해 문을 열었던 것뿐이다.

어쩌면, 아주 짧은 순간 예상했는지도 모른다. 그럼에도 우환은 그 문을 열었다. 그럼에도 우환은 이곳에서 살고 싶었다.

죽음을 예상하는 것과 목도하는 것은 달랐다. 죽은 자들의 몸은 비로소 서두르는 게 없었다. 돌아갈 곳이 있는 사람들이었다. 그곳에 그들의 삶이 있었다. 저렇게 누운 채로 파도가 밀어내는 대로 들썩거릴 한가로운 사람들이 못 되었다. 우환은 자신이 저지른 일이 무엇인지 뒤늦게 알게 되었다. 돌아가야 할 사람들을 미물게 했고, 부지런히 살아야 할 사람들을 영원히 게으르게 만들었다.

"어제, 순희가 안 들어왔네."

열두 구의 시체가 해변에서 발견된 충격적인 뉴스를 보며 종인은 말했다.

*

류정훈은 시인하지 않았지만, 취조실을 나가게 해달라는 말도 없었다. 양창근은 소망병원에 입원해 있는 사내에 대해서 친절하게 설명해주었다. 그리고 얼마 전에, 당신이, 아들도 아닌 당신이 치매 걸린 어머니라고 입원시킨 노파에 대해서도 말해주었다. 그 노파가 얼굴의 피부가 벗겨져 괴물 같은 사내를, 눈을 찡그리게 되고 시선을 피하게 되는 그런 사내를, 두 눈으로 똑바로 마주보며 자신의 친아들이 맞는다고 주장하며 눈물을 흘리고 있다는 사실을 알려주었다. 자신의 아들을 이렇게 만든 놈들을 잡아 죽이고 싶어 한다는 말도 전했다.

강도영은 류정훈의 진짜 신원을 확인하기 위해, 류정훈이 내미는 주민등록증을 무시하고 일일이 지문을 떴다. 류정훈은 순순히 응했다. 하지만 쉽게 입을 열진 않았다. 양창근은 박종대를 계속 언급했다. 아무리 생각해도, 어떤 식으로든 박종대가 얽혀 있을 것만 같았다.

지문 조회가 끝났다. 하지만 류정훈이라 사칭하는 이 남자의 지문과 일치하는 사람은 나타나지 않았다. 어쩌다 등록이 되지 않았거나 혹은 말소가 되었거나, 말이 되진 않지만 강도영의 의견처럼 외국인일 가능성도 있었다. 하지만 버젓이 사업을 하고 있는 사람의 주민등록이 말소가 되었거나, 등록 자체가 안 되어 있다는 건 말이 안 된다. 어쨌든 그가 '류정훈'이 아닌 건 분명했다.

아직은 대답을 안 하고 있지만, 분명히 그는 생각하고 있을 것이다. 자신이 한 일, 자신이 잘못한 일들. 그중 경찰들이 알아낼 수 있는 일들. 또 그 일들 중 자신이 안 했다고 할 수 있는 일들. 그리고 그 일들을 떠넘길 수 있는 사람에 대해서, 생각하고 있을 것이다. 그 사람들 속에는 분명 박종대가 있을 것이다.

양창근은 취조실을 나왔다. 소망병원에 있는 남자가 자신의 어머니를 보고 반응했다면, 이 얼굴을 보고도 반응할 것이다. '자신'의 얼굴을 보고 분명히 반응할 것이다. 그럼, 그날의 일들을 떠올릴지도 모른다.

하지만 그전에 류정훈 스스로가 박종대를 언급하게 하는 게 낫다. 진짜 류정훈은 정신병원에 있다. 정신 질환자의 증언은 효력이 없다. 취조실에 있는 류정훈의 말이 증거로 채택되기 쉬웠다. 분명히 수술 자국이 맞았다. 병원에 있는 류정훈의 얼굴을, 지금 이 앞에 있는, 이 남자가 훔친 게 틀림없었다.

세월이 흐르면서 괴도히게 발달하는 기술은 쇼핑과 성형밖에 없었다. 사람들은 돈만 있으면 어디서든 무엇이든 소비할 수 있게 되었고, 그 누구라도 될 수 있었다.

연예인의 얼굴과 똑같이 성형한 사람들이 갈수록 많아졌다. 최근에는 한 연예인이 자신과 너무 똑 닮게 성형수술을 한 일반인을 고소한 사건도 있었다. 연예인과 닮은 사람이 그 연예인 노릇을 해 돈을 버는 경우는 과거에도 흔했고 그래서 수익 배분과 관련된 법적 소송이 여럿 생기기도 했었지만, 이번 경우는 좀 달랐다.

대개는 지금 전성기를 누리고 있는 연예인들의 얼굴을 따라

했다. 하지만 이 연예인의 경우, 이미 전성기를 지난 것은 물론이고 게다가 너무 늙었다. 한데, 일반인이 그 연예인의 젊은 시절 모습을 따라 성형한 것이다. 젊음과 함께 모든 걸 잃은 여자에게 돌아갈 수 없는 그 시절의 얼굴을 한 타인을 지켜보는 일은, 상상보다 더 힘들었던 모양이다.

한 여자의 늙은 모습과 젊은 모습이 동시에 법정에 선 광경은 기이했다. 사람들의 눈은 자신의 당연한 권리와 명예와 윤리를 주장하는 늙은 여자보다 그녀의 전성기의 얼굴을 그대로 가지고 있는 젊은 여자에게로 향했다. '정말, 똑같다.' 법정에선 그런 감탄만 터져나왔다.

이런 시대니, 부산에서 가장 유능하다는 한 성형외과 의사가 류정훈과 박종대의 얼굴을 바꾸어놓는 건 어려운 일이 아니었다. 물론, 그저 얼굴의 피부를 벗겨다 씌우는 간단한 수술은 아니었을 것이다.

하지만 왜 굳이 누군가의 피부까지 벗겨서 그들의 인생을 망쳐야 했으며, 왜 굳이 박종대와 류정훈의 얼굴이어야 했냐는 거다. 그들은 연예인도, 유명인도 아니었다. 양창근이 여기까지 생각하고 있을 때, 옆자리에 있던 강도영이 말했다.

"박종대, 류정훈이 걔들은 연예인도 아니잖아? 딱히 잘난 얼굴들도 아니고."

강 형사도 비슷한 생각을 하고 있었다니, 양창근은 새삼 놀라웠다. 지금 이 시간이면 배가 고파질 만했고, 메뉴나 생각하고 있을 줄 알았더니, 그렇지 않았나 보다.

어쨌든, 기다려야 했다. 기다리는 수밖에, 달리 방법이 없었고, 또 기다릴 수 있었다. 류정훈이 자기 입으로 박종대를 불러달라고 할 때까지, 해변으로 밀려온 시체 열두 구의 신원이 밝혀질 때까지, 부검이 끝날 때까지, 기다릴 수밖에 없었다.

*

다시는 도서관에 올 일이 없을 거라 생각했다. 화영의 가방 속에는 여동생과 엄마에게 줄 선물이 그대로 있었다. 인터넷 검색대로 갔다. '경찰서'를 입력했다. 어찌되었든, 살아난 그 한 사람 때문에 돌아갈 수 없게 되었고, 그를 죽일 수밖에 없게 되었다. 누가 살아 있는지 알아야 했다. '경찰서 구조'로 다시 검색했다.

*

중복되는 건 싫다. 어떻게 그 수많은 나날의 그 수없이 많은 끼니를 중복되지 않게 정할 수 있냐 묻는다면, 집착한다고 답할 밖에. 강도영은 좀 그런 편이었다. 강도영은 깨어 있는 사람이고 싶었다. 매 끼니 같은 걸 먹는 40대의 남자를 떠올려보라. 그건 깨어 있는 자의 모습이 아니다. 강도영은 적어도 하루 한 끼,

적게는 두 끼, 많게는 네 끼 모두를 다르게 먹었다. 그러니까 강도영은 의식하고 있었으며, 그럼으로써 의식이 깨어 있는 사람일 수 있는 거였다. 20년 가까이 형사생활을 하고 있지만 매너리즘에 빠지지 않을 수 있는 건, 그 집착 때문이었다. 집착. 중복되지 않는 끼니에 대한 집착.

"강 형사님 저녁, 청국장 시킬까요? 아까 맛있던데. 또 시키시죠?"

이렇게 묻고 있는 최성원 형사는 분명 5년 후면 매너리즘에 빠질 것이다. 깨어 있어야 한다. 강도영은 혼을 내 최 형사를 내친 후 10분째 고민 중이다. 뭘 먹을 것인가. 3일을 이어가고 있었다. 3일 동안 한 번도 중복된 메뉴를 먹지 않았다. 더 이어갈 것인가, 3일 전 점심으로 먹었던 설렁탕을 다시 먹을 것인가. 고민하지 않을 수 없었다.

설렁탕은 맛이 있다. 새로운 메뉴에는 샌드위치가 있다. 샌드위치. 마른 빵에 날햄과 날채소를 넣어 먹겠다니 이 무슨 날림인가. 이러다 회를 빵에 넣어서 먹는 미친놈들이 나올지도 모른다. 세상이 날림으로 망해가고 있다. 강도영은 세상이 걱정되어 고민을 멈췄다. 집착을 더 이어가는 것도 중요하지만, 세상이 망하지 않는 건 더 중요하다. 세상 속에서 강도영은 형사로 오래 살고 싶었다. 강도영은 그랬다. 균형감 있는 사람이었다. 최 형사를 불렀다.

"저녁은 설렁탕으로 하자. 나는 면 좀 많이."

그 설렁탕을 반 정도 먹었다. 그러니까 맛있다는 건 이미 충분히 알았고, 그러니 이 맛난 걸 더 먹어야겠다 싶고, 남겨두기에는 너무 많은 양이었다. 탁성진이 시체 열두 구에 대한 부검이 끝났다고 내려오라고 했을 때, 천벌 받을 양창근은 설렁탕을 먹다 말고 바로 일어나 부검실로 갔지만, 강도영은 안 그랬다. 어차피, 2분도 안 걸린다. 허겁지겁 떠넣었다.

그러느라 못 본 건지도 모른다. 하필 크게 몰아서 퍼먹고 있는 강도영 옆에 나타났다. 순식간이었다.

사람이었다. 키가 크고 기생오라비같이 생긴 놈이었다. 놈은 자기도 왜 여기 나타났는지 모르겠다는 얼굴로 주변을 둘러봤다. 물론, 아주 잠깐 강도영과도 눈이 맞았으나, 이내 다시 사라졌다.

탁성진은 의외로 싱거운 부검이라고 생각했다. 신원만 확인된다면, 자신이 할 일은 더 없을 거라고도 생각했다. 하지만 열두 구의 시체를 눈앞에 늘어놓고 있는 건 유쾌하지 않았다. 어디를 가는 길이었기에 닿지도 못하고 죽어 해변으로 돌아왔나, 탁성진은 마음이 좋지 않았다. 다행히, 여기 어디 술이 남아 있다. 사람들 오기 전에 한 모금만 마실까, 찾고 있었다.

그러느라 못 본 건지도 모른다. 유능한 법의학자이자, 뛰어난 부검의인 탁성진이 하필 부검실 어딘가에 있을 술을 찾는 동안 놈은 나타났다. 번쩍, 하지는 않았지만 그 정도의 찰나였다.

탁성진은 찾은 술병을 다시 제자리에 놓았다. 제정신이어야 했다. 놈도 여유가 있었다. 놈은, 소년이라 불러야 할까? 소년은, 느긋하게 아니, 침착하게 열두 구의 시체를 모두 순서대로 확인하고 있었다. 하나하나의 얼굴을 확인했다. 탁성진은 그사이, 그 소년을 봤다. 제정신이어야 한다는 생각 말고는 아무 생각도 안 들었다.

 소년은 등장부터 행동까지 눈을 끄는 매력이 있었다. 소년이 마지막 시체의 얼굴을 확인할 때, 양창근이 부검실 문을 열고 들어왔다. 양창근도 소년을 봤다.

 소년은 마지막 시체의 얼굴을 확인했고 난감한, 혹은 불안한 얼굴이 되었다. 문득 양창근은 소년과 눈이 맞았다. 양창근은, 무슨 생각을 하는지는 몰랐지만, 아무 말도 행동도 없었다. 양창근은 그 자리에 서 있었고, 소년도 불안한 얼굴로 한동안 서 있다. 그리고 그곳에서 사라진다.

 양창근은 달리기 시작했다. 경찰서 밖으로, 일단 무조건 경찰서 밖으로 달려 나가야겠다고 생각했다. 어쩌면 놈과 다시 마주칠지도 모르고, 다시 사라지기 전에 잡을 수 있을지도 모르고, 적어도 놈의 얼굴을 한 번 더 볼 수 있을지 모른다.

 양창근은 계단을 뛰어오르고, 복도로 접어들었다. 복도에 그놈이 갑자기 나타났다. 놈은 뭔가 당황하고 있는 듯했다. 양창근은 달려가 놈을 향해 몸을 날렸다. 잡을 수 있을 것만 같았다. 하지만 양창근이 놈의 몸을 덮치기 전에 그는 다시 사라졌다.

*

 이우환이 없었다. 부검실을 꽉 채운 열두 구의 시체들 중에 이우환은 없었다. 화영은 다른 사람들의 얼굴은 몰라도, 이우환의 얼굴은 알았다. 그래서 이우환이 아니었으면 했지만, 그래서 이우환임을 확실히 알았다. 열둘의 죽음 위로 살아난 사람은 이우환이었다.
 곰탕을 배우러 왔다고 했었다. 누군가를 죽일 사람처럼 보이지 않았다.
 왜 그랬을까.
 중요하지 않았다. 화영은 이우환을 죽여야 한다.
 죽이는 일은 해본 적이 없었다. 내키지 않았다. 그러나 이제는 다쳐오고 있었다.
 먼저, 이우환을 찾아야 했다. 시간이 걸릴지도 몰랐다. 하지만 그는 신분이 없었다. 이곳에서 자유롭지 못했다. 부산에 있는 모든 곰탕집을 뒤지면 결국 만나게 될 것 같았다. 화영은 그와 관련된 다른 모든 기억들도 떠올려보려 애썼다.

*

 소년일 줄은 몰랐다. 저렇게 어릴 줄은 몰랐다. 물론 그 소년이 경찰서에 들어와 누구 몸에 구멍을 내진 않았다. 하지만 양창근은 조금 전 자신의 품에서 빠져나간 그 소년이, 고등학교에 나타나 한 남학생의 온몸에 자신의 피를 남기고 죽은 사내, 그 사내를 죽인 유력한 용의자라고 생각했다. 양창근뿐만 아니라 그 소년을 본 경찰서의 모든 사람이 그렇게 생각했다.

아니, 그 소년이 안 죽였을 수도 있다. 용의자도 아닐 수 있다. 하지만, 그 소년이 관련되어 있다는 건 확실해 보였다. 그렇게 나타났다 사라졌다 할 수 있는 사람이 흔하진 않으니까.

그런 걸 바로 눈앞에서 보고도 착시 현상이다, 그저 빨리 움직이는 사람일 수 있다, 계단으로 내려가는 거 본 사람? 이러고 있는 강도영도 있다. 믿기 어려운 일이었다. 버거웠다. 양창근은 또다시 버겁다는 생각을 한다. 힘에 겨웠다.

오늘 양창근은 바다가 밀어낸 열두 명의, 아직도 신원을 알 수 없는 죽은 사람들과 남의 얼굴을 훔치고도 침묵하는 한 남자와 사람의 몸에 구멍을 내어 죽인 용의자와 맞서야 했다. 게다가 그 용의자는 아직 소년이었고, 유유히 경찰서로 들어와 나타났다 사라졌다를 반복하며 부검실까지 가서 그 죽은 사람들의 얼굴을 일일이 확인했다.

한 달도 전에, 알 수 없는 무기로 한 남자를 죽인 소년이 오늘 바다에서 떠밀려온 시체들의 얼굴을 꼭 확인했어야 하는 이유는 무엇이며, 지문으로는 신원을 알 수 없고 예전의 얼굴 또한 알 수 없는 남자는 왜 연예인도 아닌 류정훈의 얼굴을, 그것도 피부째 벗겨야 했는지, 그 이유 또한 양창근은 알 수 없었다. 무슨 일인지, 일이 어떻게 돌아가고 있는지 종잡을 수 없었다. 그럴 수 있다면, 이 모든 일과 일마다 얽혀 있는 집요한 감정들까지 며칠 후로 미뤄두고 싶었다.

하지만, 소년의 얼굴이 떠오른다. 소년은 왜 죽은 사람들의 얼굴을 확인했을까. 누구의 얼굴을 찾고 있는 것일까.

탁성진의 말에 의하면 시체들의 얼굴을 확인할 때마다 소년은 점점 초조해지는 것 같았다고 했다. 소년은 왜 불안한 얼굴로 나갔나.

없었던 것이다. 복도에 다시 나타났을 때 소년은 당황해하고 있었다.

없었기 때문이다. 소년은 죽은 사람들 속에서 누군가를 찾길 바랐다.

양창근은 소년의 얼굴을 오래 생각했다.

그리고 소년이 되어 물었다.

'어째서 그는 죽지 않고 살아 있나.'

*

결국, 열두 구의 시체 중 신원이 밝혀진 시체는 없었다.

*

밤이 깊었다. 불안은 주춤했다. 욕망은 확실해졌다. 열둘은 이미 죽었다. 희생되었다. 헛되게 할 수 없었다. 고아원에서 18년, 주방에서 26년을 살았다. 모두가 행복해지려고 할 때 우환은 한 번도 그런 욕심을 내지 않았다.

인간은 모두 자신의 행복을 추구한다. 모두가 그렇다. 어떤 이는 그 행복을 위해 타인의 행복을 탐내기도 한다. 정도의 차이다. 모두가 그렇다. 단호하게 행복해져야 한다. 희생당한 그들의 몫까지, 우환은 행복해져야 했다.

순희는 아직도 오지 않고 있다.

우환은 아버지를 기다렸다.

2

 류정훈은 여전히 취조실이다. 잠든 순간 없이 아침을 맞고 있다. 취조실이 아닌 잘 곳을 마련해주겠다고 했지만, 류정훈은 그냥 이곳이 편했다. 요 몇 년 달리 살았다고 해도, 30년 동안의 생활을 잊을 수 있는 건 아니었다. 이 정도면 쾌적한 공간이었다.
 스무 살이 넘어 보낸 10년은 최악이었다. 쓰나미로 모든 걸 잃은 후였다. 하지만 그전에도 많은 걸 가지고 있진 않았다. 형과 자신은 젊었다. 젊은 몸뚱이가 늘 가진 것의 절반을 넘었다. 그들이 가진 나머지는 바다가 버려두고 간 땅이었다. 시간이 지나면서 땅은 하얗게 변했다. 사람들은 그것을 긁어 팔았다. 소금이었다. 몇 년은, 바다가 물러난 땅에 자연적으로 생기는 소금을 팔아서 살았다. 하지만 몇 년 못 가서 땅은 검게 변했다.
 사람들은 그 위에 집을 지었다. 류정훈도 형과 함께 바다와 되도록 먼 곳에 집을 지었다. 형은 좋은 자리를 찾았다며 기뻐했다. 우리는 젊으니까, 파도가 저 멀리 보이기 시작할 때 파도를 등지고 빠르게 달리기만 하면 살 수 있다고, 그럼 걱정 없다고, 농담처럼 말했다.

첫 쓰나미가 이미 많은 걸 앗아갔다. 모든 걸 잃어버린 사람들이 너무 많았다. 부산 전체가 피해자였다. 정부가 돕는 데는 한계가 있었다. 정부는 여러 번 경고했다. 바닷속 해양지각이 여전히 무척 불안정하며 언제 다시 쓰나미가 올지 모른다고.

형과 집을 짓고 산 지 7년 만에 또 다른 쓰나미가 덮쳤다. 질척이던 땅을 사람들이 밟고 밟아 이제 좀 땅답게 될 즈음이었다. 그리고 형을 잃었다. 류정훈은 충분히 젊었지만, 형은 그렇지 못했다. 류정훈은 형이 가진 모든 것이 사라지는 걸 봤다. 형의 몸뚱이는 그가 일구어낸 땅 위를 달리다가 파도에 잠겼다.

두 번째 쓰나미 후 해양지각이 조금 안정되었다는 말이 있었지만, 바닷속 깊은 곳의 땅덩이에까지 관심을 가지는 사람은 많지 않았다. 소금으로 덮인 땅이 검어지면 사람들은 그곳에 다시 집을 지을 뿐이었다.

류정훈은 어느 사업가가 고생하던 젊은 시절에 먹었던, 이제는 단종된 사발면을 사다줬으면 하는, 사람의 목숨을 걸고 하기엔 참으로 하찮은 임무를 맡고 배에 올랐었다. 몇 시간이면 끝날 일이었다. 하지만 그 후로 4년이라는 시간이 지났다.

그곳을 떠나올 때는 그랬다. 돈을 준다고 하니 뭐든, 그래 사발면이든 뭐든 사 가지고 오면 된다. 하지만 이곳에 도착했을 때, 여섯 명이 죽었다. 떠나온 사람의 반이었다.

사발면은 가방에 가득 넣어도 가벼웠다. 그 가벼움이 자꾸 마음에 걸려서 류정훈은 가방에 어떻게든 더 많은 사발면을 담았다. 하지만 그래도 가벼웠다. 그 가벼운 가방을 메고 밤바다에서 배를 기다렸다. 류정훈은 그 가벼움이 자꾸 마음에 걸렸다. 그 가벼운 것 때문에 목숨을 걸어야 하는 자신이 비참해졌다. 돌아가는 배에서 또 반은 죽을 거다. 자신이 아니라는 법도 없다. 가면 뭐 하겠는가. 그곳에 누가 있는가. 류정훈은 돌아섰다. 바다를 등졌다.

신분이 없으니 막일을 했다. 공사판에서 일한 지 두 달이 지날 무렵, 그가 찾아왔다. 박종대였다. 그가 모든 걸 가능하게 했다.

이렇게까지 욕심을 내고 싶지 않았다. 죽은 형도 살아남은 자신도 욕심이 많은 사람들이 아니었다.

박종대가 이렇게 만든 거다. 그 사람을 탓해야 할 때이다.

*

이른 아침부터 형사1팀은 모두 모여 있었다. 팀장은 어떻게 사람 몸에 구멍을 내서 죽인 새파란 놈이 사무실을 들어와서 너, 강도영이를 만나고 부검실까지 가서, 하나도 아니고 열두 구나 되는 시체들의 얼굴을 일일이 확인하고, 복도에서는 너, 양창근이까지 만나고, 사라질 수 있는지 물었다. 모두에게 물었지만, 특별히 강도영과 양창근에게 물었다. 너희들은 뭐 했냐, 하고 싶은 말은 그거였다.

팀장도 소년이 나타났다가 사라지는 장면을 시시티브이 영상으로 확인했다. 하지만 믿지 못하는 것 같았다. 점프한 양창근이 복도 바닥으로 떨어지는 영상은 특히 한심스러워했다.

부검에서는 얻을 게 없었다. 분명한 익사였다. 바닷속에서 이미 죽었다. 외상은 전혀 없다. 배가 침몰해서 사망했을 가능성이 가장 컸다. 하지만 익사한 지점과 사망 시간 등을 고려했을 때, 일치하는 배는 없었다. 더욱 문제가 되는 건, 열두 명 중 누구도 신원을 알 수 없다는 거였다.

열둘 모두 눈으로 보기엔 성인들이었다. 분명히 주민등록이 되어 있어야 했고, 지문 조회도 되어야 했다. 하지만 그들의 지문과 일치하는 사람은 어디에도 없었다. 이상한 일이었다.

물론, 불가능한 일은 아니었다. 누락됐을 수 있었다. 그렇다 해도, 죽은 열둘이 모두 누락되었다는 점은 분명히 이상했다. 게다가 취조실의 류정훈, 그의 지문과 일치하는 사람도 없었다. 이미 양창근이 소망병원에 의뢰해서 류정훈으로 밝혀진 얼굴 없는 남자의 지문을 확인했었다. 그는 분명, '류정훈'이 맞았다. 류정훈에게 이 모든 걸 말했다. 그럼에도 그는 어떤 반응도 하지 않았다. 입을 열 생각도 없는 듯했다.

팀장은 낙담했다. 실종 신고된 사람들 중에 일치할 만한 사람들을 더 찾아보고 기다리라 했다. 일단은 기다려보자고 했다.

그들도 가족이 있을 테니, 며칠째 돌아오지 않으면 신고하는 경우도 생길 거라고. 그리고 소년은 공개 수배를 결정했다. 경찰서 내 시시티브이 여러 개에 모습이 담겼고, 제법 얼굴이 보이는 장면도 있었다. 시민들의 제보를 기다리거나, 안면인식 기능이 있는 시시티브이가 소년의 얼굴을 알아보길 바라야 했다.

팀장의 지시들이 썩 마음에 들지는 않는다. 거기 있는 형사들 모두 그랬다. 아마, 지시를 내리는 팀장도 마찬가지일 것이다. 하지만 지금 형사들이 할 수 있는 건 이 정도가 전부였다.

그때, 회의실 문이 조심스럽게 열렸다. 최성원 형사였다. 류정훈이 취조실에서 자는 바람에 최성원도 취조실 반사유리 너머에서 잠이 들었었다.

"양 형사님, 강 형사님, 류정훈이 말할 게 있다는데요."

*

어제는 허탕을 쳤다. 박종대는 시간을 허비하는 걸 싫어했다. 김주한은 당에서 나름 인정받는 후보였지만 낙선했고, 이제는 그냥 당원일 뿐이다. 한데 뭐가 바빠서 못 만나준다는 건지. 박종대는 오후를 기다리는 데에만 쓰고 돌아왔다. 기다림의 미덕 같은 건 믿지 않는다. 기다리는 것만큼 시간을 낭비하는 건 없다. 게다가 그렇게 기다렸는데도 만날 사람을 못 만났다면 그건 정말 참을 수 없는 노릇이었다.

사무실로 돌아와 해변으로 떠내려온 시체들에 대한 기사를 읽었다. 열두 구였다. 분명히 배에 탄 사람들이었다. 배는 13인승이었다. 살아난 한 사람을 박종대는 알 것 같았다. 한데, 왜 죽은 건가. 익사라고 했다. 하지만 저쪽 바다에서 죽어야 하는 것 아닌가? 시체는 이곳이 아닌 저곳의 해변으로 떠내려가야 하는 것 아닌가? 어째서? 박종대는 짚이는 구석이 있었다.

이우환이 너무 늦게 마음을 바꾼 것이다. 깊은 바닷속에서 비상 탈출을 한 것이다. 이우환이 그 열둘을 죽인 것이다.

박종대는 늘 죽은 사람들에 신경을 썼다. 늘 그 시체들을 관리했었다. 박종대가 온 후로, 박종대가 최초의 여행자였으므로, 한 번도 해변으로 시체들이 떠밀려온 적은 없었다.

신분이 없는 시체들은 사람을 불안하게 만든다. 불안은 필요 없는 긴장을 불러오고 그런 긴장들 때문에 형사들은 더 열심히 일을 하게 된다. 형사들이 열심히 일하는 것, 그건 박종대가 바라는 게 아니었다. 그래서 박종대는 신중했다. 자신의 일이 아니었지만, 자신의 일처럼 열심히 했다. 한데, 열두 구나 되는 시체가 해변으로 떠밀려왔다. 이건 문제가 될 수 있었다. 아니, 이미 문제가 되고 있을 거였다.

박종대는 잠깐 생각했다. 열두 구의 시체 중 어느 것도 신원을 알 순 없을 거다. 결국 잊힐 거다. 그들은 이미 죽었고, 이우환은 살아서 자신의 곁으로 왔다.

이우환을 반드시 필요한 사람으로 만들어야 한다.

박종대는 밤늦도록 이우환의 역할에 대해 고민했다. 세상을 살아가는 데에는 누구에게나 주어진 역할이란 게 있었다. 박종대가 만들어갈 세상은 더욱 그러했다.
 아침 일찍 부동산 사무실을 나섰다. 이우환을 찾아갈까 했지만, 그런 이우환이라면, 며칠 지난다고 해서 생각이 바뀔 것 같진 않았다.
 박종대는 자신을 찾아와 마음이 바뀌었다고 말하는 사람들의 들뜬 확신이 늘 우스웠다. 이곳에서의 삶은 공으로 얻게 될 거라 믿는 듯한 그런 순진한 얼굴이 짜증스러웠다.
 이우환을 꼭 필요한 사람으로 만들어야 된다. 그럼 되는 거다. 박종대는 그렇게 한 번 더 정리하고, 김주한을 만나러 다시 갔다.
 당 사무실은 아직 열려 있지 않았다. 로비에서 기다렸다. 어쩐 일인지 김주한은 이른 시간에 나타났다. 핸드폰으로 통화를 하며 로비로 들어섰다. 전광용 의원을 만나려는 것 같았다. 하지만 전광용 의원이 만나주려 하지 않는 것 같았다. 지금이야 실세니 그럴 만도 했다. 게다가 김주한이 통화 중인 사람은 전광용 의원 본인이 아닌 그의 비서인 듯했다. 김주한은 꽤 비굴하게 그 비서에게 매달리고 있었다. 아마도 저 비굴함 때문에 김주한은 오랜 세월 강자로 남게 되었는지도 모른다.
 "전광용 의원 몇 년 못 가서 스캔들 때문에 의원 생활 못 하게 됩니다."

박종대는, 전화를 끊으며 짜증을 내는 김주한에게 다가가 이렇게 말했다.

"누구요?"

박종대는 최대한 허무맹랑하게 들리지 않도록 자신을 소개하려고 노력했다. 앞으로 다가올 정치판의 눈에 띄는 흐름에 대해서 알려줬다. 당신이 10년 뒤 대통령이 될 거다. 나는 당신을 적극 이용하고 싶다. 그런 이야기는 아직 하지 않았다. 일단, 자신이 지금 하는 일들을 최대한 합법적인 선에서 말했다. 하지만 어떤 일이든 할 수 있다는 걸 빠뜨리지 않고 알려줬다. 김주한은 웃었다. 예상한 대로.

박종대가 더 디테일하게 이야기할수록, 김주한은 더 믿지 않았다.

"내가 다음엔 구의원이 되나?"

박종대의 말에 몇 번 웃던 김주한은 이제 박종대라는 인간까지 우스워졌는지 말이 짧아졌다. 로비에서 카페로 자리를 옮긴 지 30분이 채 못 되어서였다. 박종대는 몹시 불쾌했지만 참았다. 그리고 구의원이 될 뿐만 아니라, 10년 후에는 대통령도 된다고 했다. 거기까지 가는 데, 자신이 아주 유용할 것이며, 반드시 필요할 거라고 했다.

김주한은 박장대소했다. 하지만 눈빛은 달라져 있었다. 처음으로 김주한은 박종대를 진지하게 바라봤다. 대통령이 된다는 말, 가장 허황된 말이었을 텐데도 그 말에 김주한은 달라졌다.

김주한이 다시 물었다.

"어떻게 믿나. 그런 걸?"

"고가대로 참사, 사망자 리스트는 구해 보실 수 있죠? 구의원에 낙선했지만, 그 정도는 어렵지 않겠죠? 그 리스트에 서세영이라고 있을 겁니다."

박종대는 김주한이 대통령 후보로 나설 때, 그의 가장 큰 라이벌이 되는 젊은 후보 서세영에 대해서 말했다. 그 선거에서 김주한의 목줄을 쥐게 될 사람이었다. 그리고 그 선거에서 패한 후에도 김주한이 정치판에 있는 동안 언제나 괴롭히게 될 사람이었다. 그 서세영을 박종대가 이미 제거했다는 말을 했다. 서세영은 원래 그 참사에서 죽지 않고 살아서 많은 사람들의 목숨을 구했으며, 그 덕분에 부산의 영웅이 된다고. 박종대 자신이 바로 그 싹을 자를 거라고. 자신과 일을 함께하면 좋을 게 많을 거라고. 김주한은 진지하게 들었다. 하지만 납득하지 못했다.

"서세영? 그런 이름 들어보지도 못했는데?"

어디까지 얼마나 더 설명해야 이 사람을 설득할 수 있을까. 도서관에서 외워 온 수많은 권력들은 이렇게 쓸모없는 정보였나. 박종대는 아주 조금 초조해졌다.

그때 핸드폰이 울렸다. 모르는 번호였다. 받지 않을 생각이었지만, 초조해진 마음을 가라앉힐 필요도 있었다. 박종대는 김주한에게 양해를 구하고 일어섰다.

양창근 형사였다. 기억이 났다. 류정훈과는 이미 어제 오후에 통화했었다. 몇 시간 뒤면 나가게 될 거라고 했다. 애초에 영장이 나올 일은 없었다. 형사들이 알 수 있는 사실이 없었으니까. 그 후로 연락을 안 하긴 했지만, 그사이 무슨 일이 생겼을 리도 없었다. 그럼에도, 형사였다. 그것도 핸드폰으로 직접 전화가 왔다.

"사무실에 안 계셔서. 점심이나 같이하려고 했는데."

박종대는 양창근의 용건을 숨기는 듯한 이런 말투가 처음부터 싫었다. 전화까지 한 데는 반드시 이유가 있었을 거다. 뭔가가 있는 거였다. 도깨비가 다시 잡혔나? 그런 생각을 했다. 하지만 아니었다. 훨씬 문제가 컸다.

류정훈은 아직 취조실에 잡혀 있었다. 그리고 자신에 대해서 이야기했다. 정확히, '박종대를 불러주십시오'라고 말했다고 양창근이 전했다.

어디까지 말했을까. 얼마나 위험한 상황인가. 왜 이렇게 되었는가. 무엇 때문에 이렇게까지 되었는가.

'모시러 갈까요, 알아서 오실래요?' 형사는 즐기고 있다. 여유를 부릴 만한 뭔가가 있는 거였다.

"알아서 가죠."

박종대는 다시 김주한에게 돌아갔다. 김주한은 그새 지루한 기색을 드러내고 있었다. 박종대는 떠날 때보다 더 초조한 상태가 되어 돌아왔다. 김주한에게 뭔가, 확신을 줘야 했다.

하지만 개인이 기억할 만한 역사란 드물었다. 게다가 부산에 한해서, 가까운 시일 안에. 박종대는 재빨리 머릿속을 뒤졌다. 뭐든 찾아야 했다. 앞으로 일어날 일 중에 누구나 기억할 만한 인상적인 사건을 찾아야 했다. 가까운 미래를 말해줘서 그를 믿게 해야 했다. 경찰서에 가기 전에 준비해야 했다. 김주한은 중요했고 더 중요해졌다.

하지만 없었다. 기억될 만한 참사는 수년 안엔 없었다. 절망했다. 김주한은 자리에서 일어섰다. 그때, 박종대가 말했다.

"열흘 후,"

박종대는 시계를 확인했다.

"오전 10시 48분,"

박종대는 주변을 둘러봤다.

"GSH빌딩이 무너집니다. 이틀 안에 결정해주세요, 저랑 함께하실지. 사망자 명단에 서세영이 있는지 확인하시고, 서세영이 어떤 사람인지도 알아보시고. 하지만 열흘 후까지 기다리셨다가 저 건물이 무너지는 거 보고 연락하시면, 저는 이미 다른 사람과 일하고 있을 겁니다. 대통령이야 만들어가는 거 아니겠습니까. 결정되시면 절 찾아주세요."

김주한은 말없이 듣고만 있었다. 박종대는 그를 설득했다고 느꼈다. 어느 정도까지는.

카페를 나서던 박종대가 걸음을 멈췄다. 빌딩까지 무너뜨릴 생각은 아니었다. 중요한 건 부산지방경찰청이었다. GSH빌딩은 경찰청 옆에 있는 가장 높은 건물이었다. 게다가 제법 인상적인 건물이다. 무너진다면, 사람들의 기억에 각인될 만했다.

이제 저 빌딩을 무너뜨리기만 하면 된다. 초조한 와중에 순조롭게 결정들을 했다, 박종대는 그렇게 정리했다.

*

양창근은 박종대와 통화를 끝내고 그의 부동산 사무실 앞에 서서 아파트를 바라봤다.

여전히 실체를 알 수 없는 사건과 맞서고 있지만, 어쩌면 생각보다 그 실체에 가까이 왔는지도 모른다. 그런 생각을 막연하게 했다. 아침에는 죽을 맛이더니, 오후는 좀 낫구나. 양창근은 어서 빨리 박종대와 류정훈을 마주앉게 하고 싶었다.

그러곤 누구의 옆에 앉을지 생각해보았다. 양창근은 가운데에 앉는 건 싫어했다. 대질신문을 할 때, 양쪽이 다 보이는 가운데 앉아서 두 사람의 얼굴을 번갈아 보는 건 멍청한 짓이다. 많은 형사들이 그 자리를 선호했지만 양창근은 그러지 않았다. 양창근은 한 사람 옆에 앉았다. 그리고 그 사람의 입장에서 상대방의 얼굴만 집중해서 살폈다. 그럼 되었다. 상대방의 얼굴만 제대로 보고 있으면 듣는 사람의 마음 상태뿐만 아니라, 말을 하는 사람의 거짓말도 알아차릴 수 있었다. 얼굴에는 많은 게 드러났다. 하지만, 아주 섬세했다. 두리번거리는 눈으로는 제대로 볼 수 없었다. 한곳만 봐야 했다. 한곳만 집중해서 들여다봐야 했다. 그래야 보였다. 양창근은 이 시간이 좋았다. 누구 옆에 앉는 게 좋을지, 고민하는 시간이 좋았다. 내일까지만 정하면 되었다. 즐길 시간은 충분했다.

*

화영은 나름 부산에서 유명하다는 시장 거리를 찾아왔다. 여기 사람들에게 물으면 오늘이라도 우환을 만날 수 있을 것 같았다. 곰탕을 파는 가게에는 돼지국밥을 파는 곳도 섞여 있었는데, 돼지국밥을 파는 집에서도 곰탕을 팔 가능성을 완전히는 배제할 수 없었기 때문에, 결국 한 번은 확인해봐야 할 국밥집들이 백 곳도 넘었다. '원조'만 해도 수십 곳이었다.

하지만 화영은 순간이동이 가능한 사람이었다. 그리고 식당들은 지도에 잘 표시되어 있었다. 인터넷으로 지도를 확실히 외우고 그곳으로 이동한다면, 물론 정확히 식당 주변으로 이동하지 못할 경우도 많겠지만, 하루에 열 곳 정도는 돌아볼 수 있을 것이다. 그럼, 열흘 정도면 우환을 만나게 될 터였다. 화영은 집과 가까운 곳부터 다니기 시작했다.

저 식당도 나름 유명한 곰탕집이라고 했다. 화영은 문을 열었다.

*

식당 문이 열린다. 종인은 문을 열고 들어오는 손님을 본다. 젊은 친구다. 남자 혼자인 것 같았는데, 여자가 뒤따라 들어왔다. 커플이었다. 종인은 손님을 맞았다.

"어서 오세요."

라는 말과 함께, 고개를 숙이는 것도 아닌, 목을 앞으로 빼는 것도 아닌, 하지만 예의 바르게 고개를 숙이는 것도 같고, 친근하게 목을 앞으로 내미는 것과도 같은 그런 인사를 했다. 오랜 세월 몸에 배인 이종인 고유의 인사법이었다.

주방에는 우환이 있다. 우환은 아까부터 목을 빼고 홀 쪽을 보고 있다. 출입문이 열리고 손님이 들어왔을 때, 우환은 손님을 보고 있지 않았다. 종인이 손님들을 보고 인사를 할 때도 우환은 손님들을 확인하지 않았다. 우환은 종인을 보고 있었다. 우환은 줄곧 종인을 살피고 있었다.

손님들은 곰탕 둘을 주문했고, 종인은 계산대에 앉아 다시 신문을 보기 시작했다. 우환은 귀로 손님들의 주문을 받고 눈으로는 종인을 좇았다. 우환은 국그릇 두 개를 꺼내고 수육을 썰어 넣었다. 그리고 솥에서 국을 푸기 전, 뭐라 중얼거린다. 이상한 행동도 한다. 지켜보던 사람이 있었다면 당황스러웠을 것이다.

우환은 아예 자세를 잡더니, 다시 몸을 움직였다. 고개를 숙이는 것도 목을 앞으로 빼는 것도 아닌, 이상한 행동이다. 동시에 중얼거린다. 이번엔 좀더 크게.

"어서 오세요."

3

 유강희가 마당으로 나왔을 때는 해가 충분히 높았다. 작은 마당에는 그늘이 없었다. 비만 오면 쉽게 질척였다가 볕이 들면 금세 굳었다. 마당을 가로지르던 유강희의 발에 뭔가 걸렸다. 굳으면서 땅에 박혔다가 발에 걸려 튀어나온 것이다. 열쇠였다. 강희는 가까이 가서 봤다. 오토바이 키였다. 의아했다. 강희는 그 열쇠가 할머니의 저주가 센 마당에 떨어진 것에 불안해졌다. 담 너머에서 누가 볼까 냉큼 주웠다. 주머니에 넣었.

 불안해서 걸음을 서둘렀다. 누군가 실수로 버렸을 것이다, 낮은 담이 하도 하찮아 보여 버리려고 던진 것이다, 그렇게 둘러대고 있었지만, 강희가 지금 가는 곳은 순희와 강희 둘만 아는 골목이었다. 집에서 가까운, 그래서 헤어지기 전에 늘 망설이던 곳.

 거기, 오토바이가 세워져 있었다. 순희의 뽕카였다. 순희가 가장 아끼는 것이었다. 순희가 두고 간 게 뭔지 강희는 다시 봤다.

강희는 순희의 뽕카를 타고 곧장 박정규에게로 갔다. 박정규는 모른다고 했다. 모든 게 짐작대로였다.

연락이 끊겼다. 순희는 사라졌다.

강희는 순희의 식당으로 찾아가볼까 생각해봤다. 근처까진 여러 번 갔지만, 막상 들어가게 되지는 않았다. 문득, 우환 아저씨는 알고 있을까?라는 생각이 들기도 했지만, 그가 알 것 같지는 않았다. 혹시, 우환 아저씨가 순희에게 말해버린 건지도 몰랐다. 강희가 네 아이를 임신했으니, 정신을 차려야 하지 않냐, 이런 어쭙잖은 이야기를 했을지도 모른다. 하지만 그것도 아닐 것 같다.

강희는 순희를 조금은 알았다. 어머니가 죽은 후로 늘 초조해했다는 걸 안다. 아침에 일어나, 왜 어른이 되지 않았는지, 다음 날 아침에도 어른이 되지 않으면 어떻게 해야 하는지, 순희는 늘 초조해했다. 그런 순희가 조금 빨리 어른이 되기 위해 뭔가를 하고 있을 것 같았다. 영영 돌아오지 않을 것도 같았다.

강희는 순희에게 아기와 오토바이, 둘이나 얻었구나, 생각했다. 뽕카의 속도를 조금 더 냈다. 그리고, 자신도 순희가 아끼던 것이었구나, 생각했다.

아끼던 것을 모두 버린 순희는 어디서 뭘 하고 있나, 말이다.

*

박종대는 사무실에 걸린 벽시계를 보고 있다. 적당한 시간을 기다리고 있다. 언제가 좋을까. 양창근에게 전화가 온 것이 어제 점심 즈음이었으니까, 만 하루가 지났다. 의지가 있는 사람이라면 충분한 시간이 되었을 것이다. 그리고 준비는, 이미 되었을 것 같았다. 박종대는 세상 돌아가는 게 참 재밌었다. 절실했던 사람이 무능해지기 시작하니, 필요한 사람들이 또 나타났다.

이제 류정훈이 어쩌고 있는지 직접 가서 봐야 했다. 류정훈을 보러 가려면 박종대도 약간의 준비가 필요했다.

아까부터 오른손을 부지런히 움직이는 게 그 준비였다. 눈은 벽시계를 틈틈이 확인하며, 손은 부지런히 책상 위에서 앞뒤로 움직였다. 손은 활짝 펴져 있었고, 손가락 다섯 개에는 각각 힘이 들어가 있있고, 그 아래에는 사포가 있었다. 사포의 면은 거칠었다. 박종대는 자신의 다섯 손가락을 그 사포 위에 힘을 들여 누르고 앞뒤로 반복해서 움직이고 있었다.

곧 손가락에서 피가 나기 시작했다. 그래도 박종대는 멈추지 않는다. 문득, 책상 아래로 떨군 왼손이 보인다. 왼손의 다섯 손가락 모두에서 피가 흐르고 있다.

*

경찰서에는 적지 않은 사람들이 오간다. 다들 목적이 분명했고 자신에게 집중했다. 그럼에도 그중 몇은 바닥에 떨어져 있는 작고 붉은 점들을 알아봤다. 대부분은 보고 지나쳤지만, 한둘은 이어져 있는 점을 따라가보다가, 점이 떨어지는 곳을 올려다보기도 했다. 앞에, 한 남자가 걷고 있었다. 붉은 점은 그가 남기고 있었다.

 박종대가 경찰서로 들어서는 모습은 기이했다. 비싸 보이진 않지만 단정한 정장 차림에 걸음걸이도 신중했다. 눈빛도 침착했다. 한데 바닥에는 피가 뚝뚝 떨어지고 있었다. 한 손에 다섯 개씩 양손 열 개의 손가락에서 흐른 붉은 피들은 점으로 산만한 선을 만들어내고 있었다. 그 선의 끝에 박종대가 있다. 양팔을 아래로 편하게 늘어뜨린 채 사무실로 들어섰다. 양창근이 그런 그를 알아봤다. 박종대는 양창근을 향해 손바닥을 보인 채 양손을 흔들어 보였다.

 박종대의 신분 확인은 그가 소지한 주민등록증으로만 했다. 지문을 얻을 수 있는 손가락은 없었다. 상처가 나은 후라면 또 모르지만 지금은 불가능했다. 박종대는 거친 사포로 손가락의 피부를 모두 벗겨내고 왔다. 고전적이고 무모하지만, 확실한 방법이었다. 주민등록상 그의 신분에는 문제가 없었다.

 양창근은 박종대가 왜 이렇게까지 하는지 알 수 없었다. 어쩌면 그가 숨기고 있는 것들이 양창근이 생각하는 것 그 이상일지도 몰랐다. 취조실로 박종대를 데려가기 전에 최성원 형사가 박종대의 손가락에 일일이 붕대를 감았다.

*

　서세영은 고가 참사 사망자 리스트에 있었다. 그리고 보좌관은, (보좌관이라고 할 것까지는 없었지만 선거가 끝난 후에도 김주한을 따르겠다는 본부장을 딱히 부를 호칭이 없었다. 선거는 끝났고, 구의원은 아니었지만 어쨌든 실제로 김주한을 보좌하는 사람이었다.) 서세영을 이름만 듣고도 알았다. 그렇잖아도 이번 참사 때 서세영이 죽은 걸 가지고 말하는 사람들이 있다고 했다. 제법 유명했다. 모 대학교의 총학생회장이었는데, 인물이며 언변이며 빠지는 게 없어서 사람 자체가 인기가 많았고, 게다가 이미 크고 작은 선거 활동으로 실력도 인정받아 알게 모르게 정치권에서 러브콜을 받았지만, 아무래도 진로는 정해져 있었던 것 같다고 했다. 서세영의 아버지가 은니리당 대표인 서우민이리고.
　그러고 보니, 김주한도 생각이 났다. 김주한은 심지어 그의 장례식장에 갔었다. 낙선 후, 도리에 따라 여당 대표 아들의 장례식장에 간 거였다. 너무나도 형식적인 조문이어서 그 죽은 아들의 이름도 기억을 못 했다.
　"그 친구가 살아 있었으면, 10년 뒤에 대통령이 됐을까?"
　김주한의 갑작스러운 질문에 보좌관은 당황했다. 자기도 본 적이 있는데, 사람이 뭔가 매력이 있고, 또 워낙 젊은 층들 사이에서는 인기도 있었으니까, 하지만 뭐 모르는 일이죠, 라고 보좌관은 대답했다. 김주한은 다시 물었다.

"나는, 그럼 나는 10년 뒤에 대통령이 될 거 같아?"

"당연히 되십니다."

보좌관은 답했다. 이런 질문을 하는 자신도, 망설임 없이 대답하는 보좌관도 우스워서 김주한은 그냥 좀 웃었다. 그리고 진지하게 생각에 잠겼다. 김주한은 보좌관에게 말했다.

"전 의원님 오늘도 바쁘시려나? 확인해볼래?"

박종대라는 그 사람의 말마따나, 전광용 의원이 몇 년 뒤에는 무용지물이 된다면, 쓸모 있을 때 써먹어야 했다.

*

양창근은 박종대가 취조실에 들어오는 순간, 어디에 앉을지를 결정했다. 류정훈은 박종대를 보자, 두 형사가 생각했던 것보다 훨씬 긴장했다.

박종대는 신문을 받으러 온 사람 같지 않았다. 구경하듯 취조실을 둘러보곤 류정훈의 맞은편에 여유 있게 앉았다.

박종대는 할 말과 안 할 말을 이미 구분해서 왔을 거다. 류정훈의 말을 모두 인정하지도, 들어주지도 않을 거였다. 그렇다면 류정훈의 얼굴을 보는 게 나았다. 류정훈의 얼굴에 드러날 거였다. 박종대가 왜 없던 말을 지어내는지, 왜 있던 일을 없었다 하는지, 류정훈의 얼굴에 모두 드러날 거였다.

양창근은 박종대의 옆자리에 앉았다.

박종대는 자리에 앉자, 손가락마다 붕대를 감은 양손을 책상 위에 올려놓았다. 류정훈이 보도록 했다. 그리고 입을 열지 않고 눈으로 류정훈을 살피기만 했다. 안부를 묻기도 하고, 귀담아들어주기도 하고, 다그치기도 하고, 일방적으로 화를 내기도 했다. 그 모든 걸 눈으로만 했다. 류정훈 또한 말없이 박종대와 마주앉아 그 눈빛에 일일이 반응했다.

두 사람은 목뒤를 또는 귀 뒤를 긁었다. 동시에 긁은 적은 없었다. 또 드문드문 그랬다.

둘은 눈빛으로 무슨 말들을 주고받는 걸까? 둘은 무슨 사이일까, 양창근은 생각하기 시작했다. 강도영은 아까부터 뭐가 불만인지 말이 없다.

이제 양창근까지 입을 닫고 기다리자, 완벽하게 고요해졌다. 침묵은 이이졌다. 대질신문이고 뭐고 언제쯤 이 고요가 깨질까. 이건 흔한 눈싸움인가. 그래도 양창근은 기다리자고 생각했다. 이 고요가 누군가에게는 부담으로 작용하고 있을 것이다. 그게 아무래도 박종대 쪽보다는 류정훈이 되겠지만, 괜찮다. 둘은 취조실 안에 있고, 양창근도 쭈욱 함께 있을 거였다. 도망갈 공간도 새어나갈 시간도 없었다.

하지만 제일 부담이 되었던 건 오히려 강도영이었다. 강도영은 원래 고요와는 거리가 먼 사람이었다.

"니들 동남아지?"

이게 첫 질문이었다.

"니들끼리는 니들 나라말로 말하지? 불법체류 걸릴까봐 신경 쓰이니까, 그냥, 얼굴 갈아탄 거지?"

이어서 질문했지만 둘 다 답하지 않았다. 긴장을 깨어준 덕분에 부담도 덜어줬다. 누군가 다시 부담을 느끼려면 또 그만큼의 시간이 필요했다. 양창근은 답답했다.

"아! 조선족? 조선족인데, 얼굴까지 바꿀 필요가 있나?"

고요함은 강도영을 바보로 만들어갔다. 혼잣말을 뱉어내는 수준에까지 이르렀다. 양창근은 강도영에게 권할까, 싶었다. 답답하면 나 혼자 있어도 되니 나가라고.

그때, 취조실 문이 열렸고, 또 최성원 형사가 실실거리며 들어왔다. 왜 이들은 이렇게 긴장하지 않나, 양창근은 이해가 안 됐다. 최성원은 강도영에게, 형사님이 좋아하는 사람 왔는데요, 라고 말했다. 그러고는 다시 실실거렸다. 강도영은 약간 당황했다. 보는 사람이 더 당황스럽게 순진한 얼굴이 되었다. 자기가 좋아하는 사람이 누군지 떠올려보는 얼굴. 그런 맹한 얼굴이었다. 문 쪽에 혼자 앉은 류정훈을 지나, 그 맞은편에 나란히 앉은 양창근과 박종대를 지나, 취조실 제일 안쪽에 따로 앉은 강도영은 그 맹한 얼굴로 잠깐 더 생각했다. 그리고,

"순희?"

강도영은 어느 정도 확신에 차서 답했다. 최성원은 고개를 끄덕였다. 강도영은, 그럴 필요 없었지만, 양창근에게 양해를 구하고 취조실을 나갔다. 양창근은 물론 기뻤다.

사무실로 들어선 강도영은 반가운 사람을 만난 것처럼 활짝 웃었다. 순희였다. 순희가 돌아온 것이다. 수갑을 찬 순희가 조서를 받기 위해 앉아 있었다. 강도영은 그런 순희를 보고 진심으로 반기며 이름을 불렀다.

"야, 이순희!"

이번엔 교실 싸움이 아니었다. 친구들끼리 치고받은 게 아니었다. 일반 시민, 성인 남성의 얼굴을 아작냈다. 이 남성이 어떻게 나오느냐에 따라서 순희는 유치장이 아니라 교도소로 갈 수도 있는, 강도영에겐 실로 즐거운 상황이었다. 자신의 판단이, 사람 보는 눈이 또 한 번 정확했음이 이렇게 기쁠 수가 없었다.

그러다 잠깐, 이게 아닌데, 싶어졌다.

강도영은 순희를 교실 살인 사건의 용의자로 봤었다. 그러니까, 강도영의 예상대로라면 순희는 지금 이미 어느 돈 많은 조직에 들어갔어야 했다. 그 조직에 들어가는 조건으로 남자 몸에 구멍을 낸 거였으니까. 물론 그건 말이 안 되었지만. 어쨌든, 적어도 이런 단순 폭력이 아니라 좀더 조직적인 범죄로 만나야 했다. 강도영은 흥미가 조금 떨어졌다. 순희는 확실히, 강도영이 생각한 정도의 급은 아닌 건가?

"이순희, 오랜만이다. 다시 오니까 익숙하지?"

순희는 별말이 없었다. 문득 순희의 신발이 보였다. 여전히 그 크고 흰 농구화였다. 강도영은 오래된 습관처럼 그 신발을 툭툭 발로 찼다.

"농구도 안 하는 새끼가 폼은."

그리고 강도영은 피해자의 얼굴을 봤다. 엉망이었다. 뭐 약이라도 좀 바르고 붙이고 왔어야지 참, 답답했다.

"최 형사!"

최성원은 강도영에게 불려와 피해자의 얼굴에 연고와 반창고를 바르고 붙였다. 그렇게 해서 해결될 상처는 아니었지만, 일단 시키는 대로 했다.

피해자는 그냥 맞았다고 했다. 한적한 길을 가다가 저 젊은 친구를 만났고, 얼굴을 서로 마주본 것 같은데, 갑자기 때리기 시작했다고 했다. 영문을 알 수 없다고 억울해했다.

"원래 저 새끼 영문을 알 수 없는 놈입니다."

강도영은 피해자의 흥을 돋우었다. 어차피 이순희 같은 애들은 길에 있어봐야 치울 일만 만든다. 피해자는 한참을 더 떠들었다. 강도영은 물었다.

"어떻게 하실 겁니까? 합의, 는 힘들겠죠?"

"화장실 좀 다녀와도 되겠습니까?"

피해자 남성은 혼자 사무실 밖으로 나갔다.

사무실을 나온 후, 피해자 남성의 행동은 조금 수상하기도 했는데, 아무도 관심이 없었다. 남자는 화장실을 찾아 기웃거렸다. 그리고 화장실을 찾은 후에도 기웃거렸다. 헤매는 척 헤집고 다녔다. 그러다 취조실 앞까지 갔다. 그리고 덜컥, 취조실 문을 열었다.

*

 문을 바라보고 나란히 앉은 양창근과 박종대가 먼저 봤다. 문을 등지고 앉은 류정훈도 돌아봤다. 남자는 미안하다는 말과 함께 고개를 숙이고는 문을 닫았다.
 화장실을 갔던 피해자가 돌아왔다. 피해자는 앉아서 잠시 생각을 하더니, 이순희에게 문득 나이를 물었다. 순희는 묻는 말에 답했다. 그리고 피해자는 좀더 생각을 했다.
 "어린 나이구만, 참."
 그러더니, 피해자는 덜컥 합의하겠다고 했다. 합의금도, 어린 사람이 참, 이라는 말을 자꾸 하더니 치료비 정도 받겠다고 했다. 그러더니, '다 불쌍한 사람들 아니겠습니까?' 갑자기 형사들을 향해 물었다. 강도영은 돌아버릴 뻔했다. 강도영은 저 남자가 화장실에서 하필 신부님을 만나 무슨 설교라도 들었나 싶었다.
 하지만 어쩔 수 없었다. 맞은 사람이 괜찮다는데, 생각해보니 자기가 이 젊은 친구를 선입견을 가지고 무시하듯 본 것 같다는데, 어쩌겠나. 게다가 한편으로는, 이게 맞는다 싶기도 했다. 강도영의 느낌으로, 이순희는 분명 더 큰 사고를 칠 놈이었다. 더 크게 되어 돌아올 놈이었다. 게다가 지금 취조실에는 박종대와 류정훈이 기다리고 있었으니까. 반가웠지만, 이순희의 주먹질에 신경 쓸 때가 아니었다.

가해자 순희는 피해자와 나란히 사무실을 나갔다. 강도영은 이순희의 앞날이 다시금 기대되었다.

*

피해자와 가해자는 경찰서를 나와서도 함께 걸었다. 어쩌다 보니 같은 방향인지, 둘은 찢어지지도 않고 앞뒤로 계속 걷는다. 저렇게 멀리 걸을 거면 버스를 타지 왜 그럴까, 싶을 만큼 둘은 걸었다. 뒤에서 걷던 가해자가 천천히 피해자를 따라잡는다. 가해자는 피해자와 나란히 걷는다. 나란히 걸어 한적한 곳으로 간다. 동시에 걸음을 멈춘다. 피해자가 담배를 꺼내 문다. 가해자가 라이터를 꺼내 불을 붙인다. 피해자는 담배를 깊게 빨고 뱉는다.
"내 말 잘 들어,"
피해자가 말을 하기 시작한다. 가해자는 눈을 반짝이며 피해자의 말에 집중한다.

4

 종인은 순희가 걱정되었다. 밤에는 잠이 오질 않았다. 순희가 집을 나간 지 며칠이 지났다. 며칠이 아니라 몇 달을 안 들어온 적도 있었다. 친구 집에서 지내기도 하고 어디서 지내는지 모를 때도 있었다. 그렇지만 매번 돌아왔다. 그러니 이번에도 그러겠지, 기다리려고 했다. 하지만 그게 잘 안 되었다. 불안했다. 경찰서에 신고를 할까 했지만, 어쩐지 경찰에 알리고 싶지 않았다.
 종인은 며칠 전 새벽, 집을 나가는 순희를 봤다. 가방 하나가 더 있었다. 그게 자꾸 신경이 쓰였다. 그리고 같은 날, 온몸이 젖은 채 가게로 들어오는 우환을 봤다. 아들을 기다리느라 열어둔 문이었다. 우환에게는 소금 냄새가 났다. 그 바다 냄새가 신경이 쓰였다. 우환의 몸에서 나는 바다 냄새 때문에, 순희가 바다에 혼자 버려진 게 아닌가, 저 남자가 혹시 내 아들을 바다에 버려두고 온 게 아닌가, 헛되고 미덥지 못한 생각이라는 걸 알면서도, 종인은 그런 생각들로 불안했다.

순희가 사라졌는데도, 우환은 크게 걱정하는 것 같지 않았다. 우환이 종인 자신보다 아들과 더 가까워 보였었는데도.

늦은 밤, 함께 마주앉아 곰탕을 먹는 모습을 종인은 훔쳐보곤 했다. 저 자리에 자신이 앉아 있으면 얼마나 좋을까, 생각하면서도 우환에게 자리를 빼앗겼다 생각하진 않았다. 고마웠다. 종인은 여태까지 한 번도 우환이 자신의 자리를 빼앗고 있다고 생각하지 않았다. 순희가 사라지고도 저리 태연한 우환을 보니 그는 역시 남이었고, 아버지는 종인 자신이었다. 순희가 사라지고도 위안이라는 게 있다면 그것이었다. 종인에게 가족이 누구인지 분명해졌다. 종인에겐 아들 순희뿐이었다.

저녁때가 되려면 아직 시간이 남았다. 종인은 방문을 열었다. 식당을 봤다. 식당 한쪽 전신거울 앞에 우환이 서 있다. 낯이 익은 옷을 입고 있었다. 종인의 옷이었다.

종인은 헛기침을 했다. 그러지 않고는 돌아볼 것 같지 않았다. 우환은 거울에, 거울 속의 자신에 빠져 있었다. 우환이 돌아봤다. 종인과 눈이 맞았다.

"아, 옷을 빨았는데 마르지가 않아서, 마침 형님 옷이 있길래, 괜찮죠?"

안 괜찮을 게 뭐가 있나. 옷이야, 옷인데. 종인은 그렇게 생각했다. 하지만 종인은 자신의 옷을 입은 우환보다 우환이 굽실거리는 모양새가 마음에 걸렸다. 요즘 들어 우환은 종인에게 너무 자주 웃는 얼굴을 보인다. 좋을 일이 뭐가 있나. 순희도 집을 나간 판에.

저녁이라고 하기엔 이른 시간부터 손님들이 오기 시작했다. 늘 그렇듯 종인이 계산대를, 우환이 주방을 맡았다. 일을 할 때만큼은 아들의 빈자리가 느껴지지 않았다. 식당이나 주방에 순희의 자리는 원래 없었다. 여느 날과 다름없었다.

하지만 손님들 눈에는 그렇지 않았나 보다. 종인이 화장실을 간 사이에 손님들이 계산을 하러 나오면 보통은 손님들이 기다렸다. 종인이 자리를 비우는 경우도 잘 없었지만, 비우더라도 그 짧은 시간을 손님들이 기다려주지 않는 경우도 없었다. 오늘은 종인이 화장실을 두 번이나 갔다. 오후에 방에서 혼자 마신 맥주 탓이었다.

그때마다, 우환이 계산대에 있었다. 우환은 익숙하게 계산대에서 돈을 받고 손님을 보내고 있었다. 손님들과 우환은 이런 말을 주고받았다.

"아, 뭐야, 사장님인 줄 알았네!"

"그러게?"

"아, 제가 사장님 옷을 좀 빌려 입어서. 하하하."

"그래서 그런가? 아, 은근 두 분이 닮으셨어. 형제 같아."

"아, 별말씀을요. 하하하."

종인이 계산대로 다가오자 우환은 얼른 자리를 비켜주었다.

오늘은 우환이 여러 번 곰탕을 잘못 가지고 나왔다. 종인이 주문을 잘못 전달하지 않았다. 그런데도, 손님이 두 사람인 자리에 국 세 그릇을 들고 나왔고, 넷인 자리에 셋을 들고 나오기도 했다. 종인은 그제야, 우환도 마음이 어지럽구나, 순희를 걱정하고 있구나, 그렇게 생각하게 됐다.

종인은 이해를 바라는 사람이 아니었다. 이해한다는 말은, 세상을 알지도 못하는 팔자 좋은 누군가가 억지로 만든 있으나 마나 한 말이었다. 애초에 말이 되지 않는 말이었다. 누가 누구를 어떻게, 어째서 이해할 수 있다는 말인지. 종인은 그런 걸 믿지 않았다. 하지만 오해를 줄이려고 항상 노력했다. 이해를 위한 노력이 시간 낭비인 것처럼, 오해는 또 다른 시간 낭비였기 때문이다.

우환은 주방보다 계산대에 관심이 많은 것 같았다. 그렇게 보였지만, 종인은 그렇게 보지 않았다. 종인은 우환도 순희를 걱정하고 있다고 믿었다.

*

밤, 순희는 오지 않았다. 우환은 동이 틀 때까지 기다렸다. 하지만, 순희는 오지 않았다.

식당 출입문을 열고 들어서는 순희를 보며, 내가 당신 아들이 맞는답니다. 당신이 내 아버지가 맞다는군요. 우리가 가족이라고 했습니다. 당신과 나, 강희 셋이 가족이라고 했습니다. 이런 이야기를 할 수 있을지, 우환은 자신하지 못했다. 이제 고등학교 졸업을 앞둔, 도대체 앞으로 뭘 해야 할지 모르는 순희에게 그런 말을 전하는 게 맞는 건지 자신이 없었다. 그런 말을 한다고 해서 순희가 믿어줄 거라는 확신이 없었다.

게다가, 영영 돌아가지 않는다 해도 여행자의 수칙이란 것도 있었다. 여행자는 미래에 대해서 말하지 않는다. 여행자는 미래에 영향을 끼칠 수 있는 어떤 말도 해서는 안 된다. 반드시 지켜야 할 것들이 있었다. 그런 것들을 모두 떠나서라도, 우환은 순희에게 자신이 그의 아들이라는 말을 할 수 있을 것 같지 않았다.

그래도 기다렸다. 열둘이 죽는지도 모르고 들떠서 바다에서 돌아온 그날, 순희가 아버지고 강희가 어머니인 걸 안 그날도, 우환은 순희가 보고 싶었다. 아버지의 모습을 제대로 보고 싶었다. 원망 같은 걸 하고 싶었던 게 아니었다. 그저, 보고 싶었다. 그리고 우환이 바라고 있는, 욕심내고 있는 이 행복이 가능할 것인지 순희를 보고, 아버지를 보며 가늠해보고 싶었다.

어쩌면 아버지가 보고 싶었다기보다는 알고 싶었는지도 모른다. 이곳에서 셋이 가족으로 살아갈 수 있는 건지, 우환이 함께 살아갈 자리가 있는 건지 알아보고 싶었다. 열둘이나 되는 목숨과 바꾸고 온 건데, 응당 자신은 행복해져야 하는데, 그게 가능한지 알아보고 싶었다.

순희는 어렸지만 아버지였다. 우환은 순희를 보면 뭔가 알게 될 것만 같았다.

하지만 아버지는 오지 않았다.

"고아원에서도 안 하던 짓을, 내가……."

우환은 혼잣말을 한다.

고아원에 있는 동안에도 우환은 부모를 기다려본 적이 없다. 막연하게라도 언젠가는 부모가 데려갈 거다, 생각해본 적도 없다. 그랬는데, 지금, 우환은 순희를 기다리고 있다.

무리를 했다는 것이, 자신 때문에 그 많은 사람이 죽었다는 것이, 부담이 되고 있었다.

순희라도 만나야 했다. 잘 왔어요. 같이 지내요. 같이 살면 되죠. 이런 말이라도 듣고 싶었다. 하지만 오지 않았다.

언제 내 인생에 아버지가 있었던가. 순희는 앞으로도 오지 않을 것 같았다. 불안으로 우환은 성급해졌다. 아버지가 자신을 또 버린 거다, 단정했다.

믿을 곳은 박종대밖에 없다.

그가 했던 말을 떠올렸다. '셋이 가족이다'라는 말에 가려져 있던 다른 말들을 기억해봤다. 할 일은 많다고 했다. 늘 함께할 거라 했으며, 자기만 믿으면 된다고 했다. 여기서 살려면 준비할 것들이 많다고 했고, 다시 만나자고 했다. 그리고 마지막으로 '사장님이랑 더 친해지세요'라고 했었다.

하지만 박종대 또한 며칠째 연락이 없다. 우환은, 다음 날이면 식당으로 찾아올 줄 알았다. 하지만 그러지 않았다. 바쁘겠지 했지만, 그다음 날도 박종대는 오지 않았다. 어쩌면, 우환이 열둘을 죽였다는 사실을 안 박종대가 우환을 버렸을지도 모른다.

하지만 그럴수록 우환이 믿어야 하는 사람은 박종대뿐이었다.

어차피, 죽은 사람들이 누군지 이곳 사람들은 아무도 모를 거였다. 하지만 박종대는 알았다. 그러니 우환이 믿어야 하고, 또 신경 써야 하는 사람은 박종대였다. 그 사람뿐이었다.

우환은 순희보다는 박종대가 더 기다려진다고 믿기로 했다. 애써 기다리는 동안 박종대가 한 말들만 떠올렸다. 박종대의 말을 반복해서 떠올리다 보면, 이렇게 정리가 되었다.

'사장님이랑 친해지면, 가족으로 여기서 살 수 있다.'

그래서 되도록이면 사장님, 종인 형님과 친하게 지내며 박종내를 기다리기로 했다.

아버지는 아들만 기다렸지만, 아들은 더 이상 아버지를 기다리지 않기로 했다.

며칠 만에 그렇게 되었다.

5

 일곱 번째 고깃국이다. 오늘은 이만 하자, 그만 먹자, 그러면서도 화영은 일단 한 숟가락을 떴다. 굳이 적혀 있지 않아도, 냄새만으로도 돼지인지 소인지 알았다. 화영은 고깃국 전문가가 되어가고 있었다.
 고깃국은 국물의 색깔에 따라 크게 세 가지로 나눌 수 있었다. 하얀 국물과 빨간 국물, 그리고 하얗다가 빨개지는 국물. 많은 하얀 국물들이 빨개질 수 있는 가능성이 있었다. 고춧가루가 있었고, 다대기라는 것도 있었기 때문에. 하지만 하얀 국물을 고집하는 고깃국도 있었다. 만나야 할 이우환은 만나지도 못하고 도움되지 않는 것들만 알아가고 있었다. 한데 그게 그렇게 무료하지 않았고, 불쾌한 일도 아니었다.
 맛이 있는 식당은 활기가 있었다. 파는 사람도 먹는 사람도 생기가 있었다.
 한번은 아주 늙고, 게다가 지쳐 보이는 남자를 본 적이 있다. 남자는 뽀얀 곰탕을 앞에 두고 오랜 시간 먹었다. 국도 밥도 깨

끝이 비웠다. 식사를 끝낸 남자는 여전히 아주 늙었지만 그리 지쳐 보이지는 않았다. 화영은 한 끼 식사가 사람을 바꾸는 풍경을 그 후로도 여러 번 봤다. 그런 모습을 보는 건 기분이 좋았다.

식당을 발견하면 먼저 배달이 되는지 확인했다. 배달이 되는 곳은 밖에 표시를 해두는 경우가 많았다. 식당에 들어가면 주방을 살폈다. 이우환이 있다면 주방에 있을 터였다. 주방을 확실히 충분히 살폈다. 이우환이 보이지 않으면, 그때 물었다. 일하는 사람들 중에 이우환이라는 사람이 있는지. 배달이 되는 곳이라면, 배달 나간 직원 중에는 혹시 없는지.

지금까지는 없었다. 없다는 걸 확실히 알게 되면 마음이 놓였다. 시킨 음식을 편히 먹었다. 배가 고플 때도 한 그릇을 다 비우지는 않았다. 앞으로 몇 그릇을 더 먹어야 할지 모르니까. '젊은 사람이 왜 이렇게 못 먹어?' 이런 이야기를 자주 듣게 됐다. 처음에는 화내는 줄 알았다. 이제는 인사처럼 들린다. 특별히 맛있는 식당도 드물었지만 특별히 맛이 없는 가게도 잘 없었다. 화영은 대부분 맛있게 먹었다. 나와서 걸으면서는 맛을 평가하기도 했다. 비교하기도 했다. 내일 가게 될 식당들은 어떨지 미리 궁금해하기도 했다.

*

오후 5시경, 형사1팀 팀장 김희영은 본인의 사무실에서 전화 한 통을 받았다. 전화를 건 사람이 먼저 길게 상황 설명을 했다. 낯선 목소리였다. 낯설고 지루한 목소리는 다른 사람에게 전화를 건넸다.

두 번째는 어딘가 귀에 익은 목소리였다. 만난 적이 있는 게 아니고, 티브이에선가 들었던 기억이 있다. 정치에 크게 관심이 없는 팀장이어도 아는 이름이고 기억에 남은 목소리였다. 두 번째 남자는 말이 짧았다. 전화는 상대방이 먼저 끊었다. 불쾌한 전화였다. 하지만 곧, 이런 전화가 왜 서장을 거치지 않고 자신에게 바로 왔는지 팀장은 생각하게 됐다.

내가 전화한 걸 서장은 모르고 있다, 서장은 몰라도 되니 네가 알아서 하라, 그런 건가?

분명, 그런 의미가 숨어 있었다. 그래서 팀장인 자신에게 바로 연락이 온 것이다. 서장이 아니라, 팀장 자신의 앞길을 봐주겠다는 거였다. 팀장은 오랜 경력과 어울리게 빠르게 이해했다. 그 오랜 경력에 의미 있는 통화가 될 수도 있다는 걸 팀장은 알았다. 하지만 고민했다. 이 사건을 통으로 날리게 될 수도 있다. 이슈가 되고 있는 사건이다. 사람들이 궁금해하고 있다. 시민들이 알고 싶어 하고 있다.

하지만 이슈는 바뀐다.

팀장은 그럼에도 더 고민했다. 이 사건을 날리고도, 이 남자의 힘이면 자신은 더 빨리 더 높은 자리를 잡을 수 있는가? 서장이 시켜서 한 일이 아니니, 책임도 자신이 져야 했다. 무엇보다 서장이 알면 안 되는 일이었다.

팀장은 생각해본다. 자신을 거치지 않고 서장에게 바로 말할 사람이 있는가. 형사 중에 자신을 무시하고 서장과 직접 소통할 사람이 있는가. 없었다. 형사들은 팀장 아래에 있었다. 서장 또한 팀장을 통하지 않고 형사들을 만나는 경우는 드물었다. 서장은 팀장을 신뢰하고 있었다. 팀장이 판을 짜면 되었다. 대신 디테일하고 좋은 스토리가 필요했다.

다행히 사건은 오리무중이었다. 어떤 스토리든 말이 안 될 리 없었다.

*

박종대가 온 지 두 시간이 지났다. 대질신문은 아직이었다. 양창근은 이제 입을 열게 해야겠다는 생각을 하고 있다. 하지만 류정훈이 먼저 입을 열었다.

"어차피 믿지도 못하실 겁니다."

적절하다. 괜찮은 시작이다. 양창근은 그렇게 생각했다. 동남아라고 해도 믿을 준비가 되어 있다 이 새끼야, 강도영은 마음을 다잡았다. 박종대는, 박종대는 시계를 한 번 봤다. 그리고 다시 류정훈을 본다. 류정훈은 이제 박종대의 눈을 보고 있지 않다. 말을 잇는다.

"우리 조직의 규모라는 게, 당신들이 생각하는 것보다 크지 않을 수도 있습니다. 하지만, 생각하는 것과는 다를 겁니다. 그리고 앞으로 얼마나 커질지 알 수 없습니다."

"야이 씨, 다른 조직은 안 그러냐? 다 처음에는 안 큰데, 자꾸 커지고 있고, 생각하는 것과는 다르게 더 양아치고 그런 거잖아. 빨리 본론을 말해. 그래서, 다 동남아야?"

강도영이 류정훈의 말을 잘랐다. 끄트머리의 다 동남아야?만 빼고는 틀리지도 않았다. 하지만 강도영의 활약 덕분에 류정훈의 말이 끊어졌다. 양창근은 강도영이 싫었다. 다행히 류정훈은 곧 다시 말을 이으려 했다. 하지만 이번엔 박종대가 끊었다.

"처음에 왔을 때는 모든 게 낯설었습니다. 사람 사는 곳이 비슷하다 해도, 그런 게 아니지요. 하나하나 새롭게 배웠습니다. 어떻게든 살아야 했으니까요. 그래서 부동산 일도 열심히 했습니다. 아파트 사람들한테 조금씩 믿음을 얻고, 좋아해주시는 분들도 생기고. 나이는 많은데 혼자 계시는 분들이 많으셔서, 제가 도울 일이 많았습니다."

"손은 왜 그랬어? 지문 없애려고 그런 거잖아. 당신도 도깨비한테 얼굴 수술받은 거지? 당신 박종대 아니잖아. 민중 속의 박종대는 당신이 아니고, 지문 떠보면 다 들키니까 지문 없애고 오느라 늦은 거잖아! 왜 갑자기 소설 쓰고 있어. 당신 누구야?"

양창근이 처음으로 물었다. 박종대는 대답하지 않았다. 대신, 류정훈이 긴장했다. 뭐라도 곧 불어버릴 것 같은 얼굴이었다.

하지만 말을 이은 건 다시 박종대였다.

"손은, 다친 겁니다. 아파트에 낡고 큰 냉장고가 하나 있는데, 냉각기가 고장나서 제가 고쳐본다는 게, 손가락 열 개가 쩍 하고 붙더니, 억지로 떼니까 그리된 겁니다. 얼굴의 상처는, 어릴 적부터 있던 겁니다. 확인은 못 시켜드리지만, 놀이터에서, 뺑뺑이라고 하나요, 그걸 타고 돌다가 떨어졌습니다. 떨어진 제 위로 뺑뺑이가 계속 돌았고, 일어나려다 다시 머리를 부딪히고 해서, 상처가 깊게 생겼습니다."

그럴 듯했다. 그래서 다들 조용해졌다. 특히, 강도영은 이미 믿는 분위기였다. 류정훈도 의아해했다. 자신도 모르는 친구의 숨겨둔 이야기라도 들은 얼굴이었다. 양창근도 금방 반박할 말이 안 떠올랐다. 그럴 수 있었다.

싱치들은 그렇게 생겨난다. 욕신을 내다가, 혹은 너무 즐거워하며 있다가.

그때, 누군가 노크를 했다. 문이 열렸다. 최성원 형사다.

양창근은 팀장이 왜 지금, 굳이 자신을 부르는지 가능한 경우의 수들을 떠올려보며 걸었다. 지금은 대질신문 중이었다. 이 취조가 얼마나 중요한 건지 일깨워주려는 게 아니라면, 그사이 박종대에 대해서 새롭게 알게 된 정보가 있는 게 아니라면, 팀장이 지금 양창근을 부를 이유는 없었다. 지금은 팀장이 지시할 때라기보다는 양창근의 보고를 기다려야 할 때였다. 아마도 강도영처럼 기다리는 게 답답했을 수도 있다. 하지만 팀장은 새로

온 자신보다 오래 함께한 강도영을 편해했다. 한데, 왜 굳이 편하지도 않은 양창근에게 중간보고를 받으려는 건지.

팀장의 방까지는 먼 거리가 아니었다. 양창근이 떠올려본 경우의 수도 많지 않았다. 그리고 모두 틀렸다. 한 가지는 맞았는지도 모른다. 팀장은 강도영보다 양창근을 어려워했다. 그래서 팀장은, 양창근에게 확실히 해두고 싶었던 것 같다.

"박종대, 뭐, 나왔어?"

"아뇨, 아직."

"풀어줘."

말이 안 됐다. 양창근은 흥분을 가라앉히고 일단 좀더 자세히 보고를 했다. 분명히 뭔가가 있다. 아직 제대로 입을 안 연 것뿐이다. 열게 할 수 있다. 이미 열기 시작했다.

한데, 보고를 하면 할수록 애매해졌다. 방금 들은 그 상처 이야기까지 전하고 나니, 팀장은 오히려 박종대가 혐의가 없는 게 확실하다는 쪽으로 뜻을 굳혔다. 죄 없는 사람 괜히 오래 잡아두지 말고 당장 풀어주라는 말만 두 번 더 했다. 현행범도 아니고, 강제체포도 아니고, 그렇다고 영장이 있는 것도 아니고, 자발적으로 대질신문에 응한 사람을 몇 시간이나 붙잡고 있었으면 되었다고. 그 시간 안에 나온 게 없으면 없는 거라고. 나왔다는 게 기껏 어린 시절 상처 얘기면 더 들으나 마나라고.

"그럼 류정훈은요? 팀장님은 류정훈이 왜 박종대를 불러달라고 한 거 같으세요?"

"류정훈은, 지문 등록 안 된 것뿐이잖아. 소망병원은 정신병원이고! 이참에 지문 등록을 새로 해주면 되겠네. 그럼 아무 문제없는 거잖아? 안 그래?"

"……?"

"그리고 그 도깨빈가 하는 의사 놈, 그놈은 다시 잡아넣어. 현행범은 풀어주고 그런 놈이 아무렇게나 분 사람을 잡아와서 이게 지금 뭐 하는 짓이야? 내 말 틀려?"

"팀장님 갑자기 왜 이러십니까?"

"니들에게 단서를 준 사람이, 한 놈은 사람 배 갈라서 장기 꺼내는 미친 의사고, 다른 한 사람은 정신병원에 있는 미친놈이잖아. 그런 놈들 말을 듣고, 죄 없는 사람 둘을 족치고 있는 거잖아. 지금 니들이!"

"팀장님 지금, 밖에서 무슨 지시, 들어왔습니까?"

"뭐? 강도영이 말마따나, 양 형사는 상상력이 지나친 거 아냐? 소설 그만 쓰고, 당장 풀어줘!"

"……."

"양 형사 생각처럼 류정훈이랑 박종대, 구린 놈들일 수 있어. 근데, 부산 앞바다에 시체가 열두 구나 떠내려왔어. 밖에 나가면 사람들이 다 그 이야기만 해. 그리고 교실 살인 사건, 그거는 용의자가 버젓이 우리 사무실까지 왔어. 지금 우리가 집중해야 할 사건이 뭔지 제대로 좀 알자. 어?"

팀장은 지금 억지를 부리고 있었지만, 틀린 말은 없었다. 강도영은 어쩌면 이미 이런 생각을 하고 있는지도 몰랐다. 팀장의 말처럼 양창근 자신이 지나치게 확대해석 하고 있는지도 몰랐다. 하지만 지금 풀어준다면 박종대를 취조실로 다시 불러오긴 힘들어질 게 뻔했다. 외압이 있었냐고 물은 건 명백한 양창근의 잘못이었다. 흥분했었다.

"알겠습니다."

양창근은 방에서 나와 바로 취조실로 향했다. 아무런 생각이 들지 않았다. 배가 고팠다. 빨리 팀장의 지시를 이행하고 나가서 강도영과 뭐라도 먹고 싶었다. 메뉴는 강도영이 정해줄 거였다. 강도영도 좋은 점이 있다.

하지만 막상 취조실 문을 열고 박종대의 얼굴을 보자, 쉽게 말이 나오지 않았다. 양창근은 일단, 원래 자리로 돌아가 앉았다. 박종대에게 말을 해야 하니 류정훈 옆에 앉는 게 좋았지만, 어쩐지, 박종대의 얼굴을 보고 말하고 싶지 않았다. 양창근은 원래대로 박종대 옆에 앉았다.

"박종대 씨, 협조해주셔서 감사합니다. 이만, 돌아가셔도 됩니다."

류정훈이 먼저 놀랐고, 강도영이 가장 크게 놀랐다. 하지만 강도영은 양창근과 눈을 맞추고 금세 상황을 파악했다. 박종대는 시계를 한번 봤다.

"형사님들 애쓰셨습니다."

'류정훈은?' 강도영이 양창근에게 눈짓으로 물었다.

류정훈에 대한 지시는 없었다. 팀장 말대로라면 혐의도 애매했다. 신분 사칭으로라도 집어넣을까. 젠장, 어떻게 해야 하나. 잠시 양창근은 모든 게 귀찮아졌다. 그냥 풀어줄까.

그럴 수 없었다. 풀어주면 안 되었다. 류정훈은 이제 유일한 단서고, 막 입을 열기 시작한 참이다. 게다가 류정훈은 아까보다 더 긴장하고 있었다. 양창근은 그 얼굴을 보았다. 모든 걸 털어놓기 직전의 얼굴, 류정훈이 지금 그런 얼굴을 하고 있었다. 자신을 남겨두고 박종대 혼자만 나가게 될지도 모른다는 게, 류정훈을 몹시 압박하고 있는 듯했다. 양창근은 차라리 잘되었다고 생각했다. 얼른 박종대를 보내야겠다고 생각했다. 박종대가 류정훈을 두고 취조실 문을 열고 나가는 순간, 류정훈은 말하게 될 거였다. 모든 것을, 조직에 대해 본인이 아는 모든 것을.

"야, 니 이 새끼, 의리 없게, 니 똘마니는 여기 그냥 두고 혼자 가냐?"

강도영이 자리에서 일어난 박종대를 보고 한마디 던졌다. 왜 초를 치나, 양창근은 짜증이 났다. 이제 박종대는 류정훈이 다시 안정을 찾기 전에, 여기서 서둘러 나가주는 게 돕는 거다. 하지만 박종대는 서둘지 않았다. 그는 다시 시계를 봤다.

"어쩐다. 동네 주민 분을 그냥 두고 갈 수도 없고."

그렇게 말하고는 서 있던 자리에서 한발 물러났다.

"그냥 두고 안 가면? 다시 같이 취조라도 받으려고?"

양창근은 초조한 마음을 숨기려 빈정거렸다. 이에 아랑곳하지 않고 박종대는 태연하게 양창근을 바라보며 말했다.

"소중한 사람인데 그냥 두고 갈 순 없습니다."

그제야, 양창근은 알았다. 박종대는 뭔가를 기다리고 있었다.

어디선가 비명 소리가 들리는 듯했다. 곧이어 취조실 벽에 구멍이 생겼다. 구멍은 거울처럼 보이는 뒤편의 벽을 뚫고 취조실 문 가까이, 류정훈 바로 뒤쪽으로 생겨났다. 그 구멍으로 빛이 쏟아져 들어왔다. 아니, 구멍을 만들며 빛이 들어왔다. 빛은 류정훈 뒤를 지나 취조실 다른 쪽 벽을 뚫다가 멈췄다. 사라졌다. 빛이 어디서 시작되었는지 알 수 없었지만, 확실한 건, 비명은 빛이 지나온 쪽에서 들려오고 있다는 것이었다.

순식간이었다. 모두 당황했다. 박종대는 약간 실망한 표정을 지었다. 그리고 한발 더 뒤로 물러났다. 류정훈에게서 좀더 멀어졌다. 강도영은 겁에 질려 자리에서 일어났다. 양창근과 류정훈은 제자리에서 움직이지 못했다.

곧 새로운 구멍이 생겼다. 동시에 빛 또한 다시 들어왔다.

이번엔 좀더 안쪽이었고, 그래서 앉아 있는 류정훈의 얼굴에 구멍을 내고 지나갔다. 정확히, 교실 바닥에 누워 있던 사내의 몸에 난 구멍과 같은 크기였다. 빛이 지나가며 구멍을 남기고 간 그 자리를, 더 이상 얼굴이라 부르기 힘들었다. 빛은 이번에도 취조실의 다른 벽을 뚫지 못하고 멈췄다. 여전히 빛의 경로는 알 수 없었으나 저 안쪽에서 다시 비명 소리가 들렸다.

저 구멍을 들여다보면, 빛이 어디에서 비롯되었는지 알 수 있을지도 몰랐다. 하지만 강도영도, 양창근도 가까이 갈 엄두를 내지 못했다.

박종대만이 여유가 있다. 류정훈의 몸은 그대로 앉아 있다. 고개도 그대로 들고 있다. 죽은 사람은 대부분 고개를 떨구기 마련이지만, 그러기엔 남아 있는 것이 별로 없었다.

그 후로 두 번 더 비명이 선행되며 구멍이 생겼고, 빛은 쏟아져 들어왔다. 뚫린 구멍 너머로 비명 소리가 선명하게 들렸다. 그 외에는 고요했다.

거대한 누군가가 경찰서를 앞에 당겨두고 앉아 장난삼아 구멍을 내고 있는 듯한 느낌이었다. 빛이 지나간 곳은 모두 같은 크기의 구멍이 생겼지만, 그 자체가 시끄러운 소음을 만들진 않았다. 구멍이 나지 않은 곳을 위협하지도 않았다.

모두가 숨을 죽이고 두려움에 떨고 있다. 다섯 번째 구멍은 생기지 않았다. 박종대는 조금 더 서 있다가 취조실을 나갔다. 양창근과 강도영은 얼굴이 사라진 류정훈을 보고 있었다.

*

폭발음 하나 없었지만, 경찰서는 작은 지옥이 되어 있었다. 레이저가 벽을 뚫고 공간을 지나는 동안 몇 명의 사상자가 더 생겼을지도 모른다. 하지만 오늘 일을 쉽게 언론에 알리진 못할 터였다. 박종대는 지옥이 된 경찰서를 걸어 나오며 부산곰탕이 하루에 얼마나 버나, 그런 생각을 했다. 꽤 이름난 집이긴 하지만, 작은 식당에서 돈이 얼마나 나오겠나, 걱정이 조금 되기는 했다. 사업을 좀 넓힐 수도 있겠지. 전화까지 한 걸 보니 김주한은 앞으로도 도와주겠지, 긍정적으로 생각하기로 했다. 대체로 계획대로 되고 있었다. 류정훈은 꼭 필요한 사람이었다. 그는 돈줄이었으니까. 꼭 필요한 사람을 지금 죽였다. 그러니 그 자리를 채워야 했다. 있는 사람들을 꼭 필요한 사람들로 만들어야 했다. 이우환은 꼭 필요한 사람이 되었다. 조만간 만나야 했다.

 세상을 꾸린다는 건 쉬운 일이 아니다. 세상을 그저 존재하는 것으로 생각하지만, 그걸 처음부터 만들어야 하는 사람도 있다. 박종대는 지금 이곳에 살지만, 생각해둔 세상이 따로 있었다. 그 세상엔 좀 다른 사람들이 살게 될 거였다. 박종대는 그 세상을 처음부터 디자인하고 이끌어가는 유일한 사람이었다. 사람들이 모여 살려면 각자의 역할이 필요했다. 그들에게 역할을 나눠줘야 하는 것도 박종대였다. 하지만 그들은 아무것도 가진 게 없는 사람들이었다. 그래서 이곳에 사는 사람들에게 빌려와야 하는 것들도 있었다. 많은 걸, 지금 이곳에 사는 사람들에게서 빌려와야 했다. 결국, 박종대가 만든 세상에서 이곳과 저곳의 사람들이 어울려 살게 될 것이었다.

 소년은 기다리고 있었다. 박종대는 주변을 돌아봤다. 눈에 띄어도 이상할 것 없는 곳이다. 박종대는 걸음을 멈추고 소년을 잠깐 봤다. 여러 조직에서 탐을 냈다던 그 소년이었다. 쉽지 않았다고 들었다. 그럴 만했다. 흡족했다. 왜 갑자기 마음이 바뀌어 들어올 생각을 했는지, 들어보지 못했다. 하지만 상관없었다. 소년은 여기 박종대의 눈앞에 있었다.

박종대는 다시 걸었다. 소년은 나란히 걸었다. 속도를 잘 맞췄다. 소년이 주머니에서 뭔가를 꺼냈다. 박종대에게 건넸다. 손수건에 쌓여 있었다. 박종대는 받았다. 소년은 물었다.

"어떻게 됐나요?"

"확신이 없을 때, 여러 번 쏜 거, 잘했다."

박종대는 소년에게서 받은 물건을 다시 소년에게 준다.

"이건 너한테 더 어울리는 거 같다."

6

 이곳에는 3일 전에 왔다. 책상 위에 놓인 물건은 새 같다. 하지만 새라면 이렇게 가만히 있을 리 없으니, 죽은 새와 같다. 새의 다리를 잡고 배를 누르면 입에서 뜨겁고 곧은 빛이 나갔다. 총은 그렇게 생겼다. 순희는 한 번도 이런 총을 본 적이 없다. 아니, 실제로 총이라는 걸 본 적도 처음이다.

 그날 아침 학교 앞 횡단보도에서 그 승합차를 탔을 때, 낡은 창고나 허름한 뒷골목 상가 같은 데 내려질 줄 알았다. 하지만 아파트였다. 이제부터 여기서 지내게 될 거라고 했다. 몇 개의 동이 늘어서 있고, 그 동이 다 그 동 같아서 길을 잃기 쉬운 그런 아파트가 아니었다. 동은 하나였다. 7층이고, 한 층마다 세 집이 살고 있었다. 스물한 가구. 아파트는 출입구도 하나였다. 앞으로 밀어도 뒤로 당겨도 되는 문이 있었다. 문 옆 벽에는 나무로 된 낡은 현판이 있었다. '영진아파트'라고 적혀 있었다.

 "여기, 어디서요?"

 순희가 남자에게 물었다. 그는 늘 운전석에 앉던 남자다. 키가 큰 편이고 덩치도 좋았다. 그리고 이때는 아직 얼굴도 멀쩡했다. 순희가 때리기 전이었으니까.

남자는 대답 없이 순희를 아파트 가까이에 있는 한 사무실로 데려갔다. 부동산 사무실이었다. 사무실 안에 사내가 혼자 있었다. 사내는 그 사무실 안에 있는 유일한 사람이었지만, 그 사무실과 무관한 사람처럼 보였다. 사내는 소개를 대신해 응접용 테이블 위에 있는 명함을 집어서 건넸다. '박종대'라고 적혀 있었다.

"우린 서로 다른 곳에서 온 다른 사람들이지만, 모여서 잘 살아보자."

라고 그 사내는 말했다.

순희는 602호에서 지내게 되었다. 아파트에는 엘리베이터가 없었다. 걸어 다니기에는 좀 높은 층이다, 생각했다.

어제까지 살다 나간 집 같았다. 가구며 옷들, 심지어 욕실에 칫솔까지 그대로 있었다. 옷장에는 젊은 사람 옷도 늙은 사람 옷도 있었다. 아이들 옷은 없었다. 가족사진으로 보이는 사진들도 군데군데 보였다. 주로 노부부 둘의 사진들이었고, 둘 사이 장성한 아들이 함께 있는 사진도 있었다. 사람만 빠져나간 집 같았다. 어쩐지 원래 살던 사람들이 금방이라도 다시 돌아올 것 같아서 순희는 짐을 풀지 않았다. 짐이랄 것도 없었다. 메고 온 가방을 방 한쪽에 내려다놓고 필요한 물건만 빼서 쓰곤 다시 넣었다. 이튿째 밤, 박종대가 찾아왔다. 순희를 옥상으로 불렀다.

박종대는 그때 처음 그 총을 순희에게 보여줬다. 총을 자세히 보여주려는 듯 이쪽으로 또 저쪽으로 뒤집었다. 총은 빛에 따라서 반짝이기도 했다.

박종대는 주변을 둘러보며, 동시에 총의 방아쇠를 당겼다. 총 전체가 빛으로 밝아지기 시작했다. 주변을 두리번거리던 박종대는 마땅한 곳을 못 찾았는지, 총구를 위로 향했다. 몇 초간 터질 것처럼 총은 밝아지더니 마치 안에 있던 빛을 다 쏟아내듯이, 밤하늘로 빛을 뿜어냈다.

아름다웠다. 순희는 그렇게 생각했다. 그 빛이 얼마나 뜨거운 것인지, 얼마나 무서운 것인지 순희는 그날은 몰랐다.

박종대는 순희에게 총을 건넸다.

"아무리 먼 곳이라도 총구가 가리키는 곳에 정확히 명중한다. 하지만, 방아쇠를 당기면 4, 5초가 지나야 총이 발사된다. 한 번 쏘고 다시 쏘려면, 역시 그만큼 필요하지. 그 시간을 늘 염두에 둬야 한다."

순희는 목적도 모른 채 이런 근사한 총을 받아도 되나 망설였지만, 받았다.

다음 날 오전에 운전석 남자가 찾아왔다. 할 일이 있다고 했다. 그 총도 잘 챙기라고 했다. 남자는 한적하지만 경찰서에서 가까운 골목으로 순희를 데려갔다. 그러곤 얼굴을 때리라고 시켰다. 봐주지 말고 치라고 했다. 순희는 시킨 대로 했고, 남자는 기절했다. 남자가 깨어난 후에 순희는 함께 경찰서로 향했다.

피해자와 가해자의 신분이었다. 가는 길에 남자는 코에서 흐르는 피를 손으로 막으며 할 일에 대해 설명했다.

순희가 강도영과 놀아주는 동안, 남자는 경찰서 안을 살폈다. 취조실을 찾아서 안까지 확인했다. 경찰서를 나온 남자는 순희에게 경찰서 안의 구조에 대해 알려줬다. 그리고 누군가가 앉아 있는 특정 위치에 대해 설명했다. 잘 알아듣지 못했지만, 설명을 다 들은 후 잡화상에 가서 이것저것 사라는 것들을 샀다.

둘은 경찰서와 나란한 맞은편 2층 건물 옥상으로 올라갔다. 이게, 가능할까 싶었다. 하지만 남자는 가능하다고 했다. 순희는 눈대중으로 남자가 말한 경찰서의 특정 위치와 일직선이 되는 곳에 일단 선 다음, 한쪽 눈을 감고 신중하게 한 번 더 가늠했다. 그래서, 눈에 보이진 않지만 누군가 앉아 있다는 경찰서 안의 특정 위치와 순희가 밟고 선 위치가 정확히 일직선이 되는 곳을, 그 옥상 바닥에 표시했다. 순희는 그 자리에서 천천히 경찰서를 등지고 돌아섰다. 표시한 곳에 서서 비닐끈의 끝을 밟았다. 그리고 끈뭉치를 옥상 아래로 던졌다. 뭉치가 풀리면서 끈은 일직선으로 옥상을 가로질러 건물 아래로 떨어졌다. 남자가 건물 아래에서 그 끈을 팽팽하게 당겼다. 한참 후 남자가 불러 아래로 내려가니 건물 벽에 X 표시가 돼 있었다. 남자는 그 표시를 가리키며 말했다.

"여기야. 여기에 대고 쏘면 돼. 조금이라도 어긋나면 다 끝장이다. 아래위로 약간은 괜찮은데, 좌우, 좌우는 흔들리면 안 된다. 표적은 거의 50미터 뒤에 있으니까. 그냥 벽에 총구를 붙여. 시간 잘 맞추고. 늦거나, 빨라도 안 된다."

남자는 먼저 떠났다. 순희는 시계를 수시로 확인하며 기다렸다. 장난처럼 느껴졌지만 그래도 잘해내고 싶었다. 처음 맡은 일이었고, 순희는 602호, 그 집이 싫지 않았다.

시간이 되고, 순희는 벽의 X 표시에 총구를 정확히 가져다 댔다. 그리고 방아쇠를 당겼다. 총이 서서히 빛을 내기 시작했다. 그리고 몇 초 후, 총은 발사됐다. 꽤 큰 구멍이 생겼다. 그 구멍을 통해, 빛이 지나간 공간들이 보였다. 순희는 지난밤 하늘 위로 곧은 선을 그리며 솟구치던 빛의 기둥을 다시 기억해냈다.

순희는 들여다봤다. 한눈에 두 채의 건물을, 그 속까지 볼 수 있었다. 하지만 사람과는 눈이 마주치지 않았다. 순희 외엔 누구도 그 구멍 속을 들여다보려 하지 않는 것 같았다.

빛은 순희가 서 있는 건물의 뒤쪽 벽을 뚫고, 길가에 난 앞쪽 벽을 뚫고, 길 건너 경찰서의 길가 쪽 벽을 뚫고 경찰서 안쪽의 벽 두어 개를 더 뚫었다. 이 건물은 고요했지만, 건너편 경찰서에서 비명 소리가 들렸다. 그 비명 외엔 경찰서도 고요했다.

그 후부터, 순희에겐 정확한 기억이 없다.

자신이 지금 무슨 짓을 한 건지. 총을 쐈으니 누가 맞은 건지. 그래서 죽여야 할 사람은 죽었는지. 일을 잘 처리한 건지.

어느 순간, 처음 맡은 일을 잘해내고 싶었던 그 마음이 떠올랐다. 그 마음만 기억났다. X 표시는 이미 사라지고 없었지만, 순희는 그 가까운 곳으로 옮겨가며 세 번을 더 방아쇠를 당겼다. 경찰서에서 비명이 한층 더 크게 들렸다.

'이 정도의 소리면, 죽었을 것이다.'

순희는 그렇게 생각했다.

총을 주머니에 집어넣고, 걸었다. 경찰서에서 멀어지는 방향으로 걸었다. 본능적으로 약속한 방향으로 가고 있었다. 가는 길에 순희는 이 총을 돌려줘야겠다고 생각했다. 일이 끝난 거면, 이제, 그 총을 돌려주고 싶었다. 총은 아름답지 않았다.

순희는 박종대가 지나가게 될 거라 했던 길 적당한 곳에 섰다. 그를 기다렸다. 그는 왔고, 순희는 총을 돌려줬다.

하지만 박종대는 이 총이 순희에게 더 어울린다며 돌려주었다. 그 의미를 순희는 알 수 없었다. 그가 흡족해하는 걸 보니, 누군가가 죽은 모양이었다.

집을 나왔다. 그리고 3일이 다 지나기도 전에 사람을 죽였다.

순희는 가출 청소년에서 며칠 만에 사람을 죽인 범죄자가 되어 있었다. 실감이 나지 않았다.

빛은 어떤 사람의 몸 어느 곳에 구멍을 냈을까. 문득, 학교 교실이 떠올랐다. 이제는 다시 갈 일이 없는 곳이었다. 그곳에서 몸에 구멍이 난 채 피를 쏟아내며 죽은 남자를 기억해냈다.

그러자 그 남자의 피를 온몸에 묻히고 허둥대던 자신의 모습이 보였다. 눈물이 쏟아졌다. 순희는 울었다.

울음이 참고 있던 것들을 몰고 온다. 강희가 보고 싶다. 우환 아저씨가 그립다. 곰탕이 먹고 싶다.

  늦은 밤 테이블에 앉아 강희와 함께하던 식사가 그리웠다. 그 국을 떠주던 우환 아저씨가 보고 싶었다. 강희에겐 별일이 없는지. 이제는 정말 돌이킬 수 없는 것인지. 순희는 울면서 실감했다. 없었던 일로 잊어버리기엔 눈앞의 총이 너무 진짜였다.

  모두 일어난 일이었다.

7

 강희는 이제 학교 안까지 오토바이를 타고 가지 않았다. 근처에서 내려서 걸었다. 그러고 싶었다. 선생들에게 욕먹는 게 어쩐지 싫어졌다. 배가 아주 조금 부른 것도 같았다. 혼자만 느끼는 걸 수도 있었다.

 학교가 끝나면 오토바이가 있는 곳까지 걸어왔다. 오토바이를 타고 시내를 벗어나 골목들을 따라 조금 돌았다. 그럼 부산곰탕이 나타났다. 그 앞을 지나서 바닷가로 난 길을 타고 집까지 달렸다. 식당 앞을 지날 때, 한 번도 식당 안을 들여다보지 않았다. 하지만, 한 번 정도는 누군가 문을 열고 나와, '야, 유강희!'라고 불러주는 것도 나쁘지 않을 텐데, 그런 생각만 가끔 했다.

 그러나 오늘도, 문을 열고 나와 보는 사람도, 이름을 부르는 사람도 없었다.

*

다음 식당까지는 멀지 않았다. 화영은 좀 걷기로 했다. 이왕이면 바다가 보이는 길로 걷기로 했다. 바다가 보였다. 몇몇 사람들이 오간다.

그리고 멀리 오토바이가 보였다. 오토바이는 순식간에 가까워졌다. 오토바이를 탄 여학생이 보였다. 자신과 또래로 보였다. 혹은 여동생과 또래 같았다. 물론, 모르는 얼굴이다. 오토바이는 제법 빠른 속도로 화영 앞으로 다가와 그대로 지나쳤다. 화영은 돌아봤다. 오토바이는 순식간에 멀어지고 있었다.

화영은 오토바이가 가는 방향으로 최대한 멀리 본다. 그리고 사라진다. 화영이 다시 나타났을 때, 오토바이는 화영의 옆을 지나친다. 화영은 다시 오토바이 진행 방향의 길을 본다. 그리고 사라진다. 화영은 자신이 봤던 그 길에 다시 나타난다. 오토바이는 보이지 않는다. 화영은 살핀다. 오토바이는 속도를 줄이고 골목길로 접어들고 있다. 화영은 사라졌다가 그 골목 앞에 나타난다. 오토바이는 골목을 빠져나가고 있다. 화영은 다시 사라진다. 그리고 그 골목의 끝에 나타난다. 오토바이는 큰길에서 속도를 내고 있다. 멀어진다. 사라진다.

화영은 여학생을 몰랐다. 하지만, 오토바이는 알았다. 이우환을 남겨두고 떠나던 그 오토바이였다. 그때는 여학생이 아닌 남학생이 오토바이를 몰고 있었지만, 저 요란한 오토바이를 화영이 잊었을 리 없었다.

저 오토바이는 이우환과 관련이 있는 게 확실했다. 어쩌면 저 여학생이 이우환을 알지도 모른다. 이우환이 있는 곳을 알려줄지도 모른다. 화영은 빠른 속도로 이동하는 오토바이를 쫓느라 수십 번을 더 사라지고 나타나기를 반복했다. 정신이 없었다.

그 와중에 많은 사람들의 눈이 화영을 목격했다. 사람들은 이 믿기지 않는 광경을 핸드폰을 들어 사진으로 담았다. 사라지는 순간을 찍기는 힘들었다. 나타나는 순간을 찍는 것도 쉽지 않았다. 찍은 것 같으면 없고, 분명히 찍었지만 희미했다. 누군가는 동영상을 찍기도 했다. 누군가는 그것들을 자신의 에스엔에스에 올리기 시작했다. 그리고 누군가는 경찰서에 제보를 했다. 공교롭게 눈앞에 살인 사건 수배자 전단지가 있었고, 그 속에서 방금 찍은 남성과 동일한 얼굴을 찾았으며, 이 신기한 일을 어서 관할 경찰서에 알리고 싶어했다.

사람들에게 타인의 일은 모두 이벤트였다.

*

벽에 난 구멍이 보인다. 도구로 그린 듯 정확한 원이다. 구멍을 따라 가본다. 사람 몸이 들어갈 수 있을 만큼 큰 구멍이 아니지만, 고양이 정도가 된 셈 치고 구멍들을 들어가고 또 나와본다.

구멍은 길 건너편 2층 건물 뒤 좁은 골목 쪽 벽에서부터 시작되어 큰길가 쪽 벽을 뚫고 경찰서로 이어진다. 경찰서에서는 먼저 길가에서 가장 가깝게 있는 공간인 로커룸 벽을 뚫었다. 그리고 형사1팀 팀장의 방을 지나, 직원용 휴게실을 지나, 취조실 안쪽 벽까지 완벽하게 뚫었다. 마지막으로 취조실과 형사1팀 사무실을 구분 짓는 벽을 반 정도 뚫다가 멈췄다. 그 구멍으로 빛이 들어왔다. 물론, 정확히는 빛이 구멍을 만들어내며 들어왔다.

빛은 구멍을 지나는 동안, 팀장의 오른손을 앗아갔으며, 직원용 휴게실에서 기지개를 켜고 있던 경찰의 팔목을 사라지게 했으며, 반사유리 너머에서 대질신문 상황을 지켜보고 있던 최성원 형사의 가슴에 구멍을 냈으며, 그리고 대질신문 중이던 류정훈의 머리의 하중을 줄여주었다. 덕분에 류정훈은 꼿꼿하게 앉아 죽었다. 본인을 혼란스럽게 했던 그 얼굴을 잃어버린 채로.

아마도 레이저 총인 게 분명한 그 총이 만든 구멍 네 개로 두 사람이 죽고, 두 사람이 다쳤다. 경찰들은 혼란스러웠고, 믿을 수 없었으며, 화가 났고, 슬펐으며, 무엇보다 두려웠다.

양창근은 구멍 앞에 서 있다. 마침 지나가던 아이가 양창근의 뒤에서 기웃거린다. 양창근은 알지 못한다. 열 살도 되지 않았을 사내아이는 궁금함을 참지 못한다. 아이는 양창근의 앞으로 가 구멍에 머리를 집어넣으려 한다. 놀란 양창근이 다급하게 아이의 몸을 안고 뒤로 뺀다. 아이는 의아해하며 멀어진다. 양창근은 아직도 무섭다. 이 앞에 서긴 했지만, 저 구멍 속을 들여다

볼 용기가 나지 않는다.

양창근이 조심스럽게 구멍 속을 들여다봤을 때, 이어진 구멍들의 끝에 서 있는 사람과 눈이 마주쳤다. 강도영이었다.

강도영은 노려보고 있었다. 취조실, 류정훈이 죽은 그 자리에 서서 양창근을 지나 그 너머에 서 있었을 누군가를 노려보고 있었다. 강도영은 한참이 지나서야, 길 건너편 건물에 난 구멍의 끝에 양창근이 서 있는 걸 알아차렸다.

50미터가 넘는 거리였다. 두 형사는 서로를 마주봤다. 자세한 표정까지는 알 수 없었지만 두 사람은 같은 말을 중얼거리고 있었다. 입 밖으로 내고 싶지 않지만, 계속 맴돌고 있는 말이었다.

'모르겠다. 정말이지, 알 수가 없다.'

*

경찰서에서 누군가는 몇 통의 제보 전화를 받았다. 하지만 양창근과 강도영에게 보고가 되진 않았다. 양창근은 구멍난 휴게실을 살피다가 주저앉았다. 바닥에는 팔목을 잃은 경찰의 것으로 보이는 피가 있었다. 어디서 사람들이 웃고 떠드는 소리가 작게 들렸다. 양창근은 소리를 찾아 두리번거렸다. 티브이가 보는 사람 없이 틀어져 있었다.

양창근은 티브이를 봤다. 화면 속 사람들은 한 동영상을 보며 이 동영상이 합성인지 아닌지 알아봐야 한다며, 시시덕거리고 있었다. 그들은 그런 일로 웃고 있었다.

"근데 놀라운 건, 이 동영상 속의 사람이 공개 수배 중이라네요!"

누군가가 추임새를 넣었다. 과장된 리액션들이 이어졌다. 양창근은 티브이를 계속 보았다. 달리 할 일도 없었다. 그들이 재미삼아 반복하여 재생하는 동영상 속에서 한 남자가 사라졌다 나타나기를 반복하고 있었다.

남자는 교실 살인 사건의 용의자였다. 경찰서에 들어와 양창근과 마주쳤던 그 소년이었다. 양창근은 그 소년을 알아봤다. 화면에서 눈을 떼지 않았다. 서둘러 뭔가를 할 수 있을 것 같지 않았다.

*

"왜 그런 표현들 쓰잖아. 경찰 수사망에 구멍이 뚫렸다. 뭐 그런. 근데 이번엔 진짜 구멍이 뚫렸다더라고. 웃기지 않아? 맨날 수사망에만 구멍이 뚫릴 줄 알았지, 진짜 경찰서 벽에 구멍이 날 줄 어떻게 알았겠어? 쉬쉬해서 어떻게 막고 있나 보던데. 참 별일이야. 근데, 이거, 너무 웃기지 않아? 구멍이 진짜 뚫렸다잖아!"

김주한은 경찰서 벽에 구멍이 난 이야기를 하며 여러 번 웃었다. 나름 말장난을 즐기는 것 같았는데, 그 구멍을 내라고 지시한 당사자인 박종대는 그다지 재밌지 않았다. 하지만 몇 번 따라 웃어줬다. 어쨌든 이 남자가 전화 한 통을 했고, 그 전화 한 통 때문에 박종대가 여기에 있을 수 있었다. 권력이란 참 우스운 거였다.

권력을 가진 자는 그걸 나눠줄 생각이 없다. 하지만 사람들은 그 권력을 나눠 받을 수 있을 거라 기대하며 권력자의 말을 따른다. 돈을 가진 사람이 돈을 쓸 때는 본인에게 필요한 경우에 한해서다. 권력도 마찬가지다. 권력자들은 본인에게 뭔가 필요할 때, 남을 위해 권력을 쓴다. 나눠주는 게 아니라 이용할 뿐이다.

박종대는 그걸 알았다. 김주한이 박종대를 위해 권력을 쓴 게 아니다. 김주한은 이제 박종대를 자신에게 필요한 사람으로 생각한다는 의미였다.

김주한은 서세영에 대해서 알아본 듯했다. 하지만 그것만으로 박종대를 위해 무리를 하진 않았을 것이다. 김주한은 하기 싫은 일을 하는 걸 몹시 싫어한다고 몇 번을 말했다. 전광용 의원에게 전화를 하는 게 그 일이었다. 사실 김주한은 당 내에서 나름 인정받는 젊은 세력이었지만 구의원 선거에서도 떨어졌다. 그에게 이렇다 할 힘이라는 게, 이용할 만한 권력이 있을 리가 없었다. 그런 김주한의 말을 실세라면 실세인 전광용 의원이 들어줬다는 게 박종대는 오히려 의아했다. 아마도, 온갖 비굴한 말들을 해야 했을 거다. 박종대가 생각하지 못한 어떤 제안을 김주한이 했을 수도 있다.

하지만 왜 그랬을까. 서세영의 죽음 하나만으로 박종대가 하는 모든 말이 진실일 거라고 믿었던 걸까? 그럴 수도 있었다. 하지만 정치인은 남의 말을 쉽게 믿지 않았다. 그럼에도 김주한은 왜 하기 싫은 일을 그렇게까지 해서 박종대를 빼냈을까.

'대통령'이라는 말이 가지는 힘 때문이었다.

구의원에서도 떨어진 자신에게 10년 뒤 대통령이 된다고 말한 이가 바로 박종대였다. 그런 말은 누구나 할 수 있었지만, 일개 당원에게, 그것도 낙선 직후에 하지는 않는다. 농담으로 건네기도 부담스러운 말이라는 걸 정치판에 있는 사람이라면 누구나 알았다. 하지만 박종대는 그런 말을 아무렇지 않게 했다.

그리고 세 가지 말을 더 했다. 우선, 그중 하나가 맞았다. 고가 참사 사망자 리스트에 서세영은 있었다. 그가 10년 뒤에 대통령 후보가 되는지는 모르지만, 어쨌든 나름 전도유망한 청년이었다. 두 번째, 전광용 의원이 스캔들 때문에 의원 생활을 못 하게 되는 것, 그건 몇 년 뒤라고 했으니, 확인되려면 시간이 걸릴 터였다.

하지만 세 번째 한 말은, 얼마 남지 않았다.

김주한은 그 말이 사실로 드러나길 바랐다. 지금 함께 저녁을 먹고 있는 이 남자, 박종대의 말을 믿고 싶었다. 대통령이 되고 싶었다.

"근데, 복덕방 하는 사람이 어떻게 그런 일들을 내다보나? 용한 점쟁이가 곁에 있는 건가? 아니면 본인이 미래를 보고 그러나? 뭐 나야 상관없지만. 땅도 미리 좀 사두셨겠네?"

박종대는 김주한의 말투가 싫었다. 비아냥거리고 무시하는 듯하면서도 눈치를 보는 말투다. 그리고 말 사이사이 아무렇게나 새어 나오는 웃음소리도 싫었다. 김주한은 무시하고 싶어 비아냥거리면서도 눈치를 보느라 쓸데없이 웃고 있었다. 그러면서 생색을 냈다. 자신이 전광용 의원에게 얼마나 힘들게 부탁을 했는지, 전광용 의원이 그런 걸 얼마나 싫어하는지 아느냐고.

하지만 박종대는 대단한 죄인이 아니었다. 어쩌면 그냥 풀려났을 수도 있었다. 박종대는 그저 경찰의 대질신문 협조 요청에 스스로 응했을 뿐이었다. 표면적으로는 그랬다. 물론 일은 꼬일 수 있었지만, 이렇게까지 생색을 내는 김주한이 끝은 보기 흉했다. 못난 사람이었다. 어떻게 10년 뒤에 대통령이 된 건지, 박종대는 의아했다.

하지만 어쨌든, 박종대는 김주한이 필요했다. 대통령이 될 사람은 김주한이지 자신이 아니었다. 박종대는 김주한이 필요했다.

"함께 일하는 사람들이 있습니다. 다른 일들도 좀 하고 있구요."

정확히 무슨 일을 하는지, 굳이 설명하지 않았다. 박종대는 무리하면서까지 빼내준 것과 저녁 식사에 대해 감사 인사를 했다. 앞으로 자신이 보답할 수 있는 것들이 많을 테니 기회를 달라는 말도 했다. 자주 뵙고 싶다는 바람도 전했다. 그리고 이만 일어나도 되겠냐고 물었다. 퇴근하고 밤에 아파트를 보러 오기로 한 신혼부부가 있다고, 부동산 일이라는 게 이렇다고, 부러 비굴하게 굴었다. 김주한은 그러라는 듯 손짓을 했다.

"그럼 이제 곧 GSH빌딩이 무너지겠네? 내가 좀 알아봤는데. 그 빌딩은 지은 지 얼마 되지도 않았고, 뭐 부실공사, 이런 거랑도 꽤 거리가 있던데. 왜 무너지지? 그래도 뭐 박 선생이 그렇다고 했으니까. 무너지기만 한다면야, 그러면 내가 당신이 무슨 말을 해도 믿고 따를 거 같은데. 파트너, 뭐 그런 것도 좋고."

"무너집니다."

박종대는 김주한의 마지막 질문에 짧게 답을 했다. 식당 직원이 문을 열어줬고, 박종대는 식당을 나와 엘리베이터를 타고 한참 내려왔다. 로비를 지나 호텔을 나왔다.

박종대는 김주한을 선거 전이 아니라, 낙선 후에 찾아가길 잘했다는 생각을 했다. 한참 선거 운동에 열을 올리는 사람을 찾아가, '당신은 이번 선거에서 진다. 내 말이 맞으면, 나를 찾아라' 하는 건 첫인상에 좋지 않다. 지금 김주한은 박종대를 낙선 직후의 난관을 헤쳐나가는 데 도움을 줄지도 모르는 사람 정도로 생각하는 것 같았다. 하지만 미리 찾아갔더라면, '재수없게 당신 때문에 내가 선거에서 떨어졌다'라는 말도 안 되는 이야기를 들었을지도 모른다. 10년 뒤 대통령이 된다는 말 또한 그만큼이나 말도 안 되는 소리일 수 있으나, 김주한은 믿고 있는 것 같았다. 사람은 언제나 믿고 싶은 걸 믿는 거니까.

빌딩은, 번거로운 일은 처리하면 되는 거였다.

*

양창근은 밤이 늦어 병원에 들렀다. 팀장은 잠들어 있지 않았다. 오른손이 있어야 할 자리에 붕대가 감겨져 있었다. 오른팔의 끝은 뭉툭하기도 하고 뾰족하기도 했다. 팀장은 자연스럽게 오른팔을 들어 뒷머리를 만지려 했다. 하지만 팔은 허공에서 미끄러졌다. 팀장은 그런 자신의 팔을 봤다. 팔이 아니라 손을 보려고 했지만 손은 없었다. 팀장은 똑같은 짓을 한 번 더 했다. 손이 뒷머리에 닿고 그곳을 긁어줘야 했겠지만, 손을 잃은 팔은 허공에서 다시 미끄러졌다.

양창근은 안부를 묻지 않고 기다렸다. 저런 사람에게 좀 어떠시냐는 말을 건넬 수는 없었다. 팀장은 그 짓을 한 번 더 했다. 팔은 여전히 가려운 곳을 긁어주지 못했다. 팀장은 웃었다.

"이거, 꽤 불편할 수도 있겠는데."

혼잣말인지 묻는 말인지 알 수 없었다.

"나까지 죽이려고 했던 건 아냐. 류정훈이를 죽이려고 했던 게 맞아. 그렇지만 그것 때문에 누가 더 죽어도 상관없었던 거야. 그런 놈들인 거야."

팀장은 계속 말을 이어갔다.

"이거에 맞을 때, 잠깐이었지만 아주 뜨겁달까? 그랬어. 환하고 뜨겁고. 내가 과학을 잘 모르지만, 이게 레이저 아냐? 어떤 새끼들이 이런 걸 쓸 수 있지, 부산에서?"

"……누구였습니까?"

양창근이 팀장에게 물었다. 팀장은 양창근에게 향했던 시선을 거두었다. 말을 해주지 않으려는 것 같았다. 양창근은 답답했다. 화가 났다. 팀장은 자신의 손을 잃었다. 그럼에도 입을 다물려고 하고 있다. 양창근은 이해가 안 됐다. 팀장은 죽을 수도 있었다.

"분명히 어떤 개새끼가 전화해서, 박종대 풀어줘라! 그랬던 거 아닙니까? 팀장님도 류정훈이가 박종대 불러달라고 했을 때, 좋아하시지 않았습니까! 뭐든 알아내라고 하시지 않았습니까! 최성원 형사가 죽었습니다!"

그래도 팀장은 대답이 없었다. 한참 후에 혼잣말처럼 중얼거렸다.

"손을 하나 잃었으니, 앞으로 살기 더 힘들어지지 않겠어?"

팀장은 그렇게만 말했다. 그리고 침대에 누웠다. 등을 보였다.

8

 남자는 602호의 문을 두드렸다. 인기척이 없었다. 문을 몇 번 더 두드렸다. 남자는 열쇠를 꺼내 문을 열었다. 안으로 들어가 방들을 확인했다. 아무도 없었다.
 "이 자식, 오늘 새벽에 일 있다니까."

*

 제대로 왔는지 알 수 없었다. 어두울 때 나와 깜깜한 곳으로 왔다. 파도 소리가 들려왔지만 바다는 보이지 않았다. 우환은 주변을 둘러봤다. 혼자뿐이었다. 제대로 온 것 같지가 않다. 여기서 만나 도대체 무슨 일을 한다는 건가.
 박종대는 아직 모습을 보이지 않았다.
 늦은 오후에 한 사내로부터 전화가 왔었다. 박종대가 아니었다. 하지만 박종대가 시킨 일이라 했다. 부산 지리를 잘 모르는 우환은 그 사내에게 장소에 대해 몇 번이나 상세하게 묻고 적었다. 들은 대로, 적은 대로 찾아왔다. 새벽 3시, 시간도 맞았다. 하지만 아무도 없었다.

멀리서 차 소리가 들려왔다. 소리는 가까워졌다. 물건을 실을 수 있는 소형 트럭이었다. 트럭이 바닷가 가까이에 멈춰 섰다. 차문이 열리며 남자 둘이 내렸다. 짐칸에서 남자 하나가 뛰어내렸다. 모두 셋이었다. 남자 둘은 트럭에서 시커먼 고무 덩어리를 꺼냈다. 곧이어 시끄러운 기계 소리가 들렸다. 발전기가 돌아가는 소리였다. 소리가 이어지는 동안 고무 덩어리는 조금씩 커지고 있었다. 검은 고무보트였다. 그사이, 나머지 남자가 우환에게 다가왔다. 남자의 목에는 먼 곳을 볼 수 있는 망원경이 걸려 있었다. 박종대였다.

"원래 넷이 오기로 했었는데. 뭐, 다음에 보면 되고. 오늘 일은 오늘 해야 되니까."

"근데 무슨 일을?"

박종대는 시계를 봤다. 우환은 그 시계가 뭔지 알았다. 조금 다른 모양이지만 분명히, 여행사에서 받은 시계였다.

박종대는 망원경을 들어 봤다. 처음에는 해변을 보는 것 같더니, 다음에는 먼 바다를 봤다. 박종대가 망원경을 우환에게 건넸다. 손가락으로 봐야 할 곳을 가리켰다. 바다 한복판이었다. 우환은 망원경을 들고 바다를 봤다. 어두웠다. 아무것도 보이지 않았다. 하지만 어둠에 눈이 적응되자 보이기 시작했다.

사람들이었다. 헤엄치는 사람들이었다. 우환은 새벽 3시에 헤엄치는 사람들의 풍경이 낯설지 않았다. 우환은 그 사람들을 따라 먼 해변까지 봤다. 해변에 이른 사람이 둘, 헤엄을 치고 있는 사람이 다섯이었다. 일곱. 일곱이나 살았다. 우환은 박종대가 저 사람들을 도와주기 위해 자신을 이곳에 부른 것이라 여겼다.

박종대는 해변에 일곱 사람이 모두 닿을 때까지 기다렸다. 그사이 고무보트가 준비되었다. 펼쳐진 고무보트는 꽤 컸다. 남자 둘은 그 보트에 불룩한 검은 가방 여섯 개를 실었다. 박종대와 우환, 그리고 남자 한 명이 보트에 올랐다. 나머지 한 남자는 해변에 남았다.

보트는 어둠을 가르며 바다를 향했다. 박종대가 불쑥 물었다.

"사람들이 얼마나 자주 오는지 아세요?"

"1년에 한 번? 월 번? 아, 아니, 힌 달에 한 번?"

박종대가 피식 웃으며 말한다.

"매일 옵니다, 매일."

보트가 속도를 줄였다. 그리고 저기, 배가 있었다. 우환을 이곳에 데리고 왔던 배. 문은 열려 있었다. 여섯은 그대로 앉아 있었다.

남자와 박종대는 익숙하게 죽은 사람들을 내려 보트에 실었다. 우환은 영문을 모른 채 그들을 도왔다. 두 사람이 시체 한 구를 보트로 옮기면, 남은 사람은 보트에 실려 있던 검고 제법 큰 가방을 배의 빈자리에 놓았다. 여섯 구의 시체를 모두 보트로 옮기자, 여섯 개의 가방도 사람들이 있던 자리에 모두 실렸다.

죽은 사람 여섯을 보트에 다 싣고도 박종대는 조금 더 기다렸다. 조금 후, 문은 자동으로 내려졌다. 그리고 배는 천천히 아래로, 바닷속으로 내려가기 시작했다. 배가 바다로 가라앉으며 작은 파도를 만들었다. 보트가 출렁, 했다.

박종대와 남자는 보트의 시동을 켰다. 왔던 곳으로 향했다. 우환은 궁금한 것이 너무 많았다. 뭘 먼저 물어야 할지 몰랐다. 가장 궁금한 것부터 묻게 됐다.

"근데, 이 죽은 사람들은 왜……?"

"거기보다, 여기서 더 유용하니까요."

이 시체들이 여기서 어떻게 유용한지 묻고 싶었지만, 더 궁금한 게 있었다.

"그, 가방 속에는 뭐가 든 거죠?"

박종대는 자신을 알리는 방법이라고 답했다.

처음에는 시신이 된 사람들을 그대로 싣고 배가 돌아왔을 것이다. 그래서 박종대와 우환이 떠나왔던 그곳의 사람들은 시간여행을 하다가 사람들이 이만큼 죽는구나, 알았을 것이다. 하지만 언제부턴가, 시신 대신 가방이 그 자리에 실려 온다. 처음에는 이게 뭘 의미하는지 몰랐을 거다. 하지만 그건, 죽은 사람이 돌아오는 것보다 훨씬 그곳에서 유용했다.

그리고 또 그들이 알게 되는 게 있었는데, 그게 무엇보다도 중요한 사실이었다. 그건, 이곳에서, 그 일을 하는 누군가가 있다는 거였다.

　죽어도 상관없어 과거로 보내진 사람들 중의 누군가가, 지금도 살아남아 이 일을 하고 있다는 것이고, 이런 일을 혼자 할 수는 없을 테니, 무리지어 있다는 것이었으며, 이런 끔찍한 일을 매일 할 수 있는 자가 그 무리의 우두머리라면, 그 무리를 결코 만만하게 볼 수 없다는 것이었다.

　미래는 점점 암울해져갔다. 언젠가는 '그곳'에 있는 더 많은 사람들이 이곳으로 오고 싶어 할지도 모른다. 많은 사람들이 한 번에 몰려올지 모른다. 그렇게 몰려오기 위해 우왕좌왕하던 사람들이 어느 한 사람을 앞세울 수도 있다. 리더가 된 그가 조금이라도 생각이 있다면, 그들이 새 인생을 살아야 할 곳에 대해 고민할 것이다. 거기에 어떤 사람들이 사는지도 궁금해할 것이다.

　그리고 이미 오래전부터, 미래를 떠나 과거에 살면서 지금까지 매일 시간 여행선에 저런 것들을 실어 보내는 무리가 있다는 것도 알게 될 것이다. 그래서 어느 날, 미래에서 누군가가 그 무리를 알고 싶고, 그 우두머리를 만나고 싶어 온다면, 그는 절대, 이곳에 머물고 있는 '떠나온 사람들'을, 떠나올 때는 목숨값이 벌이의 전부였던 이 사람들을, 절대 하찮게 보지 못할 것이었다.

　그들은 이 무리를 이미 두려워하고 있을 것이다.

　박종대는 말했다.

"첫인상이, 중요합니다."

보트가 바닷가에 닿았다. 두 남자가 서둘러 보트의 공기를 뺐다. 박종대와 우환은 시체들을 트럭 뒤에 실었다. 그 위를 천으로 덮었다. 보트의 공기가 빠지는 동안 박종대는 시체의 쓰임에 대해서 간단히 말해줬다.

팔 수 있는 건 모두 판다. 우환이 어리둥절해져서 바라보자, 조금 더 설명했다.

어떤 시체는 팔 수 있는 게 많다. 아닌 시체도 있다. 하지만 시간 여행으로 죽은 시체들은 뇌사인 경우가 많다. 장기가 파열되는 경우는 드물다. 큰돈이 되는 건 그 장기다. 게다가 뼈에 붙은 건 발라서 다시 돌려보내니, 버릴 게 없다. 꽤 괜찮은 장사다. 꾸준히 물량 확보도 되고 있기 때문에 전망이 밝다. 죽은 사람의 몸에서 장기를 꺼낼 경우, 시간이 생명이다. 이렇게 빠른 시간 안에 장기를 적출할 수 있는 시체가 있다는 건, 다행스러운 일이다. 살인을 하는 게 아니니 얼마나 다행이냐. 우린 아무것도 없이 왔지만, 운이 좋은 사람들이다, 마지막으로 덧붙였다.

우환이 박종대에게 사업 설명을 듣는 동안 보트의 공기가 다 빠졌다. 공기가 빠진 고무 덩어리를 트럭에 실었다. 남자 둘은 트럭 앞에, 그리고 박종대와 우환은 뒤에 시체들과 함께 올라탔다.

몇 시나 되었을까. 적막했다. 트럭은 되도록 시내를 피해 달리는 것 같았다. 꽤 속도를 내고 있었다. 트럭에 실린 것들 때문이었다. 어디로 가는지 우환은 알 수 없었다. 우환은 이곳에서의 삶이 가늠되지 않았다. 오늘의 일이 실감되지 않았다. 박종대의 말들이 믿기지 않았다.

우환은 자신과 함께 탄 시체들을 봤다. 저들을 파헤치는 사람은 누굴까? 그는 자신이 이곳에서의 삶을 택했기 때문에 죽어야 했던 열두 사람이 떠올랐다. 이런 극악의 선택을 하는 사람이 또 있을까? 그런 우환을 꿰뚫어 보는 듯, 박종대가 말을 걸었다.

"당신이 거기서 나오면, 그 배에서 중간에 내려버리면, 남은 이들은 이유도 모른 채 죽어야 한다는 거, 몰랐어요?"

우환은 답하지 못한다. 박종대가 대신 답했다.

"당신은 알았어요. 이미 그때 당신은 변한 겁니다. 완전히 다른 사람이 된 거예요. 어떻게든 여기서, 이 현재에서 살고 싶었던 겁니다. 어떻게든 행복해지고 싶었던 거예요."

"……."

"당신이 처음이지만, 유일할 거라고 생각하지 않아요. 앞으로 더 생기겠죠. 누구든 행복해지고 싶어 하고, 누군가는 결정이 늦을 수 있으니까. 나는 당신을, 앞으로의 그들도 내치지 않을 겁니다. 이곳에서의 삶을 포기한 열둘보다, 여기서 살기로 한, 그 한 사람이 내겐 소중하니까요."

"……!"

"여기서 살려면 온갖 노력을 해야 합니다. 생각해보세요. 우리가 아랫동네에 살 때는 어땠습니까? 거기서도 갖은 노력을 했어요. 그렇지만 늘 불행했죠. 하지만 여기서는 행복할 수 있어요."

"……."

"여기서 우리는, 인생을 선택해서 살 수 있습니다."

"……?"

"게다가 이우환 씨는 여기서 가족을 만났어요. 이런 행운은 아무에게나 있는 게 아닙니다. 늙은 아들보다는, 그 아버지로 사는 게 낫지 않을까요? 셋이 가족이 되는 겁니다."

"……!"

*

트럭은 멈춰 있다. 어느 지하 주차장이다. 주차장에는 몇 사람이 더 기다리고 있다. 그중에는 여자도 있다.

그들은 신속하게 시체를 내려서 제각각 들쳐멘다. 하나씩 시체를 짊어지고 건물 안으로 사라진다. 거리낌이 없다. 주변을 살피지도 않는다. 그들은 이곳에 속해 있는 것 같다.

우환은 그들이 건물 안으로 모두 사라질 때까지 트럭에 가만히 앉아 있었다.

박종대는 트럭에서 내려 그런 우환을 기다렸다. 트럭에서 내려오자 박종대는 함께 건물 안으로 들어갈 것을 권했다. 하지만 우환은 돌아가서 식당 일을 해야 한다고 말했다. 몇 시간 후면,

아침 손님들이 오기 시작할 거라고. 박종대는 그러라고 했다. 당신에겐 식당 일이 더 중요하니 어서 가보라고.

박종대는 이미 멀어지고 있다. 아침 일을 끝낸 농부처럼 툭툭 손으로 쳐 옷을 털었다. 그 발걸음이 너무 가벼워서 우환은 물끄러미 봤다. 박종대가 건물 안으로 사라지기 직전, 우환이 물었다.

"저 사람들이, 전붑니까?"

"아니요. 우린 활동조입니다. 여기 좀더 살아요. 다 같이 살게 될 겁니다. 우선은, 여기서."

*

우환은 차가 들어온 길을 따라 걸었다. 주차장을 벗어났다. 지상으로 나와 조금 더 걸으니 건물 전체가 한눈에 보였다.

아파트였다. 한 동짜리 낡은 아파트였다.

*

'남해유리거울'이라는 간판이 보였다. 저 이름을 정할 때, 부산이 남해냐 동해냐를 가지고 박정규의 아버지와 어머니의 의견이 갈렸었다고 했다. 아버지는 남해로, 어머니는 동해로 맞섰다. 박정규의 아버지는 가장 똑똑한 아들의 의견을 들어봐야 한다 했고, 공고 전자과를 다니고 있는 박정규는 '남해라는 게 있나?'라고 되물었는데, '거봐, 남해라잖아!' 하며 아버지가 좋아라 했다고 했다. 그렇게 해서, 10년을 넘게 '부산유리거울'이었던 박정규네 가게는, 아버지의 말처럼 좀 과감하긴 하지만 차별성이 있는데다 배운 티가 나면서 고객 수용의 폭이 훨씬 커진, '남해유리거울'로 바뀌게 되었다. 아버지는 이 이름에 아들의 의견이 반영된 것을 대단히 만족해했다고 했다. 그래서 어머니 또한 무척 좋아하는 이름이라고 했다. 박정규는 순희처럼 외동이었지만, 그런 기억을 나눌 수 있는 부모와 함께 살고 있었다.

순희는 친구를 찾아왔다. 새벽 3시가 다 되었지만, 박정규는 문을 열어줄 것 같았다. 가게는 셔터가 내려져 있었다. 다른 문을 찾을 수 없었다. 순희는 셔터를 두드렸다. 셔터는 출렁이며 큰 소리를 냈다. 두어 번 더 두드려도 셔터는 올라가지 않았다. 대신, 저 위에서 목소리가 내려왔다. 박정규였다.

"오오오, 이순희!"

박정규는 순희를 내려다보고 웃었다. 손을 흔든다. 몸을 너무 길게 빼서 창밖으로 쏟아질 것 같다. 순희는 친구가 가르쳐준 대로 가게 옆으로 난 골목을 따라 건물 뒤로 돌아갔다. 거기 2층으로 가는 문이 따로 있었다. 1층은 가게, 2층은 가정집, 그리고 그 위에 창고 겸 옥상이 있었다. 박정규는 순희를 2층에 있는 방으로 데리고 들어왔다. 하지만 곧 담배를 들고 옥상으로 올라갔다. 순희와 박정규는 옥상에 서서 담배를 물었다. 어깨를 쭈욱

펴고 뻐끔뻐끔 소리를 내며 담배를 피웠다. 담배 한 대를 피우는 동안, 박정규는 강희가 걱정한다는 말과 학교는 아예 안 나올 거냐는 질문과 오, 며칠 사이 뭐가 달라졌는데, 감탄을 했다.

"달라지긴 개뿔. 똑같은데."

순희는 답했다. '사람을 몇 죽인 거 같다' '나도 모르는 다른 사람이 된 거 같다'라는 말은 하지 않았다.

남자가 새벽에 일이 있다고 기다리라고 했었다. 무슨 일인지 몰랐지만, 순희는 또 '무슨 일'을 하고 싶지 않았다. 오후에 있었던 일만으로도 버거웠다. 그 일 하나로 너무 울었다. 순희는 밤까지 좀더 울다가 남자가 찾아올 시간에 앞서 방을 나왔다. 그리고 친구에게로 왔다.

박정규는 여전했다. 당연했다. 일주일도 지나지 않았다. 일주일 사이에 진짜 진히 다른 사람이 되는 사람은 많지 않았다. 어쩌면 순희도, 다른 사람이 된 거 같지만, 여전히 똑같은 사람일지도 몰랐다. 순희는 여전히 눈앞의 박정규와 어울리는 시시껄렁한 고딩이었으면 싶었다.

아무렇지 않게 지난 며칠을 이야기했다. 아파트까지 내줬다는 말에, 박정규는 엄청 부러워했다. 뽕카를 자신이 아닌 강희에게 준 것에 대해서는 충분히 이해했다. 순희는 뭔가 평범한 듯하면서도 다른 느낌의 박종대에 대한 이야기를 했다. 그리고 주머니에 넣어 온, 그 총을 보여줬다. 좀 자랑하고 싶었는지도 모른다. 박정규는 입을 다물었다. 총은 만지지도 않았다. 그냥,

심각하게 봤다. 그리고 말했다.

"맞네, 외계인이네."

"그냥 평범한데?"

"븅신아, 외계인 얼굴은, 그냥 탈이야. 벗었다 썼다, 넌 새끼야, 뭐 배웠냐."

"……"

"걔가 뭐라데? 어? 너 딱 처음 봤을 때, 어?"

순희는 잠깐 생각해봤다.

"아, 우린 서로 다른 곳에서 온 다른 사람들이지만 모여서 잘 살아보자? 뭐 그런 비슷한."

"와! 소, 소름! 개새끼, 그 씨발 개새끼, 그거, 외계인이네. 외계인 맞네. 벌써 땅 좀 사서 돈도 좀 있나 보다? 어? 부동산? 와, 아파트, 쩌네. 와, 씨발 진짜."

흥분해 있던 박정규는 갑자기 순희의 몸을 이리저리 만지고 살폈다.

"개새끼들이 뭔 짓 안 했어? 주사 같은 거나, 어, 아침에 일어나니까, 다른 곳으로 납치되었거나, 어? 머리에 막 실밥, 실밥 생겼거나, 이 새끼들 분명히 무슨 목적을 가지고 왔을 거란 말이지."

박정규의 흥분은 쉽게 가라앉지 않았다. 단순히 흥분한 것만은 아니고 화가 상당히 난 상태였는데, 또 화가 난 것치고는 이상하게 논리적이면서, 어쨌든 순희가 본 이래로 박정규는 가장 똑똑한 모습이었다. 그리고 박정규는 모든 걸 이해했다는 듯, 겁도 없이 순희가 들고 있던 총을 집었다.

"이거는 분명히 레이저 총일 거야, 그지? 누르면 뿌우우우쓩우웅, 하면서 빛이 좍 나가는 거야, 그지?"

"너 어떻게 알아?"

"야, 븅신아, 그럼 외계인이 딱총 줬겠냐?"

그러곤 방아쇠를 당겼다. 순희는 긴장했다. 하지만 박정규는 그렇지 않았다. 박정규는 폼을 잡았다. 자세가 잡히는 순간, 총은 발사되었다. 총구에서 쏟아져나온 빛은 가까이 있는 옥상 창고로 들어갔다. 그리고 사라졌다.

창고는 대충 시멘트를 바른 가건물이었다. 그러니 얇고 부실한 벽 두 개가 다일 터였다. 빛은 그 벽 두 개를 충분히 뚫고 창고를 나와 허공으로 사라졌어야 했다. 하지만 창고 안으로 들어간 빛은 밖으로 나오지 않았다.

박정규는 입이 벌어졌다. '좆 됐다'라는 말이 침처럼 질질 샜다. 저 안에 뭐가 있냐고 순희가 물었다. 박정규는 대답했다.

"재산."

순희와 박정규는 창고로 다가갔다. 순희는 먼저 창고 뒤로 갔다. 빛이 빠져나간 곳이 없는지, 구멍난 곳이 없는지 확인했다. 없었다. 구멍은 창고 앞쪽에만 있었다. 손잡이가 있던 곳에 손잡이는 사라지고 구멍이 생겨나 있었다. 박정규는 자기 얼굴보다는 한참 작지만 그래도 꽤 큰 그 구멍을 손잡이 대신 잡고 문을 열었다. 둘은 창고 안으로 들어갔다. 박정규가 불을 켰다.

창고 안에는 수많은 유리와 거울들이 포개어져 놓여 있었다. 정말, 재산들이었다. 빛은 유리 몇 장을 뚫고 거울 한 장을 더 뚫었지만, 다음 거울 앞에서 멈춘 것 같았다.

박정규는 갑자기 또 진지해졌다.

"빛이라 이거지?"

순희가 유리값이 얼마나 하나, 거울은 더 비싼가, 강화유리, 이런 건 비싸다고 하던데, 온통 그런 생각만 하는 동안, 박정규는 유리에 난 구멍을 좀더 살피고, 또 빛이 멈춘 마지막 거울을 만지작거리면서 혼자 계속 중얼거렸다. 순희는 정규의 혼잣말을 다 알아들을 수는 없었지만, 빛이 멈춰버린 그 거울을 함께 들여다봤다.

*

'박종대가 하는 부동산 중개라는 것은, 미래에서 온 사람들에게 살 곳을 구해주는 것인가?' 우환은 그런 생각을 하고 있다. 식당으로 돌아왔을 땐 새벽 5시가 넘어 있었다. 종인은 아직 자고 있는 듯했다. 우환은 홀에 앉았다. 방은 답답할 것 같다. 주방으로 가서 물을 마셨다. 한 잔을 마시고 다시 한 잔을 마셨다. 물을 마시며 솥의 불을 확인했다. 그리고 다시 홀에 나와서 앉았다. 종인의 방을 봤다. 아직 인기척이 없다.

우환은, 혼란스러웠다. 뒤늦게 끔찍했다. 새벽녘 그들과 함께 한 일이 끔찍했다. 죽은 사람들을 실은 검은 고무보트가 끔찍했다. 그들이 여기서 뭘 하고 있는지 알 것 같아서 끔찍했다. 시체를 쌀포대마냥 하나씩 짊어지는 사람들의 아무렇지 않음이 끔찍했다. 트럭에서 내리지 못하고 앉아 있는 우환을 힐끔 보던 여자의 시선이 끔찍했다. 박종대의 말 또한 끔찍하다.

하지만 그 말은 설득력이 있다. 그들은 이곳에 이미 살고 있다. 그들은 이곳 사람들이 사는 평범한 아파트에 모여 아무렇지 않게 살고 있다. 박종대의 말을 따르면 우환도 이곳에서 살 수 있다. 우환은 이런 생각을 하고 있는 스스로가 또한, 끔찍했다.

*

종인은 열이 있었다. 식당과 주방을 오가는 인기척을 들었다. 우환인 것 같았다. 물이라도 좀 가져다주었으면 했다. 하지만 우환은 종인이 부르는 소리를 듣지 못하는 듯했다. 그러다 다시 잠이 들었다.

아침 6시가 넘어서야 눈을 떴다. 열은 조금 내려 있었다. 몸살 같았다. 주방으로 가 물을 챙겼다. 감기약을 찾아 대충 삼켰다. 우환은 보이지 않았다.

그 인기척이 우환이 아니었나? 종인은 황급히 순희의 방으로 갔다. 방문을 열었다. 순희는 없었다. 종인은 홀로 나왔다. 의자 하나가 튀어나와 있었다. 종인은 그 자리에 가서 앉았다.

 우환은 요즘 들어 부쩍 종인을 더 챙겼다. 아마도 순희가 없어서 더 그런 것 같았다. 헤아려주는 것 같았다. 우환 본인도 그런 얘기를 한 적이 있다. '순희도 없는데' 또는, '저라도 형님을'. 그 말이 진심일 수도 있다. 하지만 그럼에도 종인은 그런 우환이 조금 불편했다. 종인은 이유 없이, 혹은 너무 명확한 이유를 내세우며 성급하게 거리를 좁혀오는 사람이 싫었다. 우환은 지금 부담스러운 거리에 있다. 너무 가까웠다.

 '형님이랑 저랑 친형제 같대요!' 그런 말을 듣는 것도 싫었다. 종인은 형제가 없었다. 우환이 자신의 옷을 입는 것도 싫었다. 혼자 자란 사람은 옷을 나눠 입는 법을 몰랐다. 종인은 자신의 옷을 입은 우환이 자신이 모르는 어딘가를 다니고 있을지도 모른다는 생각이 들었다. 그런 생각이 드는 것도, 싫었다.

 우환은 시장에 있다. 종인이 생각한 것처럼 우환은 종인의 티셔츠를 입고 있었다. 낡고 특별할 게 없는, 종인이 늘 입던 옷이었다. 우환은 이를테면, 이제는 한 달도 더 지난 그날, 순희와 우환을 거느리고 시장을 누비던 종인의 모습 같았다. 우환은 거래처들을, 정확히는 종인의 거래처들을 돌고 있다. 뒷모습만 보자면, 우환인지 종인인지 구분이 안 갔다.

 '사장님이 아프셔서' '종인 형님이 편찮으셔서'라며 우환은 상인들에게 먼저 종인의 안부를 말했다. 하지만 상인들은 찾아오는 사람에게 물건을 파는 사람들이다. 우환이 오든 종인이 오든 상관없었다. 눈앞에 있는 사람이 중요했다.

상인들은 하나같이 우환 이야기만 했다. 대부분 칭찬이었다. 닮았다, 똑같다, 사장 해도 되겠다, 아이고 사람 참 잘 뒀어, 사장이 뒤늦게 복이 있네, 자식 복은 없어도 동생 복은 있네, 이런 말들을 했다. 근데 누구래? 친동생 아니었어? 어디서 왔대? 사촌동생이라던데? 형님이라고 깍듯하던데? 사촌은 아니라던데? 남남이라던데? 관심도 많았다.

우환은 거리낌이 없었다. 시장은 활기가 넘쳤다. 우환도 그랬다.

9

 경찰서는 하루가 지나자 조금 떠들썩해졌다. 일단, 전화가 자주 울렸다. '나사엄꽃(나타났다 사라지는 엄청 꽃미남)'에 대한 제보가 여러 번 들어왔다. 이름이 붙을 만큼, 이미 유명세를 타고 있었다. 많은 사람들이 알아볼수록 수사에는 도움이 됐다. 하지만 좀 웃긴 건, 사람들의 기대와는 달리, 출몰 지역이 주로 식당이라는 거였다.

 '아무래도 맞는 거 같아서요, 그 남자 내 앞에서 소머리국밥 먹고 있었어요.' '아, 이런 거 잘 안 먹을 것처럼 생겼는데, 해운대 거기, 시장통에, 돼지국밥집 있거든요? 거기서 봤는데, 아, 그런 분위기가 아니었는데' 이런 식이었다. 강도영은 말했다.

 "젊은 새끼라 그런지, 빨빨거리고 다니면서 엄청시리 먹네. 하루 몇 끼를 먹는 거지?"

 하지만 경찰이 현장에 갔을 때는 사라지고 없었다. 딱 한 번, 눈앞에서 사라지는 걸 직접 봤다는 순경이 있었다. '와, 진짜, 억수로, 멋있었어요.' 순경의 증언은 그랬다.

한편, 벽에 난 구멍들을 메울 것이냐 말 것이냐로 떠들썩했다. 경각심을 불러일으키기 위해서라도 한동안 그냥 둬야 한다와 여름에 모기가 저 구멍으로 얼마나 들어오는데 당장 막아야 한다가 팽팽하게 맞섰다. 무슨 한심한 짓거린가 싶어서 강도영과 양창근은 부검실로 갔다. 하지만 탁성진도 제정신이 아니었다.

"이러다 망하는 거 아니냐."

탁성진은 강도영과 양창근을 보자마자 말했다. 탁성진 앞에는 머리가 없는 류정훈과 가슴이 뚫린 최성원의 시신이 부검대 위에 놓여 있었다. 강도영이 대답했다.

"우리? 벌써 망했지 뭐."

"아니, 이러다, 인류가 망하는 거 아니냐고."

"……!"

"진짜, 걔들 외계인 아니냐?"

부검대 위에 올라 있는 시체 두 구는 헛소리가 나올 만큼 낯설었다. 이 시체들을 밤새 들여다보며 시간을 보낸 탁성진이라면 어떤 소리든 할 수 있을 것 같았다. 양창근은 류정훈이 죽는 모습을 눈앞에서 직접 봤다. 그럼에도 이 시체들은 현실적이지 않았다. 탁성진은 딱한 마음이 드는지, 최성원의 시신을 보며, 한숨을 몇 번이고 뱉고 또 뱉었다. 강도영은 그런 탁성진을 달랬고, 양창근은 말없이 류정훈의 시신을 살폈다.

얼굴이 모두 없어진 건 아니었다. 입 부분이 남아 있었다. 죽은 입은 열려 있었다. 저 입을 열려고 애를 많이 썼었다. 살아 있었을 때, 그 입으로 좀더 많은 이야기를 들려줬어야 했다. 양창근은 그런 생각을 했다. 그리고 진짜 류정훈을 떠올렸다.

"강도영이, 이거 내가 니 머리 열고 집어넣어줄까? 그래야, 최성원이 죽인 애, 걔 잡을 수 있지 않겠냐?"

탁성진은 부검실에서 나가려는 강도영에게 말을 걸었다. 그의 손에는, 교실에서 죽은 사내의 머릿속에서 나온 작은 칩이 증거봉투에 담긴 채 들려 있었다. 탁성진은 너무도 진지하게 이야기하고 있다. 하지만 두 형사 모두 아무 말 없이 부검실을 나왔다.

서로 말을 하진 않았지만, 양창근과 강도영은 경찰서에 왔다가 사라진, 지금은 유명세를 타고 있는 그 젊은 친구가 부검대 위의 저 두 사람을 죽이지 않았을까, 생각하고 있다. 나타났다 사라지기를 마음대로 하는 사람 정도라야, 그런 무기를 가지고 있을 것 같다는 막연한 생각에서였다. 하지만 당장은 잡을 방법이 없었다.

*

수간호사는 적극적으로 양창근을 도와줬다. 양창근이 최근 며칠 동안의 일을, 이야기해도 되는 선에서 충분히 들려줬고, 수간호사는 상황이 심각하다 느끼는 것 같았다. 양창근은 먼저 류정훈의 친모를 만났다.

그녀는 지금 이 병원에 같이 있는, 얼굴 피부가 벗겨진 남자가 친아들이라고 강하게 주장했다. 어릴 적 생긴 아들 팔에 있는 흉터 이야기를 다시 했다. 여기 있는 류정훈이 진짜 류정훈이라고 했다. 분명히, 그놈들이 아들을 납치해서 아들 얼굴을 벗겼을 거다, 자기 얼굴 저런 걸 보고 제정신일 사람이 어디 있겠냐, 그래서 아들이 저렇게 된 거다, 그놈들만 잡으면 다 알게 될 거다, 내 아들 저렇게 만든 나쁜 놈들 어서 잡아내라, 그런 일 하는 사람들 아니냐, 늙은 어머니는 흥분을 가라앉히지 못했다. 자기는 치매가 아니라고도 했다. 여기, 영진아파트에서 온 늙은이들 모두 치매가 아니라고 했다. 양창근은 수간호사에게 확인했다. 하지만 그들은 모두 치매가 맞았다.

"류정훈 씨랑 어머니랑 이야기하게 해보셨어요?"

양창근은 수간호사에게 물었다. 해봤다고 했다. 하지만 효과적이지 못했다고 했다.

처음에는 대화가 좀 오갔다. 친모는 나쁜 놈들을 잡고 싶어 했다. 수술을 당하던 '그날'에 대한 기억들을 떠올리는 과정에서 류정훈이 불안해하기 시작했다. 그럼에도 친모는 그날을 떠올려보라고, 그래야 나쁜 놈들을 잡을 수 있다고 몰아세웠다. 급기야 류정훈이 친모를 거부하기 시작했고, 친모는 자신의 아들이 맞는다는 걸 더욱 격하게 강조했다. 결국 류정훈은 발작이 왔다.

지금은 상태가 더 안 좋아졌다고 했다. 양창근은 류정훈을 만나고 싶어 했지만, 수간호사는 거절했다. 당분간은 쉽지 않을 것 같다고, 하지만 상태가 호전되면 바로 연락하겠다고 말했다. 양창근은 물었다. 류정훈이 '그날'에 대해서 한 말들 중에 수사에 도움이 될 만한 게 있냐고. 수간호사는, 잘 모르겠다고 답했다. 그 대화를 기록해둔 게 있냐, 양창근은 다시 물었다. 수간호사는 당일 간호사 일지를 보여줬다.

일지에는 류정훈의 상태와 그 당시 상황에 대한 메모가 적혀 있었다. 대화가 길지 않았던 건지, 아니면 다 받아적지 않은 건지, 두 사람이 나눈 대화에 관련된 단어들이 몇 있을 뿐이었다.

'낯선 곳. 아는 곳. 비명. 기억. 엄마. 정신병원. 둥근 거울. 괴물. 괴물. 비명. 괴물.'

양창근은 간호사 일지에 적힌 단어들을 자신의 수첩에 옮겨 적었다.

*

거리를 나가면 알아보는 사람들이 있었다. 신고를 받고 출동한 경찰과 여러 번 마주칠 뻔했다. 한번은 실제로 마주쳤다. 좀 더 신중해야 했다. 모자와 마스크를 썼다. 식당에 앉아서 밥을 먹는 건 너무 위험했다. 식당에는 수배자 전단 같은 것들이 종종 붙어 있었다. 그 안에서 화영은 자신의 얼굴을 찾을 수 있었다. 이우환이 일하는 식당을 직접 찾는 건 아무래도 불가능해진 것 같았다.

 그 여고생을 다시 찾아내는 게 유일한 방법이었다. 그 여고생이, 그 여고생이 탄 오토바이가 이우환과 닿아 있는 유일한 끈이었다. 화영은 여고생을 놓친 거리로 갔다. 그곳에서 그 여고생을 기다렸다.

 여고생은 비슷한 시간에 다시 나타났다. 화영은 이번엔 놓치지 않았다. 끝까지 따라갔다.

 담이 낮았다. 그저 서 있기만 해도 안이 다 들여다보이는, 작은 마당이 있는 집이었다. 화영은 그 집이 내려다보이는 건너편 집 옥상에 자리를 잡았다. 거리에서 오토바이를 따라잡는 건 무리였다. 너무 많은 사람들의 눈에 띄기도 했다. 경험을 통해 알았다. 옥상에서 옥상으로 이동을 하는 게, 방법이었다. 저 여고생이 내일은 이우환이 있는 곳으로 데려다주길 바라며 화영은 처음 와보는 건물 옥상에서 밤을 맞았다.

*

 '어쨌든 간에 애들은 다 이곳 애들이 아니고, 어디선가 밖에서 온 애들이고, 그리고 여전히, 여전히 이순희가 나는 걸린다.'

 강도영이 정리한 내용은 저랬다. 양창근이 살아 있는 류정훈을 만나러 가야겠다고 소망병원으로 떠나고, 강도영은 다시 부검실로 갔다. 탁성진과 경찰서 부근 식당에서 술을 한잔했다. 그냥 두면 부검실에서 취할 게 뻔해서 데리고 나온 거였다. 탁성진은 10시가 되기도 전에 만취했다. 취해서 자꾸, 머리를 열어야 한다, 칩을 넣어야 한다, 본인이 할 수 있다, 최성원이 죽인 놈 꼭 잡아야 하지 않겠냐, 머리를 안 열 거면 살이라도 빼야 하지 않겠냐, 너 그 몸으로 잡을 수 있겠냐, 횡설수설했다.

탁성진을 앞혀두고 강도영은 사건을 다시 한번 정리해봤다. 복잡하면 안 되었다. 가장 확실한 것들만, 가장 걸리는 것들만 생각했다. 가장 확실한 건, 외부에서 들어온 놈들이라는 거였고, 큰 연관성이 없음에도 이상하게 걸리는 건 여전히, 이순희였다.

강도영은 탁성진을 택시에 태워서 집으로 보내고 본인도 택시에 탔다. 크게 출출하지는 않았지만 당기는 게 있었다.

택시는 한 식당 앞에 섰다. 강도영은 택시에서 내리지 않고 창문 너머로 봤다. 부산곰탕 간판은 불이 꺼져 있었다. 내려서 들어갈까 하다가, 그만뒀다. 문이 열렸을 때, 이왕이면 손님들도 많을 때, 다시 찾아오는 게 좋을 것 같았다.

오늘까지 있었다면, 내일도, 아마 그 후로도 쭈욱 이 식당에 있을 사람이었다.

강도영은 잊지 않고 있었다. 이순희의 패거리들을 족치며 들었던 말들. 이순희가 여자애 하나 때문에 곰탕을 배우는 거 같다는 말을 박정규에게 들었던 날. 고딩들 특유의 키득거리는 웃음과 함께 누군가 이렇게 말했었다.

'아, 집에 머슴이 생겼어요!'

강도영은 그 말이 기억났던 것이다. 그 머슴은 분명 외부에서 온 사람이었다. 외부에서 이순희의 집으로 온 이방인이었다.

10

 눈을 떴을 때 고양이가 보였다. 고양이는 놀라 있다. 화영의 곁에서 자다가 화영의 기척에 깨어난 듯했다. 금방 일어난 눈치고는 민첩해 보였다. 눈은 파란색에 가까웠다. 어두웠다면 반짝이기도 했을 것이다. 날은 밝아 있었다. 바로 떠날 것 같았지만 고양이는 한동안 그렇게 화영을 봤다.

 화영은 시계를 봤다. 8시가 넘어 있었다. 새벽이라고 시원해지지 않았다. 더워서 잠을 뒤척였다. 그렇게 이 시간까지 잔 거다.

 아래에서 오토바이 시동 걸리는 소리가 들려왔다. 화영은 재빨리 몸을 일으켰다. 고양이는 또 한 번 놀랐고 이제는 떠났다. 화영은 옥상 아래, 그 여고생의 집을 봤다.

 여고생은 이미 오토바이에 올라 멀어지고 있었다. 화영은 여고생의 오토바이가 멀어지는 방향에 있는 건물들, 그 건물들의 옥상으로 순간이동을 했다. 옥상에서 다시 옥상으로, 그렇게 오토바이를 쫓았다. 거리의 길들을 따라 쫓는 것보다 한결 쉽고 확실한 방법이었다. 건물은 어디에나 있었고, 옥상 위에는 사람들도 거의 없었다. 다만, 옥상들의 모양이 비슷비슷해서 가끔 엉뚱한 옥상에 나타나기도 했고, 난간 위에 나타나 아래로 떨어질 뻔도 했다. 여고생이 모는 오토바이는 빨랐고 화영은 따라잡느라 허덕였다. 하지만 이번에는 놓치지 않았다.

여고생은 어느 뒷골목에 오토바이를 세웠다. 다른 오토바이들도 몇 대 보였다. 그것들도 여고생이 타는 것만큼이나 요란하게 꾸며져 있었다. 여고생은 걸었다. 어디로 가는지 알 수 있을 거 같았다. 길 건너, 학교가 보였다.

*

섬심시산이 나사오고 있었다. 양창근은 당황스럽고 난처한 얼굴로, 또한 작은 목소리로 통화를 하고 있고, 강도영은 그저 평화롭다. 이미 메뉴를 정했기 때문이다. 그럼에도 강도영은 양창근이 괜히 거슬렸다. 여자랑 통화를 하는 것도 아닐 거면서, 나긋나긋하기는. 강도영은 양창근을 쳐다봤다. 노려보는 수준이다. 그러다가 자기도 모르게 한마디 튀어나왔다.

"인천 놈이……."

강도영은 인천에서 왔으면서 서울말을 쓰는 양창근이 영 별로였다. 인천말이 정확히 어떤지는 강도영이 알 바 아니고 어쨌든 저런 꼴값은 아닐 거 같았다. 기다렸다 함께 갈까 했지만, 통화가 금방 끝날 거 같지 않았다. 강도영은 혼자 경찰서를 나섰다. 차를 타고 좀 가야 했다. 오늘 점심 메뉴는 곰탕이었다.

*

 점심시간이 되어도 강희는 함께 밥을 먹을 사람이 없었다. 교실은 두셋 어울려 밥을 먹는 여고생들로 시끄러웠다. 강희는 혼자 생각에 잠겨 있었다. 입덧은 사라졌다. 한동안 구역질 때문에 힘들었다. 몸이 힘든 것보다, 아이들의 시선이 그랬다. 시간이 지나자 구역질은 줄어들었다. 대신, 배가 조금씩 불러오는 것처럼 느껴졌다. 강희는 지레 누가 보는 게 싫었다. 사발면이라도 먹을까, 빵이라도 하나 사올까, 그래도 뭐든 먹어야 되겠다 싶어 강희는 자리에서 일어났다. 그런 강희를 한 여학생이 불렀다.
 "야, 유강희! 담임이 너 상담실로 오래."
 상담실엔 담임 혼자 기다리고 있었다. 담임이 유별난 건 아니었고, 다른 선생들처럼 강희를 좋아하지 않았다. 그냥, 좀 더러워한다는 생각이 들었다. 대부분의 선생들이 강희를 그렇게 보는 것 같았다.
 강희는 담임 앞에 앉았다. 둘 사이에 놓여 있는 탁자가 좀 크다는 생각을 했다. 담임은 말없이 강희를 봤다. 티 나게 얼굴과 배를 살피는 듯했다.

"……너,"

담임이 조심스럽게 입을 열었다. 그와 동시에 강희가 자리에서 일어났다.

"저 학교 그만 나와도 되죠?"

강희는 상담실을 나왔다.

점심시간에 여고생들은 왜 그렇게들 교실에서만 노는지 모르겠다. 운동장은 비어 있었다.

텅 빈 운동장을 강희가 혼자 걸어가고 있다. 운동장은 더욱 넓었고 강희는 꽤 오래 걸어야 했다.

*

부산곰탕은 붐비고 있었다. 자리가 없어서 기다려야 했다. 강도영은 주방을 살폈다. 순희는 보이지 않았다. 대신 낯선 남자가 있었다. '머슴'이었다. 계산대에 있던 이종인이 당황해하며 다가왔다. 한 번 범죄자는 영원한 범죄자이고, 범죄자의 부모들은 영원한 죄인이었다. 종인은 강도영에게 그 특유의 인사를 여러 번 했다.

"형사님, 아, 자리가 없어가지고, 쪼매만 계시면……."

"순희는 안 보이네요?"

"아, 순희, 순희는 학교 있죠. 이 시간에……."

"요즘 학교 안 나온다 카던데? 최근에 저는 봤어요, 우리 사무실서."

"아, 내 정신 좀 봐라. 순희 배달 갔습니다. 요즘 식당 일이 바빠가, 학교도 하도 가기 싫다고 해가, 걍 그래라 했습니다."

"배달? 안 하던 배달까지 시작하시고. 돈을 끌어모으겠네, 끌어모으겠어. 글타고, 아를 학교를 안 보내마 어얍니까."

손님 둘이 일어났다. 종인은 재빨리 계산을 하고 강도영을 자리로 안내했다. 종인은 테이블을 정리하며 주방 쪽을 봤다. 테이블을 치우러 우환이 나왔어야 했다. 하지만 우환은 등을 보이고 모른 척, 분주히 움직이고 있었다.

강도영은 이종인이 자신을 형사님이라고 부를 때, 주방의 남자가 반응하는 걸 이미 보았다. 종인이 곰탕을 드시겠냐 물었고, 강도영은 고개를 끄덕였다. 혼자 와서 두 사람 자리에 앉아서 어쩌냐, 강도영이 괜한 인사치레를 했고, 종인은 별말씀을, 찾아주시는 것만 해도 어딘데요, 똑같이 인사치레를 했다. 그리고 종인은 주방을 향해, 곰탕 특 하나, 라고 외쳤다.

"저분이 머슴인가 보다?"

강도영이 종인에게 말을 흘렸다. 종인은 계산을 하러 가다 말고, 머슴요?라고 되물었다. 순희 친구들이 주방 안의 저 남자를 그렇게 부른다고, 강도영이 말해줬다. 종인은 잠깐 어색하게 웃고는 별말 없이 계산을 하러 갔다.

강도영은 곰탕을 기다렸다. 동시에 그 머슴도 기다렸다. 남자가 쟁반에 곰탕을 들고 나왔다. 강도영의 자리에 곰탕을 내려놓았다. 강도영은 남자를 가까이에서 봤다. 식당 사장과 비슷한 키에 몸집도 비슷했다. 생김새는, 뭐 둘 다 평범했으니 닮았다면 닮았고 아니면 아니었다. 식당은 분주하다. 그러니 서두르는 남자가 이상할 건 없다. 하지만, 강도영은 이 남자가 어색해 보였다.

식당은 사람들로 꽉 차 있었지만, 크게 시끄럽진 않았다. 모두 앞에 놓인 곰탕을 먹느라 정신이 없었다. 음식이 입으로 들어가고 씹히고 목으로 넘어가는 소리뿐이다. 강도영이 묻는 소리가, 우환은 물론 계산대에 있는 종인에게도 들렸다.

"바쁘다, 그죠?"

"네? 아, 네."

"근데, 어디서 오셨어요? 부산 분인가?"

"아, 네, 네, 부산입니다."

"이 집 아들내미 친구들이 싸가지 없게, 그쪽을 머슴이라고 부르더라고. 알아요?"

"네? 아, 네, 괜찮습니다."

강도영과 우환의 대화가 그 정도 오갔을 때, 종인이 다가왔다. 우환을 주방으로 보내려고 했다. 강도영은 떠나려는 우환의 팔을 잡았다. 그리고 어수선한 이야기를 했다.

"요즘 뭐, 불법체류 때문에, 외사과에서 하도 협조를 해라 뭐 그래가, 딱 보니까 토종 한국인 맞는데, 그, 뭐냐, 신분증 좀 봅시다."

우환은 머릿속이 하얘졌다. 종인이 나섰다.

"아, 우리집 안사람, 사촌동생입니다. 얼마 전부터, 일이 너무 바빠가, 도울 사람도 없고,"

"아들내미 학교도 안 가고 돕는다면서요? 사촌동생도 민증은 있을 거 아입니까?"

종인이 거들었지만, 강도영은 쉽게 넘어가지 않았다.

종인은 우환을 잠깐 본다.

"동생, 니 민증 어따 뒀노? 어이? 방에 뒀나? 어이? 방에 둔 거 아이가?"

방에 뒀을 리가 없다. 우환에게 신분증 같은 건 없었다. 그럼에도 종인은 자꾸 방에 둔 거 아니냐며 가보라고 툭툭 쳤다.

우환은 종인을 본다.

형사라는 남자는 곰탕을 먹으며 힐끔힐끔 우환을, 또 종인을 봤다. 얼굴에는 여유와 알 수 없는 흐뭇함이 가득했다.

방에 무엇이 있나. 우환은 짧은 순간 생각했다. 우환은 다시 종인을 본다. 그리고 이해했다. 우환은 방으로 가지 않고, 마침 손님이 일어나는 자리의 그릇들을 치워서 주방으로 먼저 갔다. 그리고 주방에서 이어진 화장실로 갔다. 화장실로 들어가 문을 잠갔다. 환기창으로 만들어놓은 작은 창에 매달렸다. 머리부터 집어넣었다. 창은 협소했다. 몸이 빠져나갈 수 있을 것 같지 않았다. 하지만 여기서 걸리면 모든 게 끝이었다.

우환은 어떻게든 머리를, 또 몸을 밀어 넣었다.

*

 오늘 같은 날은 식당 앞을 지날 때 누구라도 나와 자신의 이름을 불러주면 좋겠다. 강희는 그렇게 생각했다. 이왕이면 순희였으면 좋겠지만, 우환 아저씨여도 좋고, 그 목욕탕 노인이어도 괜찮았다. 누구라도 불러주고, 그래서 어쩔 수 없이 오토바이를 멈추고, 돌아보면, 학교 있을 시간에 어딜 가냐! 혼내도 좋고, 울었냐? 물어봐줘도 좋고, 무슨 일이 있냐? 걱정해준다면, 좋을 거 같았다.
 왜 모두가 여전히 낯설고 이토록 불친절한지 강희는 이해하기 힘들었다. 강희는 순희가 버리고 간 오토바이에 올라 여느 날처럼 시내를 벗어나 골목들을 달리고 있었다. 여느 날과 똑같은 길들이 있고 다만, 시간만 몇 시간 일렀다. 울고 있었지만, 그렇게 느끼고 있었지만, 눈물은 없었다. 순희의 식당이 가까워지고 있었다.

*

 곰탕은 맛있다. 국은 진하면서도 담백하고, 수육은 연하면서도 씹히는 맛이 있다. 게다가 구수하다. 강도영은 흡족했다. 맛있었다. 머슴 때문이 아니어도 자주 와야겠다. 정말 배달이 되면 좋겠다. 하지만, 거짓말이라는 걸 강도영은 알고 있었다. 그

나저나 사촌동생이라는 자는 왜 민증을 가지고 나오지 않는가.

있을 리 없었다. 사촌동생일 리도 없다. 머슴이 사촌동생이 맞고, 방에서 민증까지 가지고 나온다면, 강도영은 더 이상 형사가 아니다. 자신이 있었다.

출입구는 하나라는 걸 강도영은 여러 번 와서 알았다. 강도영은 지켜보고 있었다. 남자는 주방으로 갔다. 주방으로 간 남자는 아직도 보이지 않는다. 바쁜가? 강도영은 주방 안을 살폈다. 보이지 않았다. 출입구는 하나뿐이었다. 하지만 방들은? 방으로 들어가 창으로? 하지만 강도영은 지켜보고 있었다. 남자는 방으로 들어가지 않았다. 주방으로 들어간 후 나오지 않고 있다.

갑자기 강도영은 자리에서 일어나 주방으로 향했다. 사장이 말렸다. 하지만 그냥 들어갔다. 주방에는 없다. 주변을 살폈다. 주방 옆으로 뻗어 있는 좁은 길의 끝에 화장실이 보였다. 강도영은 그쪽으로 갔다. 불안한 느낌이 든다. 문이 잠겨 있었다. 문을 두드렸다. 인기척이 없다. 강도영은 다시 문을 두드리는 대신 발로 찼다. 강제로 문을 열었다.

거기, 창이 있었다. 강도영은 어림도 없겠지만, 누군가에게는 저 창이 문이 될 수 있을 터였다.

*

우환은 달렸다. 벗어나야 했다. 어떻게든 자신을 도와줄 수 있는 곳으로 가야 했다. 어떻게든 자신과 같은 사람들에게 가야 했다. 우환은 박종대가 있는 영도를 향해서 자전거도 없이 달리고 있었다.

그때 이 목소리를 듣지 못했더라면, 우환은 형사에게 잡혔을지도 모른다. 이 순간, 이 목소리가 아니었다면 그즈음에서, 행복해지길 바랐던 마음을 버렸을지도 모른다. 만약 그랬더라면, 이곳에서 살겠다는 욕심을 멈추었더라면, 어쩌면 오히려 행복해졌을지도 모른다.

"아저씨! 우환 아저씨!"

우환은 자신을 부르는 소리에 돌아봤다. 저기, 순희의 뽕카가 보였다. 그 위에, 강희가 있었다. 강희가 돌아보고 있었다. 강희는 오도마이를 돌려 우환에게 다가왔다. 우환은 주변을 살폈다. 안절부절못했다. 우환 바로 앞까지 온 강희가 물었다.

"어디 가는데, 오토바이 타는 저보다 빨리 가세요? 잘 지냈어요?"

강희는 우환에게 안부를 묻고 있었다.

우환은 길에서 만난 어린 엄마의 얼굴을 말없이 한동안 본다. 그러다 눈을, 코를, 입을 하나하나 뜯어본다. 어디가 닮았을까, 우환은 엄마의 얼굴에 빠져 지금을 잊는다.

"아저씨? 아저씨!"

강희가 우환을 다시 부른다. 우환은 정신이 든다.

"나 지금, 급하게 어디 좀 갈 데가…… 잘 지냈지요?"

강희는 '이렇게 우환 아저씨를 만나는구나, 오늘은 괜찮은 날이네' 생각한다. 우환 아저씨는 정말 급한지, 말도 더듬고 게다가 존댓말까지 한다. 강희는 웃는다.

"타요. 나 시간 많아요."

강희가 웃는 얼굴로 오토바이 위에서 기다리고 있다. 그 웃는 얼굴이 너무 보기 좋아 우환은 문득 설렌다.

우환은 오토바이 쪽으로 다가갔다. 우환과 오토바이의 거리가 한 걸음 정도로 가까워졌을 즈음, 하늘에서 빛이 쏟아졌다. 곧고 뜨거운 한 줄기 빛이 우환 앞으로 떨어졌다. 빛은 우환의 발 바로 앞 땅바닥에 움푹 팬 구멍을 만들고 흩어졌다. 우환과 강희는 놀란 얼굴로 빛이 내려온 곳을 올려다봤다. 어디서 온 건지 처음에는 찾을 수 없었다. 하지만 우환은 곧 누군가와 눈이 맞았다. 바로 앞 건물의 옥상 위였다. 그 얼굴이 아니었으면, 거기서 빛이 시작되었으리란 생각을 못 했을 거다. 하지만 우환은 그 얼굴을 알아보았고, 거기서 빛이 시작되었음을 알았다.

옥상 위에는 우환과 함께 이곳으로 왔던, 우환이 뺨을 때려 깨웠던 소년, 김화영이 있었다.

화영은 손에 든 뭔가를 우환 쪽으로 겨누고 있었다. 화영이 손에 쥔 물건이 서서히 빛나고 있었다. 총처럼 보였다. 그걸 왜 자신에게 겨누고 있는지, 우환은 이해가 되지 않았다. 소년은 자신을 죽이려 하고 있었다.

우환은 본능적으로 피해야 한다는 걸 느꼈다. 우환이 강희의 오토바이 뒤에 오르자마자 오토바이는 출발했다. 화영의 총에서 나온 빛은 오토바이가 막 사라진 곳에 쏟아졌다. 그 자리의 땅이 다시 움푹 패었다. 강희는 속도를 냈다. 우환을 태운 오토바이는 빠른 속도로 골목들을 지나갔다.

오토바이 뒤로 우환을 찾는 또 다른 소리가 들려왔다. 사이렌 소리였다. 비상 경광등을 올린 차량이 우환을 쫓고 있었다. 강도영이었다.

*

화영은 우환을 쫓았다. 우환을 태운 오토바이는 빨랐다. 여고생은 혼자 있을 때보다 훨씬 빨리 달렸다. 길도 잘 알았다. 화영은 사라지고 나타나는 순간에도 달려야 했다. 이 옥상에서 달리다 사라지고 다른 옥상에 달리며 나타났다.

*

강도영은 저 남자가 왜 저렇게까지 도망치는지 알 수 없었다. 하지만 저렇게까지 도망치는 사람을 잡지 않을 수 없었다. 오토바이는 골목과 골목 사이를 빠른 속도로 달렸다. 강도영도 속도를 냈다. 오토바이가 갑자기 끼어든 차 때문에 속도를 줄였을 때, 강도영은 바로 뒤까지 따라잡았다. 가까이 볼 수 있었다. 오토바이를 몰고 있는 건 여고생이었다. 오토바이는 앞을 막은 차를 우회해 다시 속도를 냈다. 강도영의 차가 그 자리에 들어섰다. 그리고 그때, 며칠 전 눈앞에서 봤던 그 빛줄기가 강도영이 탄 차의 보닛 위로 떨어졌다. 차는 멈췄다. 더 이상 움직이지 않았다. 강도영은 운전대를 주먹으로 내리쳤다. 차에서 내렸다. 그리고 올려다봤다.

저 위에, 건물의 옥상과 옥상을, 사라지고 나타나기를 반복하며 달리고 있는 사람이 보였다. 얼굴은 보이지 않았지만 강도영은 누군지 알 것 같았다. 그 소년이었다.

*

오토바이는 영도대교로 접어들었다. 화영은 대교에 인접해 있는 건물 옥상 위에서 멈췄다. 건물은 다리 너머에나 있었다. 그나마 눈에 띄게 높은 건물들은 있지도 않았다. 화영은 망설였다. 그사이 오토바이는 대교를 반이나 지나고 있다. 오토바이에는 이우환이 타고 있었다. 이번에 놓치면 또 언제 잡을지 몰랐다. 화영은 이제껏 한 번도 해보지 않은 종류의 순간이동을 시도했다. 화영은 옥상에 서서 대교로 진입하는 트럭을 눈여겨봤다. 그리고 사라졌다.

잠시 후, 대교를 달리는 있는 트럭 위에 한 소년이 나타난다.

소년은 움직이고 있는 트럭 위에서 균형을 잡지 못하고 아래로 떨어진다. 트럭 운전사는 사이드미러로 소년이 떨어지는 모습을 본다. 트럭은 급브레이크를 밟는다. 뒤이어 차들이 위태롭게 급정거한다. 트럭 운전사가 차에서 내린다. 차 아래와 차 주변을 살핀다. 하지만 소년은 보이지 않는다.

운전사는 다리 위 갓길에서 소년을 발견한다. 소년은 달리고 있다. 달리던 소년은 사라진다.

*

목숨을 걸고 달려온 곳이 부동산 사무실이라는 게 강희는 좀 그랬다. 도대체 그 빛은 뭐고, 그 남자애는 누구고, 왜 우환 아저씨에게 이런 위험한 일이 생기는지, 강희는 알 수 없었다. 문득 우환 아저씨가 어떤 사람인지 궁금해졌다. 알고 싶은 게 많았지만 아저씨는 어서 떠나라는 말만 했다.

"이거, 교통비, 나중에 식당으로 받으러 갈 거니까, 곰탕 꼭 주세요. 꽁짜로."

우환은 강희까지 위험해질 수 있다는 생각이 들었다. 아니 이미 충분히 위험했다. 김화영은 분명히 자신을 쫓는 거였다. 자신과 함께 있지 않으면, 강희는 안전할 터였다. 우환은 그러길 바랐다. 그 소년이 죽여야 하는 사람이 왜 자신이 되었는지는 모르지만, 자신이 기억하는 그 소년은, 아무나 죽일 사람 같지는 않았다. 자신만 죽일 것이다. 우환은 그렇게 생각했다.

영진부동산이 바로 앞에 있었다. 오늘 생긴 일들을 이야기하면 박종대가 과연 그럼에도, 그래도 함께 잘 살아봅시다, 할지, 우환은 걱정이 앞섰다. 우환은 너무 많은 사람들을 죽였고, 이제는 자신을 죽이려는 사람까지 생겼고, 그 사람은 위험한 무기를 가지고 있다. 이런 우환이 과연 박종대에게, 그들이 이곳에 사는 데 필요한 사람일까. 우환은 그런 생각으로 멍청하게 서 있었다.

*

화영의 눈에는 그런 이우환이 잘 보였다. 여고생을 서둘러 보내고 부동산 앞에 우두커니 서 있는 그의 모습은 어딘가 초라했다. 무슨 생각을 하고 있기에 걸음을 옮기지 못하는 것일까.

그는 깨어나지 못했던 화영을 깨우고, 손을 잡아 일으켜 세웠다. 바다를 건너는 동안 그는 줄곧 앞에 있었다. 화영은 그를 따라 바다를 건넜다. 그가 죽고 나면 화영은 혼자가 된다. 혼자가 된 화영도 초라해 보일까.

눈을 떴을 때 보았던 그의 걱정스런 얼굴이 떠오른다. 화영은 다시 망설였다.

하지만, 화영은 총을 겨누었다.

'당신을 죽여야, 돌아갈 수 있다. 돌아가 나는 그곳에서 가족

들과 살아야 한다. 이곳에 혼자 남아 초라해지고 싶지 않다. 미안하다.'

화영은 자신에게 처음 손을 건네던 우환에게 고마움을 전했듯, 그렇게 미안함을 속으로만 전했다.

방아쇠를 당겼다. 총에 빛이 모이기 시작했다.

하지만 총구가 빛을 쏟아내기 전, 똑같은 빛이 다른 곳에서 날아왔다. 빛은 화영의 귀를 스쳐지나갔다. 화영의 귀가 일부 떨어져나갔다. 화영은 지독하게 아픈 귀를 잡고 빛이 날아온 곳을 찾아보려 애썼다. 하지만 어디인지 알 수 없었다. 통증보다 두려움이 앞섰다.

누군가 이곳에 있다.

자신과 똑같은 무기를 가진 누군가가 이곳에 있었다. 그리고 그는 화영에게 적이었다. 화영은 처음 마주한 적이 몹시 두려웠다. 그가 화영을 보고 있다면, 몇 초 후 다시 빛이 날아올 것이다.

화영의 예상대로 빛은 다시 날아왔다. 하지만 이미 화영은 사라진 후였다.

화영이 조금만 더 자세히 살폈더라면 보았을 것이다. 하지만 화영은 잃어버린 귀의 일부 때문에 몹시 아팠고, 갑작스런 상황 때문에 또한, 몹시 두려운 상태였다.

화영이 서 있던 건물 옥상에서 대각선으로 바라보면 아파트가 있었다. 그리고 조금만 더 자세히 바라보면 6층 복도에 사람이 나와 있는 걸 볼 수 있었다. 그 또한 소년이었다. 순희였다.

*

　순희는 담배를 물고 복도에 서 있었다. 왼손으로 담배를 피우며 다른 손으로는 주머니에 든 총을 만지작거렸다. 먼 곳도 보고 가까운 곳도 봤다. 그리고 가까운 곳 아래에 서 있는 남자를 봤다. 부동산 사무실 앞이었다. 우환 아저씨였다.

　순희는 먼저, 반가워서 손을 흔들었다. 하지만 거리가 좀 멀었다. 피우던 담배를 던지고 가고 싶었지만 아직 장초였다. 아까웠다. 몇 번만 더 빨고 내려가봐야겠다, 생각했다. 하지만 마지막으로 깊게 담배를 빨아당길 때, 순희는 맞은편 건물 옥상에 있는 남자를 봤다. 남자는 내려다보고 있었다. 남자는, 우환 아저씨를 보고 있었다. 남자는 주머니에서 뭔가를 꺼냈다. 순희는 멀리서도 그게 뭔지 알았다. 자신의 주머니 속에도 그 물건이 있었다. 순희는 본능적으로 자신의 주머니에 든 총을 꺼냈다. 방아쇠를 당겼다. 그리고 자신이 먼저 그 남자를 겨눴다.

　남자는 곧 우환 아저씨를 향해 총을 겨눴다. 남자의 총에 빛이 모이기 시작했을 때, 순희의 총구에서는 빛이 쏟아졌다. 빛줄기가 하늘을 갈랐다. 하지만 남자는 쓰러지지 않았다. 순희는 다시 총을 들었다. 좀더 신중하게 남자를 향해 겨누었다. 이번엔 맞힐 수 있을 것 같았다. 하지만 순희가 쏜 빛은 남자에게 닿지 않았다. 남자는 그 빛이 몸에 닿기 전에 사라졌다.

　순희는 그 남자가 누군지 알 것 같았다.

예전에 본 기억이 있었다. 그는, 그는 '뽕맨'이었다. 순희는 하필이면 저런 사람이 우환 아저씨를 노리고 있는 게 걱정이 되었다. 저 사람이 정확히 누군지, 왜 우환 아저씨를 노리는 건지 알 수 없었다. 하지만 확실한 것도 있었다. 누구든 저런 사람은 적으로 두면 안 되었다.

*

우환은 자신의 머리 위로 지나가는 빛줄기를 보지 못했다. 처음 것은 그랬다. 하지만 두 번째는 봤다. 하늘을 올려다보고 있었다. 빛이 어디로 가서 사라졌는지는 알 수 없었다. 하지만 빛이 시작된 곳은 분명히 알 수 있었다. 아파트였다. 우환은 어제 새벽 떠나왔던 그 아파트에 다시 오게 된 것이다.

우환은 아파트 쪽으로 다가갔다. 아파트를 올려다봤다. 누군가가 그런 우환을 향해 손을 흔들며 자신의 이름을 부르고 있었다. 우환은 한동안 봤다. 손을 흔드는 사람은 6층 복도에 있었다. 순희였다. 어린 아버지였다.

뜻밖에 우환은 어머니의 뒤에 타고 이곳으로 와 아버지의 환영을 받고 있었다.

11

"아니 저번에는 그쪽이 샀으니까 이번엔 내가 사겠다는데, 뭐 형사는 밥도 안 먹어요?"

뭔가를 보답하겠다는 사람의 태도가 아니었다. 게다가 또 스파게티였다. 강도영이 먼저 나가버릴 정도로 통화가 길어진 데는 사정이 있었다. 양창근은 이 주민센터 여직원과 다시 밥을 먹어야 할 이유가 없었고, 근처니까 밥이나 먹자 이런 게 아니라 밥을 사겠으니 먼 영도까지 잘 먹지도 않는 스파게티를 먹으러 오라는 게, 양창근은 납득이 되지 않았다. 그럼에도 지금 양창근은 이 여직원과 마주앉아 스파게티를 먹고 있다.

"그래서, 복덕방 아저씨는 어떻게 됐어요? 그 사람 진짜 나쁜 사람 맞아?"

여자의 이름은 '박현주'였다. 이름을 말하고 난 후부터인 것 같다. 말이 짧아지기 시작한 게. 갑작스러웠기에 제법 당황했지만, 양창근은 아무렇지 않은 듯 답했다.

"나쁜 사람 아니시고, 어려운 사람이라 풀려나셨어요. 계시는 동안 고상하게 자서전 쓰시다가, 여러 사람 마음에 구멍 내시고 가셨습니다."

양창근은 박현주라는 여성이 자신이 다루는 사건에 관심이 있어서 편했다. 양창근은 취조실에서 박종대가 했던 이야기들 중 몇 가지 골라 박현주에게 들려줬다. 박현주는 포크와 스푼을 직각으로 유지하며 스파게티를 돌돌 말다가 아무렇지 않게 말했다.

"부동산 일을 배웠다고? 가르치는 느낌이었는데. 그 사람 어릴 적부터, 아버지가 하는 부동산에서 종종 일했는데 배울 게 있나? 오히려 같이 다니던 사람한테, 일을 가르쳤지. 잘못 들었거나, 거짓말했네. 가르쳤지. 배우긴 뭘."

박현주가 무심결에 하는 이야기를 양창근은 진지하게 들었다.

"박종대가 일 가르쳤다는 사람, 어땠어요?"
"키도 비슷하고 뭐, 체격도, 비슷했지 아마. 둘이 매일 붙어다니니까, 사람들이 형제라 해도 믿겠다 뭐 그랬으니까. 사람들이 둘을 헷갈리는 일도 종종 있었고."

박현주의 말을 듣던 양창근이 중얼거렸다.

"근데 박종대가 하는 말이 거짓말 같지는 않았는데……."
"뭐야, 거짓말이지. 일을 배운 거랑 가르친 거랑은 입장이 정반대인 건데, 거짓말이지."

박현주는 다시 스파게티를 말았다. 양창근은 박종대가 취조실에서 했던 말들을 되짚어봤다.

'처음 왔을 때, 낯설었다. 사람 사는 곳이 비슷하다 해도, 아니다. 하나하나 새롭게 배웠다. 어떻게든 살아야 했다. 원래 하던 일도 변변찮았다. 열심히는 했다.'

양창근은 박종대가 한 말들이 거짓말이 아니라는 것에 확신이 들었다. 박종대는 '박종대'가 되기 전의 자신에 대해 이야기했던 거다.

박종대는, 박종대가 되기 이전에, 다른 모습으로 이곳에 왔고, 비슷하지만 다른 곳에서 왔으며, 그곳에서의 삶은 변변찮았으며, 이곳에서 살기 위해서 어떤 일이든 했다. 그리고 열심히 했다. 양창근은 그렇게 정리했다.

하지만 손가락의 상처들은? 그건 분명히 지문을 감추기 위한 거였다. 박종대는 박종대가 아니었으므로, 지문 조회를 당하면 안 되었을 것이다. 그렇다면, 손에 대한 말들은 모두 거짓말이었나?

"냉장고!"

"뭐? 냉장고 뭐? 뭐 안 넣고 나왔어요? 요즘 같은 날은, 이미 다 상했지."

그럼, 아파트에 있다는 '낡고 큰 냉장고' 이야기도 거짓말인가? 어릴 적 놀이터에서 뺑뺑이를 타다가 상처가 생겼다는 말은 분명 거짓말이었을 거다. 박종대의 얼굴에 난 상처들은 분명 수술 자국이다. 그럼, 냉장고 이야기는, 그것도 거짓말인가? 냉장고는 없는 건가? 양창근은 박종대가 왜 굳이 낡고 큰 냉장고에 대해 거짓말을 했는지 신경이 쓰였다.

 사람은 보통 진실을 이야기하다가 거짓말을 해야 할 경우, 사실로부터 출발한다. 거짓말의 모든 부분이 거짓은 아닌 거다. 거짓말들 사이에 '진실'은 잘 없겠지만, '사실'은 자주 있다.

 일테면, 박종대의 손의 상처는 냉장고의 냉각기 때문은 아니지만, 아파트에 냉장고가 있을 수는 있고, 얼굴의 상처는 수술 자국이긴 하지만, 어릴 적 놀이기구를 타다가 떨어진 적이 있을 수도 있는 거다.

 거짓말을 못 하는 사람들이 그렇게 하는 게 아니다. 거짓말을 잘하는 사람들이 그렇게 했다. 많은 진실을 말하고, 거짓말은 필요한 경우만, 그것도 사실을 섞어서 이야기함으로써 사람들이 그가 말하는 것 모두가 진실이라고 믿게 만드는, 거짓말에 능한 사람들이 그렇게 했다. 사실에 근거한 거짓말이기 때문에 당당할 수 있었다. 실제로 사실을 말하고 있기 때문에 진실돼 보일 수 있었다. 그곳이 취조실이고 형사 앞일 경우는 더더구나 그런 노련함이 필요했다.

 박종대는 거짓말을 아주 잘하는 사람이었다. 이미, 그는 '박종대'가 아니면서도 박종대로 살고 있는 사람 아닌가.

 양창근은 낡았지만 아직은 냉장이 잘되는, 큰 냉장고가 있는 아파트를 떠올려보고 있었다.

*

 우환은 순희를 올려다보고 있다. 순희는, '아저씨, 내가 내려갈게요!'라고 크게 소리치고 사라졌다. 순희는 내려오는 중이고 우환은 기다리는 중이었다.
 순희가 6층을 내려오는 데는 생각보다 시간이 걸렸다. 아마도 엘리베이터가 없는 것 같다. 시간이 길어지면서 우환은 어떻게 해야 할지를 잊게 되었다. 아니 처음부터, 어떻게 해야겠다는 판단 같은 건 없었다. 유전자 검사 결과 고등학생인 철부지가 아버지임을 알게 되었다고 해서, 달리 어떻게 말을 하고 행동해야 할지 우환은 알 수 없었다.
 계단을 내려오는 발소리가 들려오기 시작했다. 소리는 금방 다가왔다. 그리고 순희가 나타났다. 우환을 보고 환하게 웃었다. 우환이 뭐라 말하기 전에 순희가 달려왔다. 그대로 우환을 안았다. 미처, 생각하지 못했다. 우환은 멈춘 듯 서 있다. 순희는 짧게, 그리고 애써 터프하게 우환을 한 번 더 안고는, 우환을 바라봤다. 아주 오랜만에 만난 오랜 친구처럼, 혹은 함께 산 가족처럼 바라봤다.
 "근데, 여긴 어떻게 오셨어요? 설마 나 여기 있는 거 알고?"
 설명하기 난처했다. 반갑기는 우환도 마찬가지였지만, 우환 또한 물어봐야 할 게 많았다.
 "아니, 근데, 너는 여기 어떻게?"

그 질문은 순희도 망설이게 만들었다. 마침, 뒤에서 다른 목소리가 끼어들었다.

"아, 두 분은 구면이죠?"

박종대였다. 순희는 박종대에게 간단히 인사를 했다. 박종대도 순희를 알은척했다. 박종대와 순희는 어떻게 아는 사이인가. 우환은 물어볼 게 더 많아졌다.

영진부동산 사무실에 우환과 순희, 박종대가 응접용 테이블을 사이에 두고 앉았다. 우환은 한 시간 전에 있었던 일을 모두 이야기했다. 우환은 순희가 신경 쓰여 말을 가렸다. 하지만 박종대는 순희를 그다지 신경 쓰는 것 같지 않았다. 우환은 그 점이 또한 신경이 쓰였다. 박종대는 우환의 이야기를 조용히 끝까지 들었다. 그리고 한마디로 정리했다.

"놀이꾼입니다."

*

화영은 집으로 돌아왔다. 피가 흐르는 귀를 씻었다. 간단히 소독하고 거울을 봤다. 상처는 크지 않았다. 상처라기보단 그냥 귀의 일부가 깔끔하게 사라져 있었다. 하지만 아주 위험할 뻔했다. 귀는 목 바로 위에 있었다. 화영이 끝까지 적을 찾아내려고 조금만 더 지체했더라면, 어쩌면 죽었을 수도 있었다. 아마, 죽었을 것이다.

어떻게 다른 누군가에게 이런 총이 또 있는지 화영은 알 수 없었다. 그가 왜 화영을 죽이려 하는지도 알 수 없었다. 하지만, 이우환을 죽이지 않으면 돌아갈 수 없다는 것엔 변함없었다.

여행사 직원은 분명히 말했었다. 여행사에 고용된 사람에게만 머릿속에 칩을 심어준다고. 하지만 총을 준 건 여행사가 아니었다. 여행사 직원이면서, 총까지 가진 사람은 화영이 유일할지도 몰랐다.

그가 몰이꾼이라면, 여행에서 돌아가지 않는 사람을 쫓는 자신을 죽이려 들진 않았을 거다. 이곳에서 어떤 일이 일어나고 있는지는 모른다. 하지만 화영은 그가 몰이꾼은 아니라고 생각했다. 누구에게 고용되어 그런 총을 갖게 된 건진 모르겠지만, 화영처럼 이동까지 자유로운 사람은 아닐 거라는 판단이 들었다.

'죽을 수도 있었다.' 하지만, '죽일 수도 있었다'.

화영은 곧 그렇게 다시 생각했다. 어디 있는지 몰랐을 뿐이다. 알았다면, 화영은 총이 충전되기 전에 사라졌다가, 적이 보지 못하는 곳에 나타나 적을 겨눌 수 있었다. 죽일 수 있었다.

이우환은 오토바이를 탄 여학생을 돌려보냈다. 이우환이 서 있던 그곳이 목적지였다. 화영은 그곳이 어딘지 이제 알고 있었다. 다음에는 좀더 신중해야겠다, 화영은 그렇게 생각했다. 어머니가 보고 싶었다. 여동생도 그리웠다.

귀가 아렸다. 반드시 죽여야 할 사람은 여전히 한 사람이다.

하지만 필요하다면 더 죽일 수 있었다.

*

강도영은 무전으로 서에 연락을 했다. 퍼진 차 안에 잠시 앉아 있었다. 기다렸다. 더웠다. 차에서 내렸다. 차를 그 자리에 두고 걷기 시작했다. 왔던 길을 돌아가고 있었다. 걷는다고 더위가 가시지는 않았다. 하지만 곧 더위를 느끼지 않게 되었다.

화가 났기 때문이다. 도대체 무슨 일이 벌어지고 있는 건지 가늠이 되지 않아서 화가 났다. 상대를 쉽게 본 자신에게 화가 났다. 강도영은 머슴이라고 불리는 그 남자가 그렇게 필사적으로 도망을 칠 거라고는 생각지도 못했다. 하지만 왜 하지 못했을까. 그것도 화가 났다. 왜 그 소년은 이상한 무기를 가지고 머슴을 노리는 건지, 그 여고생은 왜 머슴을 돕는 건지, 도우려고 한 건 맞는 건지, 왜 그들은, 경찰력이 버젓이 존재하는 부산 시내 한복판에서 질주하고 아무렇지 않게 아스팔트 바닥에 홈을 내는지, 화가 났다. 강도영은 모든 게 화가 났다. 그들은 어쩐지 자신을 놀리고 있는 거 같았다. 놀리다니, 부산에서 강도영을 놀리다니. 이런 일은 강도영의 키가 170이 넘기 시작한 중학교 때 이후로 없었다. 화가 멈추지 않아서 계속 걸었다.

강도영은 쉽게 몇 가지를 정리했다.

머슴은 일단 신분이 없다. 그 오토바이 위의 여고생은 아마도 순희와 연관이 된, 순희가 최근에 사귀게 되었다는 여학생일 수 있다. 그러니 여고생과 머슴은 아는 사이일 수 있다. 그리고 머슴은 도망칠 곳을 정하고 내뺀 거다. 화장실의 그 작은 환기창에 몸을 집어넣으면서부터 갈 곳이 있었다. 외부에서 온 머슴이 도망칠 곳이 있다는 것은, 그곳에 머슴을 도와줄 사람이 있다는 거다. 어쩌면, 그곳이, 지문을 찍어도 신분이 조회되지 않는 이상한 자들이 모이는 곳일 수도 있다.

그리고 언제나 그렇듯이, 지금까지는 그 직감이 들어맞고 있듯이, 강도영은 이 일에도 이순희가 연관되어 있을 거라 생각했다. 머슴이 순희의 여자친구와 오토바이를 함께 타고 다닐 정도로 친하다. 머슴과 이순희는 더 가까운 사이라는 이야기다. 강도영은 머슴이 어디로 간 건지 알아야 했다.

그래서 좀더 걸어야 했다. 땀이 온몸을 적셨다. 해가 가장 뜨거운 시간에 강도영은 세 시간이 넘도록 걷고 있었다. 강도영에게는 그런 무모함이 있었고, 그 무모함에는 남들은 모르는, 오랜 형사생활로 알게 된 셈도 포함되어 있었다.

부산곰탕에 다시 왔을 때, 강도영의 온몸에서 열이 올라오고 있었다. 옷은 땀으로 젖어 있었고, 얼굴과 드러난 살들은 모두 붉었다. 게다가 강도영은 180이 훌쩍 넘는 거구였다. 열을 내는 붉고 거대한 덩어리가 출입문 앞에 있었다. 강도영은 말없이 들어가 자리를 차지하고 앉았다. 사장 이종인이 시원한 물부터 떠왔다. 강도영은 네 시간 전에 시켰던 곰탕을 다시 시켰다. 아닌 게 아니라, 허기가 졌다. 곰탕 한 그릇을 깨끗이 비우자, 이종인이 다가왔다. 가까이 섰다. 강도영은 이종인에게 물었다.

"어느 방입니까?"

이종인이 안내했다. 작은 창고였다. 강도영은 안으로 들어갔다.

"일 보세요."

이종인은 문을 닫고 사라졌다. 강도영은 방을 뒤지기 시작했다. 작은 배낭 하나가 전부였다. 강도영은 배낭을 샅샅이 살폈다. 옷가지들이 있었다. 그리고 전자 손목시계가 있었다. 켜지지 않았다. 고장나 있었다. 액정에 검은 먹 같은 것이 보였다. 어쩌다 고장난 건지 강도영은 알 것 같았다. 강도영도 어릴 적에 손목시계를 이런 식으로 못쓰게 만들었다. 시계를 찬 줄 모르고 바다에서 수영을 했었다. 강도영은 손목시계를 일단 주머니에 넣었다.

더 뒤졌다. 배낭을 아예 뒤집어서 탈탈 털었다. 그러자 직사각형의 작고 얇고 빳빳한 종이가 떨어졌다. 명함이었다.

직감이, 강도영이 언제나 가장 충실히 믿고 의지하는 직감이, 찾았다, 라고 말하고 있었다. 강도영은 방바닥에 있는 명함을 집어들었다. 적힌 이름을 봤다.

*

박종대가 김화영은 자신에게 맡기라고 했다. 몰이꾼은 어차피 이곳에 사는 우리 모두의 적이니 딱히 우환만 쫓고 있다고 할 수도 없다고, 부담 느끼지 말라고 했다. 그리고 살 곳을 알려줬다. 순희가 이미 살고 있는 집이었다. 영진아파트 602호가 당분간, 어쩌면 오래도록 우환이 순희와 함께 살게 될 집이었다.

순희는 앞장서서 걸었다. 우환을 두어 번 돌아봤다. 순희도 궁금한 것이 많을 터였다. 이제 대화를 나눌 시간이 모자랄 것 같진 않았다. 순희가 문을 열고 우환을 기다렸다. 하지만 우환은 현관문 앞에서 걸음을 멈췄다. 우환은 이 집에 들어가기 전에 박종대에게 꼭 묻고 싶은 것이 있었다. 우환은 순희에게 웃어 보이고 박종대를 다시 찾아갔다.

박종대는 사무실에 혼자 있었다.

"근데, 이순희는 왜 같이 있는 겁니까? 우리랑 다른데."

박종대는 예상 질문에 모범 답안을 들려주듯 말했다.

"우리 사람들 전부가 미래에서 온 여행자는 아닙니다. 하지만 모두가, 필요한 사람들이죠."

우환은 혼란스러웠다. 박종대는 우환의 표정을 즐기는 듯, 한동안 보고만 있다가 물었다.

"당신 아버지, 아버지라고 하니까 좀 우습지만, 어쨌든, 이순희가 어떤 사람인지, 알아요?"

*

 저녁을 먹기엔 이른 시간 아니냐, 라고 거절 의사를 밝혔다. 어차피 사무실로 들어올 거라면서 왜 굳이 나오라고 하냐, 싫은 티를 냈다. 오늘따라 왜들 이렇게 불러내는 건지, 양창근은 짜증이 났다. 그렇잖아도 티브이에서는 아스팔트에 난 구멍들 때문에 난리가 났고, 하늘에서 떨어진 빛에 대해서도 의견이 분분했다. 몇몇 프로그램에서는 외계인까지 조심스럽지만 대놓고 언급하고 있었다. 이런 날 저녁에 양창근은 굳이 밖에까지 나가서 씨름선수 같은 동료 형사와 저녁을 먹고 싶진 않았다. 게다가, 배가 고플 시간도 아니었다. 한데도 강도영은 떼를 쓰고 있었다. 양창근은 어쩔 수 없이 택시를 타고 강도영이 말한 식당으로 갔다.

 부산곰탕 앞에 내렸다. 와보니 기억이 났다. 얼마 전에도 강도영과 함께 왔었다. 강도영은 식당에 앉아서 티브이를 보고 있었다. 사장인 사람이 인사를 했다. 이순희의 아버지였다. 사장은 죄인처럼 눈치를 살피고 있었다. 강도영이 손을 들자 부리나케 다가왔다. 이순희의 아버지는 주문을 받는 짧은 시간 동안에도 쩔쩔매고 있었다. 양창근은 이런 게 싫었다. 아들이 경찰서를 들락거린 거지 아버지가 그런 게 아니었다. 가족 중 하나가 범죄자가 되면 가족 모두가 죄인이 되는 게 양창근은 싫었다.

양창근은 불편해졌다. 자리에서 일어나려고 했다. 강도영이 눈짓으로 저지했다. 그리고 입을 열었다.

"내가 오늘, 여기 세 그릇을 팔아준다. 양 형사 것까지 내가 사면, 네 그릇."

"강 형사, 먼저 먹은 두 그릇, 정말 계산했어?"

강도영은 대답은 않고 그냥 웃었다. 곰탕은 금방 나왔다. 한눈에도 양이 많았다. 강도영이 곰탕을 권했다. 몇 시간 사이 세 그릇이나 먹는다면서도 강도영은 맛있게 먹기 시작했다. 양창근은 입맛이 없었다. 전에도 먹어봤지만, 어땠는지 기억이 잘 안 났다. 강도영은 정말 맛있는 집이라며 여러 번 권했다. 이 사람이 오늘따라 왜 이렇게 친근하게 구나, 양창근은 숟가락을 들었다.

역시나 특별한 맛이 느껴지진 않았다. 국물이 좀 담백하고 고기가 구수했다. 그냥 그런 맛 같았다. 그래도 한 끼를 때우긴 해야 했고, 양창근은 그냥저냥 계속해서 먹었다. 먹다보니, 또 먹을 만한 것도 같았다.

"자알 먹네. 서울, 아니 인천에선 이런 거 못 먹지? 사람들 약아가지고 이렇게 안 하지?"

어느새 그릇 바닥이 보였다. 곰탕 한 그릇을 다 비웠다. 양창근은 좀 민망했다. 맛있다는 느낌은 없었는데, 국그릇이 너무 깨끗하다. 그래도 그렇게 잘 먹은 건 아니다, 아니, 인천에도 이 정도 식당은 많다, 라고 해야 하나 싶어 고개를 드는데, 국그릇

앞에 뭔가 놓여 있다. 강도영은 웃고 있다.

명함이었다. 비로소, 강도영이 왜 그렇게까지 살갑게 굴며 자신을 이곳으로 불러냈는지 양창근은 알았다. 씨름선수 같아도 형사였다. 양창근은 유별날 게 없는 명함을 찬찬히 봤다.

영진부동산, 박종대.

"여기서 찾았다고? 이걸?"

강도영은 고개를 끄덕였다. 강도영은 양창근에게 곰탕을 세 그릇이나 먹게 된 이야기를 들려줬다. 빛이 쏟아지고 외계인이 아스팔트 바닥에 구멍을 내는 그 현장에 자신이 있었으며, 빛줄기를 피해 외계인으로부터 목숨을 걸고 도망치던 이 식당 종업원의 방에서 그 명함이 나왔다는 사실을 알려줬다.

양창근은 강도영의 이야기를 듣고 나서도 명함을 한참 봤다.

"이걸로 영상이 나올까?"

"해봐야지."

*

아버지는 어떤 사람이었나. 우환은 아직 질문에 답하지 못하고 있다. 우환이 그걸 알 리가 없었다. 박종대가 말을 이었다.

"배에 타기 전에 뭘 준비하셨어요? 저는 떠난다는 걸 안 순간부터 떠나는 날까지, 매일 도서관을 갔습니다. 그리고 외워야 할 것들을 외웠습니다. 사회를 구성하는 데는 꼭 필요한 사람들이 있죠. 전 기억력이 좋은 편이라, 그리고 애초에 돌아갈 생각이 없었기 때문에, 꼭 외워야 할 사실들, 꼭 알아야 할 사람들을, 미리 암기해뒀습니다. 우리는 어차피 여기서 이방인입니다. 우리는 도움을 받아야 하는 사람들이죠. 하지만 자신의 인생을, 자신이 가진 모든 걸, 쉽게 내놓을 사람들은 없습니다. 한데도 우리는 그게 필요하죠. 그러지 않으면, 평생, 자신의 일부분을 감추고 살아야 합니다. 그들이 가진 것 모두를 빼앗지 않으면."

박종대는 양손을 펼쳐 보이며 말했다. 손가락엔 아직도 붕대가 감겨 있었다.

"그냥 내놓으려는 사람은 없고, 우리는 그게 필요하고. 싸움이 나겠죠. 싸워야 할 겁니다. 그럼, 싸움을 잘하는 사람이 필요하죠. 싸움을 아주 잘하는, 무서운 사람."

"……?"

"이순희는 제가 도서관에서 외워온 사람입니다."

"……!"

"우리에게 필요한, 무서운 사람입니다."

*

놀이터에는 아이들이 없었다. 우환은 그곳에서 적막했다. 우환은 박종대가 왜 순희를 끌어들였는지 신경이 쓰였다. 이제 그 이유를 박종대에게 직접 듣고 나니, 우환은 돌아갈 곳이 없어졌다. 우환은 순희를 볼 수가 없었다. 놀이터로 와 밤이 되도록 있었다.

바다에서 돌아온 후, 이곳에서 살겠다고 마음먹고 행복해져야겠다고 다짐한 후로, 처음으로 불안이 사라지는 순간이었다. 영진아파트에서 순희를 본 순간, 같은 공간에서 순희와 함께 살게 되었다는 걸 안 순간, 순희와 앞으로 많은 시간을 보낼 수 있다는 걸 알게 된 순간, 정말 행복해질 수 있겠구나, 생각했었다. 하지만 순간은 짧다. 박종대에게 물어보지 않을 수 없었다. 답을 듣고 난 지금은 불안만 남게 되었다.

순희는 어떤 어른이 되는 건가. 어떤 어른이 되기에 박종대 같은 인물이 서둘러 자기 사람으로 만들었을까.

우환은 갑자기 이해되기 시작했다. 왜 자신의 인생이 그토록 불행했는지. 순희는 그런 어른이 되는 기였다. 순희는, 박종대 같은 괴물이 두려워할 만큼 무서운 어른이 되느라 아버지가 되지 못했던 거다. 우환은 그런 어른의 기억하지 못하는 아들이었던 거다. 우환은 어둠에 기대었다.

스물한 가구의 집 모두에 불이 들어와 있다. 사람들의 소리가 들려온다. 웃음소리도 섞여 있다. 우환처럼, 돌아가지 않고 욕심을 내고 있는 사람들은 이곳에 얼마나 있을까.

그들은 모두 우환처럼 누군가의 인생을 지켜보고 흉내내고 결국, 훔쳐낸 사람들인가. 우환은 결국 종인의 인생을 빼앗아야 하는가. 우환은 결국 종인이 되어야 하는가. 아들은 결국 아버지가 되어야 하는가.

우환은 올려다봤다. 602호에도 불이 켜져 있다. 순희가 기다리고 있을지도 모른다. 순희에게 필요한 건, 아들인가 아버지인가, 우환은 그런 생각을 잠깐 한다.

우환은 밤이 늦어서야 아파트로 올라갔다. 엘리베이터가 없었다. 6층까지 걸었다. 3층부터 땀이 났다. 602호의 문은 잠겨 있지 않았다. 바다에서 돌아왔을 때, 잠겨 있지 않았던 식당 문을 떠올린다. 그것도 순희가 열어둔 것이었을까.

순희는 잠이 들어 있었다. 거실 소파에 눕기에 순희는 너무 길었다. 긴 몸이 안쓰러워 보였다. 거실 바닥엔 순희가 먹은 걸로 보이는 라면 냄비가 있었다. 우환은 설거지를 했다. 설거지를 하는 동안에도 순희는 깨지 않았다. 우환은 방으로 들어가 얇은 이불을 꺼내왔다. 순희를 덮어줬다. 거실에 잠깐 앉아 잠든 순희를 보다가 우환은 아무 방에나 들어가 누웠다.

*

몰이꾼은 매번 오진 않지만 처음도 아니었다. 필요한 경우 박종대는 몰이꾼을 죽였다. 이전에도 그랬다. 박종대가 쏜 총에 맞는 순간 사라지긴 했지만, 분명 죽었을 거다. 더 깔끔하게 처리했어야 했지만, 죽은 사람이 들려줄 수 있는 이야기는 많지 않았다. 그러니 이번에도 어떻게든 처리하면 되었다. 의아한 것은, 새로운 몰이꾼의 등장이 아니라, 그 몰이꾼이 쓰는 무기였다.

여행사에 고용된 몰이꾼들은 시간 여행 도중 생기는 뇌압을 낮춰주고 순간이동을 가능하게 해주는 칩을 머리에 이식해서 온다. 박종대도 그건 알고 있다. 하지만 한 번도 저런 총을 들고 온 적은 없었다. 박종대도 총을 쉽게 구한 게 아니었다. 박종대는 여행의 대가로 받은 돈의 절반을 순희에게 건넨 그 총을 사는 데 썼다. 총은 비쌌다. 아버지에게는 목숨값으로 받은 돈 전부를 줬다고 했지만, 낯선 곳에 빈손으로 올 순 없었다. 게다가, 이곳에서는 위력적인 무기가 될 게 분명했다. 그 비싼 총을, 몰이꾼이 직접 샀을 리는 없다. 누군가가 줬을 거다. 누구인지까지 궁금하진 않았다. 다만, 지금 문제가 되는 건, 박종대가 이번에 죽여야 할 몰이꾼은 순간이동은 물론, 위험한 무기까지 있다는 거였다.

이순희에게도 그 무기는 있다. 하지만 이순희는 그 몰이꾼처럼 자유롭게 이동하지 못했다. 어떻게 해야 하나, 박종대는 고민에 빠졌다. 어떻게든 몰이꾼은 죽여야 했고, 이순희가 그걸 해내야 했다.

승부는 동등한 조건에서 해야 했다. 총이 충전되는 시간보다, 사라지는 시간이 빠르다. 지금 싸운다면 이순희가 질 확률이 높을 수밖에 없었다. 이순희는 필요한 사람이다. 이순희를 죽게 둘 수는 없었다. 이순희가 동등한 조건에서 싸우게 해야 했다.

12

 강도영과 양창근은 담당 검사가 출근하기도 전에 검사 사무실에 가서 기다렸다. 담당 검사는 강도영이 오랫동안 알아온, 꽤 살가운 사이라고 했다. 강도영은 자기만 믿으라고 했다. 잘만 설명하면, 사건 자체가 허황되고 말이 안 되지만, 그래도 자기가 잘 설명하면, 아파트 수색영장 정도는 받아낼 수 있을 거라고 했다.
 "영진아파트 안에, 분명히 뭔가가 있을 거라는 거지?"
 강도영은 다시 물었다. 양창근은 고개를 끄덕였다. 체포영장을 받아가서 박종대를 체포해봐야, 실질적인 증거가 없는 지금 상황에선 48시간 안에 구속영장이 나올 리가 없었다. 저번처럼 또 풀어줘야 할 거고, 그럼 다시는 박종대를 경찰서로 부를 수 없을지도 모른다. 하지만, 수색영장을 받아 영진아파트를 다 뒤진다면, 분명, 분명 뭔가가 나올 거다. 그 증거들을 가지고 박종대를 다시 잡아들여야 한다. 그럼 박종대의 조직 전체를 잡을 수 있을 거다. 양창근은 확신을 가지고 다시 한번 강도영을 설득했다.

과연 담당 검사는 강도영을 보고 반가워했다. 강도영의 말은 빈말이 아닌 것 같았다. 담당 검사는 일련의 일들에 대해서 걱정을 드러냈다.

"시체는 어떻게 됐어? 아직 신원을 전혀 모르나? 열두 구 다? 경찰서에 구멍난 건? 그건 막았어? 아니, 저번에 그 공고에서 죽은 남자 말이야, 그 사건 용의자가 경찰서에 왔었다며? 구멍도 그 용의자가 낸 거 아냐? 그럼, 어제 그 아스팔트에 난 구멍도 걔가 한 건가? 아, 도대체 뭔데, 그런 구멍을 내는 거야? 아니, 나라도 티브이 보고 있으면 믿겠어, 외계인이라는 말. 안 그래?"

쉰 살 정도 되어 보이는 검사는 쉴 새 없이 물었다. 그게 질문인지 혼잣말인지 알 수 없어서 양창근은 대답을 하려다 말고, 입을 열다가 닫았다. 강도영은 그저, 그러게 말입니다,를 반복하며 수많은 질문들을 넘겼다.

"여기까지 찾아온 거 보니까, 그래도 뭐 좀 진전이 있나 본데?"

이제 제대로 답해야 할 순간이라는 걸 양창근도 느낌으로 알았다. 강도영은 물론 알았는지, 주머니에서 준비해온 비장의 카드를 꺼냈다. 책상 위에 올렸다. 명함이었다. 검사는 명함을 집어들었다. 본다. 진지하다.

"영진부동산? 영진아파트 쪽인가? 박종대? 얘가 범인이야?"

강도영은 그간의 있었던 모든 사건들이 박종대에게로 모아지며, 결국 영진아파트가 그들의 근거지인 것 같다는 설명을 했다.

우리, 저와 양창근 형사가 보기엔, 박종대가 분명 조직의 장이며, 지금도 조직을 확장시키고 있는 것 같고, 그 구성원을 나름 선별하는 것 같은데, 그 구성원들 중에 신분이 불확실한 사람들이 많다. 바닷가에 떠밀려온 시체들도 신분이 전혀 밝혀지지 않는 걸 보면, 박종대와 연관이 있을지도 모른다. 당장 박종대에 대한 구속영장을 발부하는 건 검사님도 부담스러울 거다. 솔직히 물증은 없다. 모두 심증뿐이다. 하지만 분명히, 그 아파트에 물증이 있을 거다. 그 아파트 자체가 물증이 되어줄 거다.

구멍을 내고 다니는 그 유력한 용의자는, 사실은, 순간이동을 한다. 그리고 또, 사실은, 레이저 총을 가지고 있다. 믿기지 않겠지만, 그래서 잡기가 힘들다. 만약에 그 용의자까지 박종대의 조직원이라면 서둘러야 한다. 어서, 아파트를 열고 들어가서, 물증을 찾아내야 한다. 수색영장이 필요하다.

설명은 길었다. 하지만 논리정연했다. 강도영이 이렇게 말을 잘하는 사람이었나? 양창근은 감탄했다. 어쩐지 수색영장을 받아낼 수 있을 것 같았다.

"제 생각엔, 이순희도 그 아파트에 있을 거 같습니다."
"그리고 거기 분명히 낡고 큰 냉장고가 있을 겁니다."

긴 설명 끝에 강도영이 진지하게 이순희 이야기를 덧붙였고, 양창근은 처음으로 냉장고 이야기를 했다. 양창근은 냉장고가 결정타가 될 거라는 걸 알고 있었다. 하지만 냉장고 이야기에 강도영은 좀 당황하는 것 같았다. 담당 검사는 그저 묵묵히 강도영의 긴 설명을, 그리고 양창근의 냉장고에 대한 언급을 듣고만 있었다. 그리고 입을 열었다.

"순간이동? 그게 가능하다고 생각해? 레이저 총? 진짜 외계인 왔다고 믿는 거지, 두 사람도? 선만 있으면 돼, 라인만 있으면 해커나 그런 놈들이 뭐든 조작할 수 있는 세상이라고. 시시티브이 영상? 그거 조작된 걸 수도 있는 거잖아. 사람들이 방송사에 제보한 것들? 그걸 어떻게 믿어. 방송용이지. 왜 일을 허황되고, 말이 안 되는 쪽으로만 생각해? 경찰들 무능한 거야 어제 오늘 일이 아니다 치자. 그래도 가만히 있으면, 수사 중이다, 할 말이라도 있잖아. 근데, 순간이동과 레이저 총에 근거해서, 부산 사람이던 나 아는, 영진아파트를 니들 말만 믿고 들어가서, 집집마다 다 뒤졌다가, 아, 어쩌죠, 외계인이 하나도 없네? 이렇게 되면, 어떨 거 같아? 외계인이 그 아파트로 들어가는 걸 봤다는 제보가 빗발치겠지. 티브이에서 그런 것들을 내보내며 지랄발광을 하고 있어도, 니들은 다른 식으로, 현실적으로 고민해야 되는 거 아니냐? 형사니까? 어?"

*

영장발부는 기각됐다. 경찰서로 돌아오는 차 안에서 한동안 둘 다 말이 없었다.

"씨발, 필요 없어."

양창근이 말을 뱉었다.

"영진아파트 무조건 거기야. 거기 맞아. 씨발. 거기 있는 사람들 지문 다 뜨면, 분명히 지문 조회 안 되는 놈들 몇 명은 나올 거고, 그럼 걔들 다 모아서 족치면, 이번엔 머리에 구멍나기 전에 한 놈 정도는 입을 열 거야. 입을, 열게 할 수 있을 거야. 박종대 몰래, 박종대 몰래 해야 돼. 영장 없이, 사람들 몰래, 그냥, 몰래 조용히 하면 된다고. 안 그래? 강 형사? 어? 안 그러냐고? 어?"

강도영은 양창근이 이렇게 흥분하는 모습을 처음 봤다. 그 모습을 보고 나서야, 담당 검사가 자신과 양창근을 어떻게 보고 있었을지 알 수 있었다. 검사 앞이었다. 강도영은 최대한 냉정하고 침착하게 이야기를 했을 것이다. 하지만 이미 흥분한 상태였던 거다. 두 형사의 그 흥분은, 동조해주기엔 너무 동떨어진 감정들이었던 거다. 그들이 쫓고 있는 걸 검사는 본 적 없었다. 그들의 직감이 하는 소리들을 검사는 들을 수 없었다. 강도영도 지금 그랬다. 양창근이 흥분하는 게 이해가 안 되는 건 아니었다. 하지만, 덜컥 답을 하진 못했다.

양창근은 서에 와서도 흥분을 가라앉히지 못했다. 혼자 중얼거리다가 수시로 가까이 있는 강도영에게 동의를 구했다. 강도영은 자리를 피했다.

분위기 때문인지 모르지만, 부검실은 언제나 서늘했다. 어쩐 일인지, 탁성진은 없었다. 강도영은 기다리기로 했다. 생각해보면, 탁성진은 처음부터 사내 몸에 반원의 상처를 낸 무기가 레이저라는 걸 알고 있었던 것 같다. 하지만 그때 강도영도 똑같이 무시했었다. 사내 머릿속에서 꺼낸 칩을 조사했을 때, 순간이동이라는 단어를 이미 떠올렸을지도 모른다. 하지만 말해도 강도영은 믿지 않았을 것이다. 그 모든 걸 이미 알고 있었던 탁성진은 강도영보다 훨씬 일찍부터 두려웠을지도 몰랐다. 강도영은 진지하게 묻고 싶었다. 교실 바닥에서 죽은 그 사내의 머릿속에 칩 말고 다른 건 없었는지. 혹시, 촉수 같은 건 없었는지 말이다. 만의 하나라도, 그들이 외계인일 가능성도 있는 건지. 강도영은 어떻게든 놈들을 잡고 싶었고, 이제는 그들이 뭐라고 해도 믿어야 한다고 생각했다. 흥분하기 전에, 차분한 상태로 무엇이든 냉정하게 받아들여야 할 때가 왔다고 생각했다. 누군가, 믿을 만한 누군가가, 탁성진 영감 같은 사람이 '아무래도, 안드로메다에서 온 애들 같다'라고 말한다면, 이제는 그 말을 믿고, 안드로메다에 대해서 공부를 시작해야 할 때였다. 검사는 전혀 몰랐다. 현실적으로 고민해서 될 일이 아니었다. 강도영에게는 낯선 단어였지만, 상상력을 발휘해야 할 때였다. 이미 사건은 충분히 현실 너머에 있었다. 강도영은 이제 세상에서 가장 침착한, 몹시 냉정한, 몽상가가 되기로 했다.

탁성진은 강도영이 새로운 철학의 탑재를 통해 범인 검거에 대한 열의를 되새기고 있는 동안에도 나타나지 않았다. 아무래도 강의가 있는 날인 거 같았다. 탁성진은 대학들이 언제나 교수로 모셔가고 싶어 하는 인물이었다. 하지만 이곳 부검실을 가장 편안하게 생각하는 괴짜이기도 했다. 결혼도 하지 않았고 그러니 애도 없었으며 부모는 모두 죽었고 형제도 없었다. 가족이라고 부를 만한 사람이 탁성진에겐 없었다. 언젠가 탁성진이 그런 말을 했었다. 자기가 돈을 많이 벌지도 못하지만, 유괴범들한테 돈을 뜯길 일은 없을 거라고. 자기 주변에는 유괴할 만한 사람이 없다고. 그래서 너무 인생이 가뿐하다고. 탁성진에게 소중한 건 대학을 다닐 때 가까웠던 친구들 정도가 다였다.

강도영은 가끔 탁성진의 머릿속이 궁금했다. 언젠가 자신의 머리를 열고 칩을 넣어주겠다던 영감의 말이 떠올라서 강도영은 혼자 웃었다.

강도영은 생각난 김에 칩을 찾아봤다. 어떻게 생겼기에 머리에 넣으면 홍길동이 될 수 있는 건지, 제대로 한 번 봐야겠다는 생각이 들었다. 상상력을 자극하는 데도 도움이 될 것 같았다. 하지만 칩은 없었다. 증거보관실로 옮겼나? 생각해봤지만, 그럴 리는 없었다. 영감은 부검실에서 본인이 찾아낸 증거는 늘 부검실에 보관했다. 일종의 고집 같은 거였다.

칩은 확실히 없었다. 그리고 탁성진도 아직은 돌아오지 않았다.

*

 뇌수술 스케줄이 세 건이나 밀려 있었다. 그중 두 건은 응급이었다. 병원 전체가 뇌 전문의 서유헌을 찾고 있었다. 연락이 되지 않았다.

*

 대낮이지만 어두웠다. 얼굴에 서류봉투가 거꾸로 씌워져 있었다. 눈을 뜨고 있었지만, 앞이 보일 리 없었다. 탁성진은 그냥 눈을 감았다. 차는 어딘가로 가고 있었다.

*

 연애와 닮았다. 그 사람이 눈앞에 나타나기 전에는 그 사람을 상상하게 되고, 그 사람을 한 번이라도 보고 난 후에는 그 사람만 그리워하게 된다. 보고 싶어 못 견딘다. 그를 소유하기 전까지는 애가 끓는다. 병이 난다. 비로소 그를 소유하게 된 후에는, 그리움도 애정도 잦아들기 시작한다. 먼 곳으로 보내고 나면, 잊는다. 장거리 연애, 말로는 찾아가겠노라 하지만 양창근은 한 번도 자신이 잡아넣은 범인을 면회하러 교도소에 가본 적은 없다.

양창근은 보고 싶은 사람이 너무 많았다. 자신의 눈앞에서 사라진 이름 모를 소년이 그리웠고, 얼굴이 사라지는 걸 직접 봤음에도 류정훈을 다시 보고 싶어 애가 탔고, 자기 발로 떠나버린 박종대 때문에 병이 날 지경이었다. 그리고 더 많은, 아직 만나지 못한 사람들. 박종대와 함께 어딘가에서 살고 있을 더 많은 사람들을 만나고 싶었다. 한 사람 한 사람 일일이 만나서 악수를 나누고, 악수를 꼭 나누어서 자신의 손에 묻은 그들의 지문을 모두 채취하고 싶었다. 채취해서 조회해보면, 그중에 분명히 조회 안 되는 놈들이 있을 거다.

아니지, 아니지, 지문은 뜨기 힘들 수도 있고, 땀.

해가 가장 뜨거울 때 찾아가는 거다. 땀이 쭉쭉 흐를 때. 근데 또 일일이 악수를 하는 거다. 그럼, 손에 묻은 땀을 통해서 유전자 감식을 할 수 있다. 더 확실한 거지. 신원이 없는 사람들은 확실히 드러나는 거다. 그럼 그 사람들만 다 모아서 내가 신문하면, 그렇게만 되면, 그러면 그놈들 싹 다 잡아가는 거다, 내가. 내가 다 잡아가는 거라고. 이 자식들.

"야 이 개자식들아!"

생각에 잠겨 있던 양창근이 갑자기 소리를 질렀다. 오후 2시의 형사1팀 사무실에는 사람이 몇 없었다. 형사 하나가 그런 양창근을 잠깐 본다. 강도영은 보이지 않는다. 양창근이 생각에 빠져 중얼거리기 시작할 때 이미 자리를 떴었다. 대신, 죽은 최성원을 대신해 충원된 최성원보다도 어린 형사가 책상에 엎드려 졸다가 벌떡 일어나 경례를 했다.

"충성!"

양창근은 다시 생각에 빠졌다. 흥분해서 될 일은 아니었다. 침착해야 했다.

수첩을 꺼냈다. 차분하게 적어나갔다. 그러다 며칠 전 소망병원에서 메모한 걸 발견했다. 얼굴 피부가 벗겨진 사내와, 그 사내가 진짜 류정훈이며 친아들이라고 주장하는 노모와의 대화에 관한 메모였다.

양창근은 메모를 다시 봤다.

'낯선 곳. 아는 곳. 비명. 기억. 엄마. 정신병원. 둥근 거울. 괴물. 괴물. 비명. 괴물.'

양창근은 그 기록을 바탕으로 현장을 그려봤다.

아마도 류정훈은 그를 수술한 이들이 예상한 것보다 일찍 마취에서 깨어난 것 같다. 류정훈이 특이 체질이거나, 수술 현장에 마취 전문가가 없었을 수 있다. 깼을 때, 낯선 곳이었다. 본인이 알지 못하는 공간에서 수술을 받은 것이다. 하지만 그곳을 나왔을 때, 혹은 도망치다 보니, 아는 곳이었거나, 아는 곳을 봤을 수 있다. 그리고 비명. 사람들은 당연히 류정훈의 얼굴을 보고 비명을 질렀을 거다. 그 비명 소리에 아마 긴장이 되었을 거고 그런 긴장이 뇌에 자극을 줬을 거다. 기억이 났을 거다. 수술 중에 들었거나, 마취 직전에 들었을 이야기. 애 엄마는 정신병원으로 보내기로 했다, 뭐 그런 이야기였을 거다. 노모의 주장처럼 효자였다면, 이미 납치되었을 때부터, 하나뿐인 노모를 걱정했을 수도 있다. 그러니 그 기억에 의지해서 무조건 정신병원으로 향했을 수 있다. 그러다 둥근 거울, 아마도 길가에 설치된 도로반사경에서 자신의 얼굴을 처음으로 봤을 거고, 마취에서 확실히 깨어나지 못한 상태에서 정신적으로 큰 충격을 받았을 것이다.

자신이 아니라고 믿기 시작했을 거다. 내가 아니다, 괴물이다. 믿지 않으려고 했을 것이다. 그의 얼굴을 보고 또 누군가가 비명을 질렀을 것이다. 사람들의 시선을 피해 무조건 도망쳤을 거고, 도망치는 동안, 스스로에 대한 혼란이 찾아왔을 거다. 떠도는 시간이 길어지면서, 반사경에 비친 모습을 괴물이라고 규정하기에 이르게 되고, 결국 괴물과 자신을 분리했을 것이다. 그렇게 떠돌다가 어느 날, 늙은 어머니가 다시 걱정되었을 거다. 또 어느 날 정신병원이라는 단어가 기억났을 거다. 소망병원은 그렇게 찾아가게 되었을 거다. 괴물이 되어 어머니를 찾아온 것이다.

양창근은 소망병원의 사내가 진짜 류정훈이라는 확신이 들었다. 그의 말들은 불안정했지만 지어낸 것 같지는 않았다. 깼을 때 낯선 곳이었지만, 나와보니 아는 곳. 그곳은 류정훈이 살던 집일지도 모른다. 자신의 집에서 그런 일을 당했기에 더욱 충격받았을지도 모른다.

그곳은, 정확히 류정훈이 살던 집은 아닐 수 있다. 하지만 나와서 보니 아는 곳. 혹은, 도망치다 보니 아는 곳. 그곳을 양창근은 영진아파트라고 확신했다.

양창근은 류정훈에 관련된 기록을 열어봤다. 류정훈의 주소는 영진아파트 402호였다. 류정훈은 자신의 집에서, 자신이 살던 공간이 낯설게 느껴질 만큼 끔찍한 일을 당했다. 402호에 흔적이 남아 있을 수도 있었다. 어쩌면 아직도 그들이 거기 있을지도 몰랐다. 그놈들은 사람들이 생활하는, 밥을 먹고 대화를 나누고 잠을 자는, 아파트 안에서 그런 일들을 벌이고 있는 것이다.

시계를 봤다. 오후 3시가 가까워지고 있었다. 이 모든 추리가 추리로 끝날 수도 있다. 하지만 어찌되었건, 악수를 나누기에 좋은 시간이었다.

*

마지막으로 시간을 확인했을 때는 새벽 5시였다. 지금쯤 종인 형님이 일어나서 주방으로 갔겠구나, 주방에 내가 없는 걸 알았겠구나. 우환은 그런 생각 끝에 결국은 잠들었다.

오후도 훨씬 지나 우환은 일어났다. 그렇게 늦게 잠든 것도 드문 일이었지만, 이렇게 늦게 일어난 건 처음이었다. 오후 3시가 넘어 있었다. 거실로 나가봤다. 순희는 없었다. 순희는 어디로 갔을까. 순희는 박종대와 어떤 일을 하고 있을까.

'이곳에서 살아가기 위해 무엇까지 해야 하는 건가. 나는 바라고 있는 건가. 나는 무엇을 하고 싶은 건가. 나는 무엇이 되고 싶은 건가. 나는 바라고 있는 건가……'

우환은 순희가 누웠던 자리에 앉아, 살아가는 것에 대해서 고민을 했다.

*

서늘하다고 느껴졌다. 서류봉투가 벗겨졌다. 탁성진은 본능적으로 눈을 감았다. 하지만 예상했던, 쏟아지는 햇살 같은 건 없었다. 실내였다. 형광등 불빛이 밝긴 했다.

남자가 먼저 보였다. 아마도 탁성진을 이곳으로 데리고 오고 친절하게 서류봉투까지 벗겨준 사람인 듯했다. 남자는 건장했다. 얼굴에는 최근에 생긴 듯한 멍과 상처가 있었다. 탁성진은 주변을 둘러봤다. 병원은 아니었다. 하지만 수술실처럼 보였다. 수술대에다 수술 도구들까지 이것저것 꽤 제대로 갖추어져 있었다. 어지간한 수술은 충분히 가능할 듯했다. 어딘지는 알 수 없었다. 다만, 애초에 이런 용도로 지어진 곳이 아니라는 건 알 수 있었다. 공간은 꽤 넓은 것 같았다. 넓은 공간의 일부인 듯했다. 커튼으로 가려져 공간의 다른 부분은 보이지 않았다.

수술대 위에 누군가가 누워 있다. 얼핏 보이는 얼굴은 어려 보인다. 소년 같다. 잠들어 있다. 죽은 건지도 몰랐다. 그리고 그 맞은편에 탁성진이 찾던 사람이 있었다. 뇌 전문의이며, 탁성진의 대학 동기이자 몇 안 되는 친구인 서유헌이었다. 서유헌은 긴장했지만 침착한 모습이었다.

서유헌 옆에는 다른 남자가 있었다. 서유헌은 앉아 있었고 남자는 서 있었지만, 남자는 서유헌보다 많이 크지 않았다. 남자는 작은 키지만 육중했다. 몸도 얼굴도 탐욕스럽게 느껴졌다. 남자는 수술대 위의 소년 옆으로 가서 섰다.

"편의상 그냥 내가 할까 했는데, 내가 그래도 남의 분야에 대한 존중이 좀 있고, 뇌는 아무래도 전문가들이 여는 게, 아, 마취는 내가 해봤어요. 그 정도는 하니까. 예전에 딱 한 번 먼저 깨어난 사람이 있었지만. 고기 먹고 와보니까, 없어졌더라고? 우리 그 사람 아직 못 찾았지? 그러니까 마취는 걱정 안 하셔도 되고. 아니다. 그전에도 몇 번 있었나? 뭐 어쨌든."

작고 뚱뚱한 남자는 말을 마치고 웃었다. 그 웃음이 인상적이었다. 날카롭고 높은 톤이다. 칠판을 손톱으로 긁었을 때 나는 소리처럼 불쾌했다.

탁성진 옆으로 또 다른 남자가 다가왔다. 적당한 키에 평범한 인상이었다. 남자는 설명을 잘하는 사람이었다. 남자는 탁성진이 가져온 물건을 확인했다. 그리고 그 물건을 어떻게 해야 할지 차분하고 설득력 있게 서유헌과 탁성진을 번갈아 보며 설명했다. 그건, 그들로부터 서유헌을 납치했다는 전화를 받고 탁성진이 부검실에서 그 칩을 가지고 나올 때 예상했던 내용 그대로였다. 서유헌은 이제 수술대 위에 누운 소년의 머리를 열어 이 칩을 넣어야 했다.

"어디서 꺼냈는지는, 기억하시죠? 정확하게."

설명을 마친 남자가 마지막으로 물었다. 서유헌뿐만 아니라 탁성진도 물론 기억하고 있었다. 머릿속에서 이런 칩을 꺼내는 일이 둘 모두에게 자주 있지는 않았다.

그때, 누군가 문을 두드리는 소리가 들렸다. 아마도 이 방에 방음 시설이 된 탓인지, 소리는 좀 먼 곳에서 울려왔다. 건장한, 또한 얼굴에 아물지 않은 상처가 있는 남자가 소리가 나는 곳으로 갔다.

*

양창근은 402호의 문을 두드렸다. 문은 열리지 않았다. 비어 있을 수도 있다. 양창근은 생각했다. 영진아파트 402호. 분명히 류정훈의 주소지가 맞다. 소망병원에 전화해서 치매로 입원한 노모의 주소지까지 확인했었다. 영진아파트 402호, 분명했다. 양창근은 다시 문을 두드렸다. 아무래도 비어 있을 확률이 높다. 양창근은 다시 한번 그렇게 생각했다. 하지만 조금 뒤 문은 열렸다. 양창근은 자신도 모르게 손을 내밀었다. 누구든 간에 악수부터 할 작정이었다.

양창근은 놀랐다. 악수를 권하지도 못했다. 의아했다. 죽은 류정훈이 문을 열어줄 거라 생각하진 않았다. 하지만 너무도 의외의 사람이었다.

문을 연 사람은 박현주였다.

놀라기는 박현주도 마찬가지였다. 거실 쪽에서 박현주를 부르는 소리가 들리더니, 중년의 여자가 현관문 쪽으로 고개를 내밀었다. 양창근은 어쩐지 그 여성이 눈에 익다. 분명히 본 사람이었다. 양창근은 이 여자를 어디선가 봤다. 박현주는 일단 들어오라고 했다. 양창근은 얼떨결에 들어갔다.

집안은 엉망이었다. 누가 봐도 이들이 막 이사온 사람들이란 걸 알 수 있었다. 양창근은 거실 바닥에 앉았고, 박현주는 믹스커피를 내왔다. 동거인으로 보이는 중년의 여자는 짐을 들고 왔다갔다하며 틈틈이 양창근을 봤다. 그 여자는 양창근을 전혀 못 알아보는 눈치였다. 박현주는 어쩐 일이냐, 여기로 이사온 건 어떻게 알았냐, 형사라고 뒷조사라도 한 거냐, 이런 식이면 곤란하다, 전화를 해서 물어보는 게 쑥스러웠냐, 나한테 이 정도로 관심이 있었냐, 쉴 새 없이 질문을 했다. 중년의 여성은 오가며 몇 번 웃었다. 친한 언니라고 했다. 같이 살기로 했다고.

"여기 아파트 전세 나오는 게 얼마나 힘든지 몰라요. 겨우 구했다니까, 겨우."

그 말을 듣고 양창근은 그녀가 누군지 떠올랐다. 처음 봤을 때, 여자는 박종대와 싸우고 있었다. 다 같은 돈이고 손님이지 부동산 따위 하면서 사람을 무시해도 되냐고 일방적으로 화를 내고 있었다.

"아니, 그때 부동산 사장님이 미안했던지, 바로 연락을 줘서 얼마나 고마운지."

박종대는 유능한 부동산 중개인임에 분명했다. 여기서 살았을, 가짜 류정훈이 죽은 지 며칠이 지나지 않았다. 양창근은 그가 다른 일들은 또 얼마나 잘해내고 있을지 걱정이 되기 시작했다.

*

그 시각, 402호 앞을 탁성진과 서유헌이 눈을 가린 채 지나가고 있었다. 탁성진과 서유헌을 안내하는 건, 어린 여자아이였다. 눈을 가린 두 사람과 아이는 술래잡기를 하고 있다. 한낮의 아파트 복도에서 벌어지는 아이와 어른들의 놀이는 평화로워 보였다. 눈가리개까지 하고 손녀와 놀아주는 할아버지들의 모습은 보기 좋았다.

수술 중에도, 수술이 끝나고도 위협 같은 건 없었다. 이 일만 잘 끝내면 무사히 돌려보내질 거라는 느낌을 받았다. 시키는 대로만 잘한다면 말이다.

탁성진과 서유헌은 눈가리개 속의 눈도 감고 있었다. 살고 싶었다. 계단을 내려가면서 넘어지기도 했다. 하지만 절대 눈을 뜨지 않았다. 그렇게 두 사람은 지하 주차장까지 내려왔고, 기다리는 차에 실려서 아파트를 떠났다.

*

 아파트에서 차가 빠져나가는 걸 화영은 지켜보고 있다. 화영은 귀의 일부를 잃었던 그 건물 옥상에서 아침부터 시간을 보내고 있다. 옥상으로 와 가장 먼저 한 일은 빛이 날아온 쪽을 살피는 거였다. 쉽게 아파트를 발견했다. 저 아파트의 어딘가에서 누군가가 화영을 향해 총을 쏜 것이다. 아파트는 이우환이 서 있던 부동산과 아주 가까운 언덕에 있었다. 작은 놀이터가 유일한 산책로였다. 화영은 아파트로 내려가 좀더 자세히 살펴볼까 했지만, 일단은 옥상에서 지켜보기로 했다. 거리가 백여 미터 떨어져 있긴 했지만, 화영이 서 있는 곳이 이피트에선 가장 가깝고 또 비슷한 높이의 건물이었다.
 아침에는 일찍 이사 트럭이 왔었다. 사다리차도 함께 왔다. 사다리차는, 4층 중앙쯤이니까, 아마도 402호로, 짐을 올렸다. 이사를 온 사람은 여자 둘이었다. 하나는 젊은 편이고, 다른 한 명은 아줌마라고 불릴 만했다.
 조금 전에 아파트를 빠져나간 승합차는 지금까지 두 번 들락거렸다. 오후에는 402호에 남자가 방문했다. 4층 복도에서 할아버지 둘과 손녀가 술래잡기를 하기 시작한 것도 그즈음이었다. 두 할아버지와 손녀는 남자가 들어간 402호 바로 옆집, 그러니까 403호에서 나왔다.

2층에서, 1층에서, 또 5층에서도 사람들이 나왔다 들어갔다. 복도를 지날 때는 뛰는 아이도 있었고, 대화를 나누는 사람들도 있었다. 일상적인, 너무도 평범한 아침이고 오후였다. 그나마 인상적인 게 있었다면, 두 번 들락거린 그 승합차와 한 중년의 남자였다.

예순이 되진 않은 것 같지만 쉰은 훨씬 넘어 보였다. 그 남자는 화영이 아파트 맞은편 옥상에 왔을 때 이미 그 작은 놀이터에 앉아 있었다. 오후가 된 지금까지도 여전히 그곳에 앉아 있다. 놀이터 한쪽에 있는 긴 의자에 앉아 어딘가로 떠나지도 않고 있다. 가끔 아파트를 올려다보는 게 전부였다. 생각이 많은가 보다. 뭔가를 기다리는가 보다. 그럴 수 있었다. 화영도 옥상에서 건너편 아파트를 내려다보는 게 하루의 전부지 않나.

어찌되었건, 그 일상의 풍경 속에 이우환은 한 번도 보이지 않았다. 다시 원래 있던 식당으로 돌아간 건지. 아니면, 저 아파트의 어딘가에 살기 시작한 건지, 화영은 알 수 없었다. 기다려야 했다. 이우환의 얼굴이 보일 때까지.

이 옥상에서도 이우환의 얼굴은 충분히 알아 볼 수 있다. 화영은 그 얼굴을 보게 될 때까지, 내일도 그다음 날도 이곳에 올 작정이었다.

*

자신들을 내려준 차가 떠나고 나서도 두 사람은 눈을 감고 있었다. 눈을 가리고 있는 건 아무것도 없었다. 하지만 눈을 뜨지 않았다. 차 소리가 완전히 멀어지고도 한참 후에야 탁성진과 서유헌은 눈을 떴다.

두 사람은 도서관 앞에 있었다. 점자도서관이었다. 오늘은 토요일이다. 주변에 시각장애인들과 그의 가족들의 왕래가 잦았다. 눈을 감은 채 차에서 내리고, 눈을 감은 채 서 있었던 두 사람을 어느 누구도 이상하게 보지 않았다.

서유헌은 택시 안에서 탁성진의 말을 여러 번 되새겼다.

"순간이동을 할 수 있는 애가 하나 생긴다고 뭐가 문제가 되겠어? 한데, 너는 없으면 안 되지. 너는 없으면 당장 사람들이 죽기 시작하니까. 자넨 의사잖아. 그놈들이 멍청하게 나를 먼저 삽았나뵌 사네는 올 필요가 없었어. 나는 의사가 아니니까, 그다지 필요한 인간이 아니니까. 그놈들은 우리를 점자도서관에 내려주고 갈 만큼 똑똑한 놈들이야. 그러니까, 별일 없을 거야. 얼른 병원으로 가. 여기 일은 없었던 걸로 해. 그놈들은 어떻게든 그 애의 머리를 갈랐을 거고, 자네가 없었으면, 그 애는 죽었을 거야. 어쨌든 자네는 거기서도 사람 목숨 하나 살린 거야."

서유헌은 탁성진의 말대로 곧장 병원으로 갔다. 밀린 수술 스케줄이 여럿이었다. 서유헌은 바로 수술실로 갔다. 미처 한 시간도 지나지 않아, 서유헌은 또 다른 사람의 머리를 열었다.

탁성진도 경찰서로 돌아왔다. 아직도 낮이었다. 부검실로 내려갔다. 부검대 위에 엎드려 강도영이 자고 있었다. 탁성진은 강도영을 깨웠다. 어딜 다녀왔냐고 강도영이 물었다. 특강이 있었다고 탁성진은 답했다. 칩이 안 보이는 것 같다고, 강도영이 다시 물었다. 탁성진은 증거보관실에 맡겼다고 둘러댔고, 사람이 나이가 들더니 점점 협조적이 된다며 강도영은 좋아했다. 거짓말은 언제 들키게 될지 몰랐다. 하지만 영영 안 들킬 수도 있었다. 그 칩이 더 이상 증거물로서 수사를 도울 일은 없었다. 어쩌면 칩은 가장 필요한 사람에게 갔는지도 몰랐다.

*

수술이 끝나고 두 시간이나 더 지나서 순희는 깨어났다.

박종대가 아침 일찍 찾아왔었다. 알다시피 누군가 이우환의 목숨을 노리고 있다. 한데, 그자는 우리가 가진 무기와 똑같은 무기를 가졌고 게다가 순간이동까지 가능한 사람이다. 우리는 이우환을 지켜야 하고, 그러기 위해서 싸워야 할 거 같다. 하지만 지는 싸움은 하기 싫다. 적어도 동등한 조건에서 싸워야 한다. 그러기 위해서 수술을 해야 한다. 박종대의 설명은 명쾌했다.

우환 아저씨를 지키는 건 순희도 바라던 바였고, 그러기 위해서 싸워야 한다는 건 누구나 아는 사실이었다. 지기 싫은 건 누구보다 순희가 가장 그랬다. 동등한 조건에서 싸운다면, 순희는 이길 자신이 있었다. 박종대가 권하는 수술이 뭘 의미하는지 순희는 알았다. 순희는 흔쾌히 그 수술을 받아들였다.

하지만 머릿속에 뭔가가 들어갔다는 느낌은 전혀 없다. 박종대가 수술대 옆을 지키고 있었다. 괜찮냐고 물었다. 괜찮다고, 순희는 답했다. 박종대는 순간이동에 대해 설명을 했다. 머릿속으로 이동하고 싶은 곳의 이미지를 그리면 그곳으로 이동할 수 있다. 대신에 이미지를 정확히 그려야 하고, 사라지고 나타나는 데까지 1.5초 정도 소요된다. 아주 먼 거리는 힘들 수도 있지만, 부산 정도는 충분히 어느 곳이든 갈 수 있다. 박종대가 물었다.

"부산 좀 알아?"

순희는 웃음이 났다.

"모르는 곳이 없죠."

박종대는 순희에게 한곳을 떠올려보라고 했다.

'한곳을 떠올려보라.'

순희는 그 말이 듣기 좋았다. 연습이 필요할 거라고 했다. 천천히 한곳을, 최대한 자세히 그리듯이 떠올려야 한다고 했다. 박종대는 몇 가지 추가적인 설명들을 하기 시작했다.

순희는 눈을 감았다. 박종대의 말이 미처 끝나기도 전에, 수술대 위에서 사라졌다.

13

 정말이지 순간이동이라도 하고 싶었다. 양창근은 몇 번이나 나갈 타이밍을 잡으려고 했다. 하지만 박현주는 이런저런 시시콜콜한 이야기를 계속 늘어놓았다. 여자는 이삿짐을 정리하느라 정신없이 왔다갔다하면서 놀랍게도 이야기에 동참하고 있었다.

 화장실은 사람을 불러서 손을 한번 봐야겠다고 여자가 말하면 박현주는 아 글쎄 저번에 살던 집 화장실은, 하면서 이야기를 이어갔고, 박현주가 화장실 이야기를 끝낼 즈음에는, 박스를 들고 지나가던 여자가 벽지는 그냥 둬도 되겠지? 하고 말을 던졌다. 박현주는 주민센터에 부모님이 벽지 같은 거 취급하는 직원이 있다는 이야기를 시작으로 주민센터에 있는 노총각들의 이야기로 넘어갔다. 그럼, 여자는 이혼남은 싫더라, 했고 이혼과 결혼에 대한 이야기가 새롭게 시작되었다.

 그사이, 양창근은 커피를 한 잔 마시고, 주스도 한 잔 마셨다. 일어나려 하면 새로운 이야기가 시작되고, 말을 끊으려 하면 양창근에게 의견을 물었다. 화장실 청소 같은 건 남자가 하는 게 좋은데, 그렇게 생각하지 않아요? 해서, 얼버무리고 있었더니, 보수적인 사람인가 보다, 했으며, 벽지 색깔 뭐 좋아해요?라는 질문에는 빨리 대답을 했더니, 색깔을 통한 심리 테스트였고, 이혼에 대해서는 어떻게 생각하느냐 하기에, 결혼한 적이 없어 모르겠다고 솔직하게 말했더니, 경험이 부족한 남자가 되었다. 도저히 빠져나올 수가 없었다.

어느새 오후 5시가 넘어가고 있다. 박현주가 저녁까지 먹고 가라는 말을 했을 때, 이러다 망한다는 생각과 함께 절로 다리에 힘이 들어가고 엉덩이가 상승했다. 박현주가 형사는 저녁도 안 먹느냐며 잡았지만, 양창근은 이미 현관에서 신발을 신고 있었다.

현관문에는 잠금 장치가 아래위로 두 개 있었는데, 위를 돌리고 아래를 세우면 안 열리고, 위를 올리고 아래를 눕혀도 안 열리고, 위를 그냥 올려두고 아래를 세워도 안 열리고 있었다. 양창근이 현관문 앞에서 두 개의 잠금 장치들과 씨름하고 있을 때, 여자가 박현주에게 또 다른 말을 했다. 마침, 현관문이 열리던 찰나였다. 여자의 말이 들려왔다.

"벽이 왜 젖어 있지? 한여름에 서리도 아닐 거고. 옆집에서 에어컨 넘 세게 돌리나?"

양창근은 문 앞에 서서 잠깐 안을 봤다. 여자는 오른쪽 벽, 그러니까 403호와 접해 있는 벽을 만지고 있었다. 멀리서 봐도 벽

ARTE LITERATURE

단조로운 일상에 몰입의 즐거움을 선사하는
아르테 문학 라인

ARTE ORIGINAL

ARTE MYSTERY

TOLKIEN's LITERATURE

arte

아르테 오리지널 ARTE ORIGINAL - 영화나 드라마보다 먼저 만나는 오리지널 콘텐츠

잠중록(전5권)
처처칭한 지음 | 서미영 옮김

"너 역시 나처럼 운명을 믿지 않는구나."
박형식·전소니 주연, tvN 드라마 〈청춘월담〉 원작소설

억울한 누명을 쓰고 환관으로 신분을 감춘 여자
세상의 비를 막아주는 그녀의 우산 같은 남자
비녀 한 가락으로 펼쳐내는 미스터리 사극 로맨스

신의 카르테(전5권)
나쓰카와 소스케 지음 | 채숙향 김수지 백지은 옮김

"신의 손을 가진 의사는 없어도,
이 병원에는 기적이 일어납니다."

쇼가쿠칸문고 소설상 수상! 일본 서점대상 2위!
320만 부 판매 신화를 기록한 초대형 베스트셀러
현직 의사가 그리는 가슴 뭉클한 치유의 세계

사랑할 수 없는 두 사람
요시다 에리카 지음 | 김은모 옮김

"익지도 사랑 하고 싶지 않지만,
평생 혼자 살아가기는 싫어."

NHK 화제의 드라마 오리지널 소설화!
연애 감정을 느끼지 못하는 두 사람의 유쾌한 동거 생활

더 원더
엠마 도노휴 지음 | 박혜진 옮김

"4개월 전부터 주님의 성수 말고는
아무것도 먹지도 마시지도 않았어요."

넷플릭스 오리지널 〈더 원더〉 원작 소설!
200만 부 베스트셀러 『룸』 작가의 최신 화제작

※ 본 도서는 서점에서 구입할 수 있습니다.

구한 변주

보기왕이 온다
사와무라 이치 지음 | 이선희 옮김

"그것이 오면 절대로 대답하거나 안에 들여선 안 돼."
제22회 일본 호러소설대상 대상 수상작

심사위원들의 만장일치! 미야베 미유키, 기시 유스케 극찬!
평범한 현실 속 뒤틀린 인간 심리를 건드린
사와무라 이치의 충격적 데뷔작!

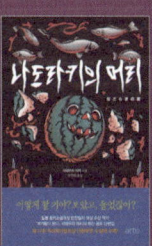

나도라키의 머리
사와무라 이치 지음 | 이선희 옮김

"어떻게 할 거야? 보았고, 들었잖아?"
제72회 추리작가협회상 단편 부문 수상작

일본 호러소설대상 수상 작가 사와무라 이치가 선보이는
섬뜩하고 절묘한 호러 미스터리 세계로의 초대!

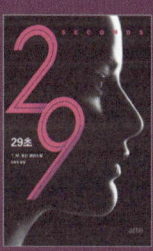

29초
T. M. 로건 지음 | 천화영 옮김

하나의 번호, 한 번의 통화,
인생을 완전히 바꿔놓을 29초!

킨들, iBooks, 〈뉴욕타임스〉 베스트셀러 No.1 작가의 화제작
넷플릭스 실사 영화 〈원피스〉 제작진 리미티드 TV 드라마화 확정!

브링 미 백
B. A. 패리스 지음 | 황금진 옮김

"나를 진심으로 사랑한다면
내가 어떤 모습이든 한눈에 알아봤어야지."

출간 즉시 〈뉴욕타임스〉 〈선데이타임스〉 베스트셀러 1위
심리 스릴러의 여왕 B. A. 패리스의 압도적 반전 스릴러

톨킨문학선 TOLKIEN'S LITERATURE - 새롭게 만나는 판타지 문학의 걸작! 레젠다리

20세기 판타지 문학의 걸작『반지의 제왕』, 새롭게 태어나다!
국내 최초 60주년판 완역 전면 개정

반지의 제왕 + 호빗
THE LORD OF THE RINGS   THE HOBBIT

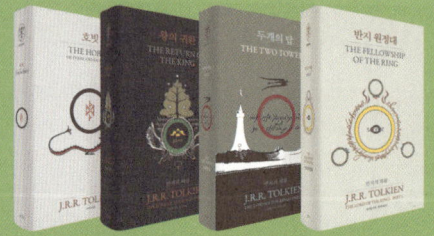

김보원·김번·이미애 옮김 | 양장 | 도서 4권 + 가이드북 + 박스 세트 구성

★★★ 전 세계 1억 부 판매 신화! ★★★
★★★ 아마존 독자 선정 세기 최고의 도서! ★★★
★★★ 〈해리 포터〉, 〈리그 오브 레전드〉 세계관의 원류! ★★★

가운데땅 역사상 가장 스펙터클한 원정이 시작된다!

가운데땅의 전 시대를 관통하는 톨킨 세계관의 정수

실마릴리온 + 끝나지 않은 이야기
THE SILMARILLION   UNFINISHED TALES

크리스토퍼 톨킨 엮음 | 김보원·박현묵 옮김 | 양장 | 도서 2권 + 박스 세트 구성

★★★ 현대 판타지 세계관의 원류 ★★★

가운데땅의 모든 시대를 관통하는 풍성하고 깊이 있는 신화!

※ 본 도서는 서점에서 구입할 수 있습니다.

J.R.R. 톨킨이 지혜와 유머로 빚어낸
J.R.R. 톨킨 동화 선집

크리스티나 스컬·웨인 G. 해먼드·벌린 플리거 엮음
폴린 베인즈·존 로널드 루엘 톨킨 그림 | 김보원·이미애 옮김
양장 | 도서 5권+일러스트 북박스 세트 구성

★★★ J.R.R. 톨킨의 삶과 철학이 담긴 동화 5권 엄선 ★★★
★★★ 유명 삽화가 폴린 베인즈 삽화 130여점 수록 ★★★
★★★ 세계적인 톨킨 학자들의 해설과 자료 수록 ★★★

톨킨의 문학 세계를 집대성한 주요 작품들을 망라한 선집

THE WHEEL OF TIME 1·2·3

휠 오브 타임 1 : 세계의 눈
로버트 조던 지음 | 강동혁 옮김

세계를 구원하거나 파괴할 운명의
드래건이 다시 태어나다!

휠 오브 타임 2 : 위대한 뿔나팔 사냥대
로버트 조던 지음 | 강동혁 옮김

죽은 영웅들을 무덤에서 일으킬
발리어의 뿔나팔을 추적하다!

휠 오브 타임 3 : 드래건의 환생
로버트 조던 지음 | 강동혁 옮김

오직 드래건만이 쥘 수 있는
전설의 검 칼란도르를 찾아라!

 페이스북　 인스타그램　 네이버 포스트

아르테 채널을 구독하고
다양한 신간 소식과 흥미롭고 유익한 이야기를 만나보세요.

한국 SF 문학의 새 지평을 연
김영탁 감독의 신작 장편소설

영수와 0수

"죽기 위해 살려야만 하는
독특한 이야기!" _천선란(소설가)

넷플릭스 드라마 〈D.P.〉
한준희 감독 강력 추천!
웃음과 눈물, 재미와 사유가
함께하는 SF 디스토피아 소설

독자들이 열광한 화제의 베스트셀러
10만 부 판매 기념 에디션 출간!

곰탕 (전2권)

강풀, 이준익, 장강명 추천!

영화 〈헬로우 고스트〉
김영탁 감독 첫 장편소설

지 색깔이 짙은 것이 습기가 느껴졌다. 대수롭지 않게 생각했지만, 박현주는 조금 당황하는 것 같았다. 호감이 있는 남자 앞에서 새로 이사한 집의 흠을 잡히기 싫어서 그러겠지 했다. 다만, 벽이 젖어 있는 게 옆집의 에어컨 때문일 거라고 생각하는 여자의 상상력이 양창근은 놀라웠다. 보통은 윗집에서 물이 세는 것 정도로 생각할 텐데 말이다.

여자는 에어컨 소리를 확인하고 싶었는지, 급기야 벽에 귀를 대었다. 이래저래 난처해하는 박현주와 인사를 나누고 양창근은 402호를 나왔다.

401호를 지나자 계단이 나왔다. 403호에서 나와도 아래층으로 가려면 401호를 지나가야 되는구나, 양창근은 생각했다. 양창근은 계단을 걸어 아래로 내려갔다.

아파트 단지 안에는 작은 놀이터가 있었다. 양창근은 그 놀이터에 가서 잠깐 앉았다. 긴 의자가 세 개 있었는데, 그중 한 의자에는 50대 중반 정도 되었을 남자가 앉아 있었다. 양창근은 눈으로 양해를 구하고 담배를 물었다. 양창근은 담배를 피우며 아파트를 올려다봤다. 주변을 한 번 더 살폈다. 그리고 맞은편 의자를 봤다. 양창근은 불과 몇 미터 앞에 앉아 있는 남자를 들여다봤다. 남자는 양창근의 시선을 전혀 느끼지 못하고 있었다. 뭔가에 빠져 있었다.

남자의 얼굴은 지루하지 않았다. 생각하게 했다. 담배를 물지 않았지만 담배를 피우고 있는 얼굴이었다. 고생스럽게 키운 딸을 탐탁지 않은 혼처로 시집보내야 하는 얼굴 같았고, 유약한 아들을 군대에 보내야 하는 얼굴 같았고, 병든 아내를 돌아오지 못할 곳으로 보내야 하는 얼굴 같았다. 이미 정해진 것들 앞에서 더 나은 해답을 찾지 못해 망설이고 있는 얼굴이었고, 그래서 절망하고 있는 얼굴이었고, 그래서 세상으로부터 관심받지 못하는 얼굴이었다. 세상은 걱정으로 그늘진 얼굴에 관심이 없었다. 50대에는 누구나 저런 얼굴을 가지게 되는 건가, 양창근은 생각했다.

양창근이 남자들로 득실거리는 경찰서 사무실에 앉아 마흔이 되었다고 혼잣말처럼 뱉었을 때, 주변 모든 사람들은 남자가 쓸데없는 거에 신경을 쓴다고, 아무것도 아니라고 했었다. 하지만 양창근은 알았다. 마흔은 아무것도 아니라고들 하지만 서른에서 열이, 스물에서는 스물이 멀어졌다는 것을. 이 남자는 거기서 또 얼마나 더 멀어졌기에 이리도 쓸쓸한 얼굴을 하나. 양창근은 두 번째 담배를 물면서 남자에게 말을 붙였다.

"이 아파트에 사시나 봅니다."

남자는 바로 앞에 앉은 양창근을 발견했다.

"그렇다고 볼 수 있죠. 여기 안 사시나 봅니다."

"네, 잠깐 볼일이 있어서요."

"아, 네, 그럼."

남자는 의자에서 일어났다. 그러다 잊고 있었던 걸 이제 기억한 사람처럼, 돌아보며 물었다.

"무슨 일을 하십니까?"

직업을 묻는 질문에 보통은 대충 둘러대거나 거짓말을 하기도 했다. 형사라는 직업이 불러오곤 하는 사람들의 과한 호기심이나 불필요한 거리감 같은 게 양창근은 싫었다. 하지만, 그 남자가 풍기는 분위기 때문이었는지, 양창근은 솔직하게 대답했다.

"경찰서에 다닙니다. 형삽니다."

남자는 그 자리에 서서 잠깐 생각에 잠겼다. 그리고 말했다.

"명함 하나 주시겠소."

양창근은 왜 그러냐고 묻지 않고 지갑에서 명함을 찾아 건네며 물었다.

"몇 호에 사십니까?"

"403호에 삽니다."

남자는 양창근의 명함을 받아들고 돌아섰다. 아파트로 들어간 남자는 한참 후, 4층에 모습을 드러냈다. 남자는 4층 복도를 걸었다. 오른쪽 끝까지 걸어가 잠긴 문을 열쇠로 열었다. 403호였다. 양창근은 그가 들어가는 모습까지 지켜봤다.

서로 돌아온 양창근은 자리에 앉았다. 핸드폰을 꺼내 책상 위에 올려놨다. 핸드폰 배터리에 여유가 있는지 확인했다. 책상 위에 놓인 유선 전화기의 수화기를 들어 작동하는지 확인했다. 그리고 기다렸다.

밤이 된다. 사람들이 퇴근을 한다. 양창근은 사무실에 남는다. 양창근은 사무실에서 잔다.

다음 날 아침까지 전화는 오지 않았다. 그럼에도, 양창근은 그 남자에게서 분명히 전화가 올 거라고 생각했다.

14

 박종대는 김주한에게 전화를 했다. 점심이나 할까 싶었다. 하루라도 빨리 김주한과 가까워져야 했다. 자주 만나야 했다. 김주한에 대해서 알아야 하는 것들이 많았다. 김주한은 기다린 사람처럼 전화를 받았다. 박종대는 일이 쉽게 풀린다고 생각했다. 용건을 말했다. 어디든 계시는 곳으로 가겠다고 전했다.

 "점심은 왜? 대통령이 되는 건 10년 뒤라면서, 벌써부터 가까워질 필요 있어? 얼마 안 남았지? 그 뒤에 천천히 보자고. 빌딩 시원하게 무너지면 내가 전화하지."

 김주한은 일방적으로 전화를 끊었다. 화가 치밀었다. 어느 정도는 예상했다. 부동산 사무실 사장 아들과 가까워지는 것과는 다를 거라는 걸 박종대도 알았다. 하지만, 예상했던 것보다 김주한의 무례함은 지나쳤.

 박종대는 사무실을 나섰다. 혼자 갈까 하다가 이우환을 데리고 가기로 했다. 이 일은 이순희의 일이었다. 하지만, 아직 제 역할을 찾기 전인 이우환을 좀더 신경 써야 했다.

어떤 사람들은 결국 다시 돌아가기도 했다. 본인이 행복해지기 위해 누군가의 희생이 필요할 수도 있다는 것 자체를 받아들이지 못했다. 그런 사람들은 돌려보냈다. 또 어떤 사람은 끝내 적응하지 못하기도 했다. 그런 사람들은 박종대도 어떻게 할 수 없었다. 그들은 박종대를 필요로 했던 간절함만큼 지독하게 박종대를 탓했다. 당신이 아니었으면 이렇게까지 되지 않았다, 분노하고 원망했다. 어느 날 자신이 빼앗은 누군가의 공간에서 스스로 죽기도 했다. 하지만 극히 드물었다.

이우환은 망설이고 있는 게 분명했다. 하지만 이우환은 받아들일 것 같았다. 그는 열둘이나 죽는 걸 알면서도 이곳으로 돌아오지 않았나. 이제 한 명만 더 죽이면 되는 거였다.

스스로 행복해진다는 건 판타지다. 남의 행복을 가져와야 한다. 박종대는 언제나 그렇게 생각했다.

박종대는 602호로 가서 이우환을 불러냈다. 함께 갈 곳이 있다고 했다.

*

부동산 사무실은 주 거래 건물이 있느냐 없느냐, 또 그 건물이 뭐냐에 따라 사무실 규모나 인테리어가 달라졌다. GSH빌딩 지하에 있는 부동산 사무실들은 번듯했다. 여러 개가 있었다. 박종대는 GSH부동산 사무실로 들어갔다.

박종대는 자신을 식당 프랜차이즈를 계획하고 있는 사업가로, 이우환을 부산곰탕 주방장으로 소개했다. 부산곰탕 사장님이 바빠서 대신 왔다고 설명했다. GSH부동산의 중개인은 다행히 부산곰탕을 알았다. 식당가는 지하에 밀집되어 있다고 했다. 박종대는 부산곰탕의 체인이 들어올 곳과 자신이 일할 사무실을 봐야 한다고 했다. 중개인은 마침 지하에 식당 자리가 하나 비는 게 있고, 24층과 28층에 사무실도 나온 게 있다며 반겼다.

박종대와 이우환은 중개인을 따라 빌딩을 둘러보게 되었다. 박종대는 이곳저곳을 눈여겨봤다. 이것저것 중개인에게 물었다. 설계는 어디서 했는지, 부실공사는 아닌지, 40층이 넘는 거 같던데 정확히 몇 층인지를 일단 물었다. 중개인은, 시공을 GSH건설에서 했으니 설계도 거기서 하지 않았을까, 부실공사가 요즘도 있나요, 42층입니다, 라고 대답했다. 28층까지 올라가 빈 사무실 창 앞에 섰을 때, 박종대는 밖을 내다보며 한 가지를 더 물었다.

"저기가 부산지방경찰청이죠?"

중개인은 그렇다고 했다. 그래서 GSH빌딩은 범죄로부터 아주 안전한 곳이죠, 라고 웃으며 덧붙였다.

'저 안에, 과학수사센터가 있다. 그곳에서 주민에 대한 모든 정보를 관리한다.'

박종대는 창밖을 보며 그런 생각들을 하고 있었다. 아주아주 큰 바람이 불어 절로 빌딩이 무너지고, 하필 경찰청 위로 넘어지면 좋겠구나, 그런 바람을 가져보기도 했다.

*

 우환은 박종대가 도대체 자신을 왜 이곳에 데리고 왔는지, 이 빌딩은 왜 보는 건지 알 수 없었다. 다만, 박종대가 하려는 일 모든 것이 두렵게 느껴졌다. 이곳에 살기 위해 무엇까지 해야 하는 건지 짐작조차 할 수 없었다. 짐작할 수 없는 두려움은 점점 커져만 갔다.
 우환은 박종대와 함께 지하도를 걸었다. GSH빌딩은 입지 조건이 좋은 신축 빌딩들이 그렇듯 지하도로 지하철과 연결되어 있었다. 박종대는 지하도를 걸으면서도 주변을 신중하게 살폈다. 우환은 빌딩에 대해서 물었다. 부산곰탕 프렌치이즈는 무슨 이야긴지 왜 거짓말을 했는지도 물었다. 박종대는 모두 거짓말은 아니라고 했다. 자신은 부산곰탕을 프랜차이즈화할 거라고 했다. 당연히 우환이 도와야 했다. 그러나 이 빌딩에는 입주하지 못할 거라고 했다.
 "이 빌딩은 곧 무너질 테니까요. 우환 씨도 이제 식당으로 돌아가야죠?"
 돌아오는 길에 우환은 중간에 내려달라고 했다. 승합차는 우환을 내려주고 떠났다. 우환은 박종대의 말에 대해서 생각했다. 이제 식당으로 돌아가야 한다는 말에 대해서 생각했다. 우환은 종인이 되는 것에 대해 생각했다. 우환은 종인이 되기 위해 종인을 죽이는 것에 대해 생각했다.

우환은 행복에 대해서 생각했다. 우환은 욕심에 대해서 생각했다.

그리고 순희와 함께 봤던 그날의 바다에 대해서 생각했다. 그 바다가 보고 싶었다.

우환은 택시를 탔다. 집들이 모여 있는 고지대를 설명했다. 주소를 모를 뿐, 그곳이 어딘지 우환은 알 것 같았다. 수십 년이 지나면 그곳이 부자들이 사는 윗동네가 된다는 말은 하지 않았다.

우환은 동네 초입에 내려 걸었다. 길은 오르기만 했다. 작고 낡은 집들이 하나의 큰 집처럼 틈 없이 모여 있었다. 골목들은 좁았다. 우환은 골목들을 오르고 지나 순희와 강희와 함께 왔던 그 골목을 찾아냈다. 그 골목의 끝까지 갔다. 골목의 끝이기도 하고 절벽의 시작이기도 한 그곳에 앉았다.

우환은, 자신이 이곳으로 돌아와 살기 위해 죽은 열두 명의 사람들과 앞으로 죽어야 할 한 사람에 대해 생각했다. 어째서 바라지 않던 행복을 기대하게 되었는지 따져봤다.

그날 바닷속에서 올라오지 말았어야 했다. 그날 도시로 헤엄쳐오지 않았어야 했다.

우환은 욕심낸 모든 것들에 대해서 후회했다. 가족이 떠올랐다. 순희와 강희, 그리고 자신, 그렇게 가족이 될 셋을 생각했다.

하지만 순희와 강희와 종인, 그 셋은 이미 가족이었다. 우환은 한 번도 가족을 가져본 적이 없다. 가져보지 못한 것이어서 그렇게 바랐는지도 모른다.

하지만, 선택하지 않아도 절로 주어지는 유일한 것이 가족인지도 몰랐다. 바란다고 되는 것이 아니었다. 선택하지 않아도 되지만, 선택한다고 되는 것도 아니었다. 절로 주어지지 않으면 달리 수가 없었다. 바란다고 되는 것이, 아니었다.

우환은 김화영이 왜 자신을 죽이려는지 이제 알 것 같았다. 욕심을 냈기 때문이었다. 그 욕심이 열두 명을 죽였기 때문이다. 그 사람들 중에 김화영이 아는 사람이 있을지도 몰랐다. 그렇다면 더욱이 그 소년은 우환을 죽일 만하였다. 우환이 아닌 누구라도 그런 선택을 한다면, 죽을 만하였다.

우환은 죽을 만하였다.

우환은 이 골목에서 소년을 만났던 걸 기억하고 있다. 식당으로 돌아갈 생각을 거두었다. 우환은 소년을 기다렸다.

*

순희는 아침 일찍 아파트를 나와 부산의 곳곳을 돌았다. 이제는 오토바이 없이도 더 빨리 이동할 수 있었다. 부산이라면 순희가 모르는 곳이 없었다. 밤마다 새벽까지 뽕카를 타고 달리던 곳들이 머릿속에 쉽게 그려졌다. 순희는 도대체 어떻게 이런 게 가능한지 믿기지가 않았다.

"내 머리에 무슨 짓을 한 거야?"

머릿속에 즐거움이 끊이지 않는 섬이 하나 생긴 것 같았다. 반나절을 들떠서 부산을 휘젓고 다니다가 아파트로 돌아왔다. 아직은 순간이동에 완전히 적응하지는 못했다. 순희는 아파트 놀이터에 나타나 아파트 입구로 들어가 1층부터 계단으로 올라가고 있었다.

만약에 순희가 순간이동에 좀더 적응했다면, 옥상에서 나타나 내려오는 게 빨랐을 거다. 순희는 602호에 살았다. 순간이동에 완전히 적응했다면, 아예 602호 거실 소파에 앉은 채 나타났을 거다. 하지만 순희는 계단으로 열심히 올라가고 있었다. 이제 2층을 지나갔다.

*

화영은 아파트를 보고만 있는 게 지겨워서 아파트 옥상으로 옮겨왔다. 아파트 옥상에 있는 것도 지겨워 계단을 통해 내려왔다. 7층이 나왔다. 701호부터, 703호의 끝까지 걸어갔다가 다시 701호로 왔다. 계단으로 내려왔다. 6층이 나왔다. 603호까지 걸어갔다가 다시 601호로 왔다.

5층으로 내려가는 길에 한 소년을 만났다. 자신과 또래로 보였다. 화영은 그 소년을 어디선가 본 것 같았지만 기억해내지 못했다. 소년도 화영을 힐끔 보는 것 같았다. 하지만 그뿐이었다. 소년의 마음은 다른 곳에 있는 듯했다. 자신만 아는 어느 즐거운 섬 같은 곳에 있는 것 같았다. 소년은 화영을 지나 6층 복도로 사라졌다. 화영은 5층 복도의 처음에서 끝까지 갔다가, 다시 계단으로 왔다.

4층 복도는 들어설 때부터 고기를 굽는 냄새가 났다. 고기 굽는 냄새는 복도 끝으로 갈수록 진해졌다. 403호를 지날 때 고기를 굽는 곳이 어딘지 알았다. 4층 복도 끝에서 돌아설 때, 402호의 문이 열렸다. 여자가 나왔다. 어제 이사를 왔던 두 여성 중 젊은 쪽이다. 여자는 바로 403호의 문을 두드렸다.

403호의 문이 열린다. 마침 403호 앞을 지나던 화영의 눈에 거실이 잠깐 보인다. 사람들이 모여 고기를 먹고 있다. 앞치마를 두른 남자가 고기를 굽고 있다. 남자의 앞치마에는 피가 묻어 있기도 했다. 화영은 남자의 얼굴을 기억했다. 50대 중반은 되었을 그 남자는 어제 종일 놀이터를 지키던 사람이었다. 문이 곧 닫히려는 찰나, 붉고 큰 고깃덩어리를 뒤집던 놀이터 남자는 문득 화영과 눈이 마주쳤다. 남자는 쓸쓸해 보였다.

화영은 402호를 지나고 401호를 지나 다시 계단 앞에 이르렀다. 그리고 계단으로 내려가기 위해 오른쪽으로 몸을 틀었다. 그때, 뭔가를 보았다. 403호 앞에 한 남자가 나타나 문을 두드리고 있다. 문은 열렸다. 남자는 고기를 먹는 것 때문에 신이 났는지 환하게 웃는 얼굴로 안으로 들어간다. 문은 닫혔다.

그 소년이었다.

층과 층을 이동할 수 있는 계단은 이곳 한곳뿐이었다. 그 계단 앞에 화영이 서 있었다. 화영은 소년이 6층에서 내려오는 걸 본 적도 없고, 4층으로 들어가는 걸 보지도 못했다. 소년은 갑자기 나타났다. 어디서 사라졌는지는 모르겠지만, 403호 앞에 나타났다.

그 소년은 순간이동을 한 것이다.

화영이 우려하던 일이었다. 화영은 분명 그 소년이 총을 지닌 사람일 거라고 생각했다. 그 소년이 화영의 적이었다. 적은 403호 안에 있었다. 그리고 적은 아직 화영을 몰랐다.

화영은 자신도 모르게 왔던 길을 돌아가고 있었다. 걸음을 옮기고 있었다. 지금이 기회일 수 있었다. 거실에 모여 있던 그들이 모두 적일지도 모른다. 하지만 그들은 화영을 모른다. 그들은 지금 403호 거실에 모여 있다.

화영은 이제 달리고 있다. 주머니 속에 든 총의 방아쇠를 당겼다.

1초, 2초, 3초, 4초,

화영은 403호의 문 앞에 서서 총을 들었다. 거실이 보이던 쪽을 향해 총구를 가리켰다.

5초.

총구에서 빛이 쏟아졌다. 빛은 403호의 출입문을 뚫고 안으로 들어가 403호 전체를 관통했다.

*

구름이 몰려와 있다. 비가 쏟아진다.

*

 빗소리뿐이다. 고요하다. 화영은 조심스럽게 구멍을 들여다 봤다. 구멍 너머에도 비가 내리고 있다. 빗소리가 들리고 빗줄기가 보일 뿐, 그뿐이다. 403호 안은 조용했고, 구멍으로는 아무도 보이지 않았다.

 화영은 구멍으로 좀더 가까이 갔다. 안을 들여다봤다. 거실 바닥이 보였다. 휴대용 가스레인지 위 불판에는 아직도 고기가 구워지고 있다. 거실보다 깊숙힌 곳은 불빛이 밝지 않아 잘 보이지 않았다. 방이 있어야 할 위치였지만, 방은 아니고 창고 같아 보였다. 그리고 좀더 오른쪽으로 시선을 돌렸을 때, 화영은 구석에 앉아 총을 쥐고 방아쇠를 당긴 채 자신을 겨누고 있는 그 소년과 눈이 맞았다. 얼핏 본 그 총은 화영이 지닌 것과 똑같아 보였다. 조금 더 새것처럼 보일 뿐이다.

 화영은 재빨리 몸을 피했다. 그리고 집을 떠올렸다. 몸이 끼인 채 우스꽝스럽게 나타나야 했던 집 부근의 그 골목을 떠올렸다. 이제 그곳으로 사라지면 되었다. 하지만 이번엔 화영보다 빛이 빨랐다. 화영은 사라지는 순간, 왼쪽 어깨를 맞았다.

화영의 왼팔이 아파트 복도 바닥에 떨어졌다.

*

 순희는 이제야 자신이 쏜 남자가 누군지 기억이 났다. 조금 전, 계단에서 마주쳤던 그 남자. 그는 뽕맨이었다. 몰이꾼이었다. 순희는 다급하게 아파트 복도로 나왔다. 거기 몰이꾼의 팔이 떨어져 있었다. 순희는 몰이꾼이 어디로 사라졌는지 알 것 같았다. 순희는 바다가 보이는 절벽이 시작되는 곳, 그 골목을 떠올렸다.

*

 그곳에도 억수 같은 비가 쏟아지고 있다.
 순희가 그 골목에 나타난다. 순희의 눈에 우환이 먼저 보인다. 우환은 순희 너머의 누군가를 보고 있다. 순희가 우환의 시선을 따라 몸을 돌린다. 화영을 확인한다. 우환과 화영은 마주 보고 서 있다. 순희는 정확히 둘 사이에 나타났다. 화영은 총을 들어 우환을 겨누고 있었다. 순희가 나타나자 화영은 방아쇠를 당겼다. 총구에 빛이 모이기 시작했다. 순희는 서둘러 생각하기 시작했다.
 지금은 방아쇠를 당겨도 늦는다. 5초가 남았다. 순간이동으로 몰이꾼 바로 앞에 가서 왼쪽 주먹으로 얼굴을 날리려 한다면, 몰이꾼은 사라져 우환 아저씨 앞으로 갈 것이다. 방아쇠는 여전히 당겨져 있을 거고. 그럼 4초가 남는다.

순간이동만으로는 우환 아저씨를 구할 수 없다. 총을 쏘는 건 늦는다. 이렇게 고민하는 사이 1초는 지났을 거다. 우환 아저씨의 목소리가 들린다.

"순희야, 그냥 가라."

우환과 화영 둘 사이에 있던 순희는 갑자기 사라진다. 순희가 사라지자 우환은 안도했다. 팔이 사라진 화영의 어깨에서 피가 흐르고 있었다. 우환은 도망칠 생각이 없었다. 우환은 기다리길 잘했다고 생각했다. 죽음이 눈앞에 있었다. 모든 게 사라질 것이었다. 또한 욕심과 불안도 사라질 것이었다.

"혹시, 네가 아는 사람이 죽은 거냐? 나만 죽으면, 너두 돌아가는 거냐?"

5초는 그리 길지 않다. 우환의 말이 채 끝나기도 전에 총 안에 모여 있던 빛은 쏟아지기 시작했다. 그리고 그와 동시에, 우환 앞에 순희가 다시 나타났다.

순희는 빈손이 아니었다. 순희의 양손에는 큰 전신거울이 네 장이나 들려 있었다. 겹쳐진 거울 네 장을 방패마냥 든 순희가 우환 앞을 막고 서 있다.

화영의 총에서 쏟아진 빛줄기는 순희가 들고 있는 첫 거울을 뚫었다. 두 번째 거울도 뚫었다. 하지만 그사이 빛줄기는 눈에 띄게 가늘어져 있었다. 빛은 세 번째 거울을 겨우 뚫었다. 하지만 네 번째 거울은 뚫지 못하고 반사되었다. 반사된 빛은 화영에게 돌아갔다.

가늘어진 빛줄기가 화영의 왼쪽 가슴에 작은 구멍을 냈다. 심장을 뚫었다.

화영은 쓰러졌다.

순희는 손에 든 거울들을 절벽 아래로 던졌다.

우환은 화영에게 다가갔다. 화영 곁에 주저앉았다. 소년은 동료였다. 그곳에서 목숨을 걸고 함께 왔었다. 우환이 소년이 깨어나는 걸 도왔었다. 함께 밤의 바다를 헤엄쳤었다.

소년은 팔을 잃고 가슴에 구멍을 남긴 채 죽어 있다. 소년은 꼭 돌아갔어야 했을지도 모른다. 그곳에 가족이 있을지도 모른다.

죽어야 할 사람은 우환이었다. 우환은 그러고 싶었다. 하지만 죽은 것은 소년이었다.

우환은 소년의 죽음이 억울했다.

자신이 죽었다면 소년은 돌아갔을 것이고, 불안은 끝났을 것이다. 소년은 행복해졌을 것이고, 우환은 타인의 행복을 탐하지 않아도 되었을 것이다.

하지만 소년은 죽었다. 우환은 다시 바라게 될지도 몰랐다. 우환은 억울하고 불안해서 울었다.

울고 있는 우환 곁으로 순희가 다가갔다. 적은 죽었다. 순희는 우환을 구했다. 위협은 사라졌다. 우환을 알아볼 사람도 사라졌다.

우환은 조금 더 이곳에 가까운 사람이 되었다.

*

순희의 친구이자 남해유리거울 사장 아들인 박정규는 아버지의 심부름으로 거울을 가지러 옥상 창고에 올라왔다. 창고 문을 열고 안으로 들어가 아버지가 말한 거울 몇 개를 집어들었다. 창고를 나가려던 박정규는 걸음을 멈췄다. 돌아봤다. 고개를 갸웃했다.

"거울이 이게 단가? 몇 개 비는 거 같은데?"

*

제보 전화가 걸려왔다. 유독 더운 날이었다. 비가 쏟아지기 시작했을 때 많은 사람들이 비 구경을 했다. 제보자도 창문을 열어 비를 보기 시작했다. 처음에는 번개인 줄 알았다. 하지만 번개가 저렇게 일직선으로, 게다가 하늘과 나란히 평행선을 그리며 치지는 않으니까. 저게 번개라면 피뢰침은 무슨 소용인가. 번쩍임이 사라진 후에는, 이상한 생각이지만, 그 빛이 사람의 몸에서 시작되어 건물로 들어간 것 같았다. 빛이 사라진 자리에 사람이 서 있었고, 건물에는 구멍이 나 있는 것 같았으므로.

　제보자가 일하는 사무실의 건물 맞은편에는 낡은 아파트가 있었다. 제보자는 그 아파트에서 그런 빛줄기를 두 번이나 보았다. 3, 4층 높이는 되는 것 같다고 했다. 또한, 사람이 순간적으로 사라지는 것도 본 것 같다고 했다. 하지만 모든 게 몹시 쏟아지는 비 너머에 있었다. 아파트는 영진아파트였다.

*

　양창근과 강도영은 서둘러 영진아파트로 갔다. 그들이 다른 경찰차 한 대와 함께 사이렌을 울리며 아파트로 들어설 즈음, 승합차 한 대가 아파트를 빠져나오고 있었다. 하지만 양창근과 강도영도, 앞서가고 있던 경찰차 속의 순경들도 지나가는 차에 신경을 쓸 겨를이 없었다. 게다가 비가 쏟아지고 있었다.

　오후 2시. 비는 쏟아지고 있지만 그래도 더웠다. 습하고 더운 불쾌한 날씨였다. 양창근과 강도영은 지하 주차장으로 들어가기 전에 차에서 내렸다. 아래에서 올려다봤다. 제보자는 3층이나 4층 같았다고 했다. 하지만 우산과 비 때문에 구멍 같은 건 제대로 보이지 않았다.

　강도영과 양창근은 계단으로 올라갔다. 강도영은 3층에서 멈췄다. 하지만 양창근은 바로 4층으로 올라갔다. 한 층에는 세

집밖에 없다. 확률은 3분의 1이었다. 양창근은 박현주가 걱정이 됐다. 402호가 아니길 바랐다.

4층으로 들어서자, 고기 굽는 냄새가 났다. 하지만 복도를 지날수록 그 냄새는 살이 썩는 냄새 같기도 했다. 복도가 끝나갈 즈음, 바닥에 떨어져 있는 것이 보였다. 양창근은 다가가서 봤다. 사람의 왼팔이었다.

어떻게 이 팔이 몸에서 떨어졌는지, 양창근은 알 것 같았다.

구멍이 난 곳은 403호였다. 현관문과 벽에 걸쳐서 어린아이 머리만한 원이 생겨나 있었다. 구멍은 거실을 지나 아파트를 관통했다. 양창근은 현관문을 열고 안으로 들어갔다. 거실에 고기를 구워 먹은 흔적이 있었다. 그리고 거실 소파에 사람이 앉아 있었다.

양창근은 그 얼굴을 알고 있었다. 50대 중반은 되었을 그는 놀이터에 쓸쓸하게 앉아 있던 그 남자였다. 남자는 앞치마를 두르고 있었는데, 앞치마에는 무엇의 것인지 모를 피 같은, 붉은 것들이 묻어 있었다. 남자는 체념한 표정이었다.

갑자기 역한 냄새가 몰려왔다. 구운 고기 냄새, 또 살이 썩는 듯한 냄새, 피비린내 그런 냄새들이 뒤섞여 있었다. 그리고 아까부터 서늘한 기운이, 냉기 같은 것이 어디선가 흘러나오고 있었다. 이렇게 더운 날에 고마운 일이었지만 양창근은 신경이 쓰였다. 마침, 강도영이 혼잣말을 하며 들어오다 소파에 앉은 남자를 발견했다.

"와, 고기 파티를 했네, 파티를 했어. 아, 이분이 집주인이신가?"

강도영은 남자 옆에 앉았다. 놀라셨겠지만 이제 우리가 왔으니 마음을 놓으시라, 혹시 다치신 곳은 없냐, 친절하게 경찰이 할 일을 하기 시작했다.

양창근은 집안을 둘러봤다. 평범했다. 출입문으로 들어서면 먼저 거실이 있고, 오른쪽으로는 작은 부엌, 그리고 정면으로는 안방인 듯한 공간이 보였다. 부엌과 안방 사이에 화장실이 있는 듯했다. 어제 봤던 402호와 다른 점은 작은방이 없다는 거였다. 아마도 안방과 작은방을 터서 하나로 만든 듯했다.

양창근은 외벽을 뚫고 들어온 빛줄기가 두 번째로 만든 구멍을 봤다. 안방이 있을 위치였다. 양창근은 구멍에 손을 내밀어 보았다. 그 구멍에서 냉기가 새어나오고 있었다. 냉기는 양창근을 순식간에 서늘하게 했다. 양창근은 긴장이 됐다. 긴장된 머릿속에 문장 하나가 떠올랐다. 그 문장이 떠오르자 양창근의 손은 뒤춤으로 갔다. 총을 찾았다.

'집에 낡고 큰 냉장고가 있다.'

양창근은 총을 한 손에 들고 천천히 구멍으로 다가갔다. 이 집 안에, 놀이터에서 만나 명함까지 건네주었던 저 남자 외에 누군가가 있을 거라는 생각은 들지 않았다. 하지만 그럼에도 저 구멍 너머가 두려웠다. 그 구멍 너머에 있을, 마주쳐야 할 것들이 끔찍할 것만 같았다. 양창근은 조심스럽게 그 구멍을 들여다봤다. 거기 큰 냉장고가 있었다.

양창근은 어느새 다가온 강도영과 함께, 각각 한 손에는 총을 든 채 문손잡이를 돌렸다. 천천히 문을 열고 안으로 들어갔다. 넓은 공간이 드러났다. 그곳은 그 자체로 하나의 큰 냉장고였다. 냉장고에는 온통 육류뿐이었다. 대형 정육점에 들어온 느낌이었다. 정육점처럼 고깃덩어리들이 천장에 걸려서 겹겹이 늘어서 있었다.

"고기를 엄청 좋아하는 것들이구나."

강도영은 중얼거리며 고깃덩어리에 좀더 다가갔다. 그리고 경악했다.

첫눈에 왜 바로 알지 못했을까.

이 냉장고에 있는 고기들은 정육점의 그것들과는 달랐다. 어디시도 본 적이 없는, 하지만 눈에 익은 살덩이리들이었다. 그것들은 먹을 수 있도록 잘 발려 싱싱하게 보관되고 있었다. 사람의 일부였다.

두 형사는 모두 말을 잃었다.

양창근은 벽에 난 구멍 밖으로 거실 소파에 앉아 있는 놀이터 남자를 봤다. 그 남자의 앞치마에 묻어 있는 붉은 것들을 봤다.

살덩이는 너무 많았다. 도대체 이것이 몇 사람의 목숨인지 쉽게 헤아려지지 않았다.

"개새끼들."

누군가의 입에서 욕이 흘러나왔다.

그리고 안쪽에서 희미한 인기척이 들려왔다.

양창근과 강도영은 동시에 소리가 나는 쪽을 봤다. 총을 들어 겨눴다. 소리가 난 쪽으로 천천히 다가갔다. 오른쪽, 안쪽으로 들어간 곳에 커튼으로 구분 지어진 공간이 드러났다. 그 공간만은 유독 빛이 많았다. 환하게 밝혀져 있다. 커튼에 실루엣이 비쳤다. 침대로 보이는 무언가 위에 사람이 앉아 있었다. 머리가 긴 것으로 보아 여자인 듯했다. 양창근과 강도영은 총을 겨눈 채 천천히 다가갔다. 커튼을 열었다.

그곳은 작은 수술실이었다. 갖은 도구들이 잘 갖추어져 있었다.

여자는 수술대 위에 앉아 있었다. 자신이 앉아 있는 곳이 어딘지 전혀 모르는 눈빛이다. 마취에서 방금 깨어난 듯한 여자는 자신의 배가 갈라져 있는 것 역시도 알지 못하는 것 같았다. 그 안에 있어야 할 장기들이 얼마간 사라졌다는 것도 물론 몰랐을 것이다.

강도영은 밖으로 뛰어나가며 구급차를 부르라고 소리친다.

양창근은 여자 곁에 머무른다. 왜 이 아파트로 이사를 왔냐 묻고 싶다. 왜 굳이 402호로 이사를 왔냐고 탓하고 싶다. 세상이 얼마나 무서운데 낯선 사람과 목소리를 높여 싸웠냐고, 화가 났다.

하지만 박종대가 얼마나 무서운 사람인지 이 여자는 알 리가 없었다. 양창근도 알아가고 있는 중이었다.

여자는 어제 402호로 이사온 박현주의 동거인이었다.

놀이터 남자는 여전히 소파에 앉아 있다. 양창근이 다가갔다. 남자는 무겁게 입을 열었다.

"나는 도축업자입니다. 나를, 예술가라고 부르는 사람도 있었습니다."

남자는 양손을 내밀었다. 양창근은 남자의 손에 수갑을 채웠다.

감식반원이 도착했다. 감식반원의 장갑 낀 손엔 복도에 떨어져 있던 팔이 들려 있었다. 경찰들은 폴리스라인을 쳤다. 구경하는 주민들을 통제했다. 비는 아직도 쏟아지고 있었다. 박현주의 동거인은 이동 침대에 실려 나갔다. 양창근과 강도영은 수갑을 찬 놀이터 남자와 함께 403호를 나왔다. 나란히 402호 앞을 지날 때, 한 명이 걸음을 멈춘다. 양창근이었다.

양창근은 걱정됐던 박현주가 이제야 다시 떠올랐다. 수술대 위의 여자가 박현주의 동거인이라는 걸 알았음에도 바로 옆집에 사는 박현주를 확인하지 않은 걸 뒤늦게 깨달았다. 양창근은 서둘러 402호의 문을 두드리려고 했다. 그런데, 이상했다.

어째서 문이 닫혀 있나.

양창근은 먼저, 둘러본다.

4층의 주민들뿐만 아니라, 다른 층의 주민들까지 4층에 몰려와 있었다. 집집마다 창문이, 현관문이 열려 있다. 사람들이 나와, 보고 있다.

하지만 402호의 현관문은 닫혀 있었다. 403호의 바로 옆집인 402호의 주민은 이 아수라장에 관심이 없어 보였다. 일요일이었다. 주민센터는 쉬는 날이다. 물론, 당직일 수도 있다. 깊은 잠에 빠져 있을 수도 있다.

하지만 양창근은, 문을 두드리는 대신 귀를 가져가 인기척을 살폈다. 박현주에 대한 걱정을 거두고 그녀를 의심하기 시작했다.

아파트를 빠져나오기 전에 양창근은 차를 세웠다. 영진부동산 앞이었다. 양창근은 차창을 내렸다. 부동산 문에 메모가 붙어 있었다.

여름휴가.

기간은 적혀 있지 않았다.

*

도깨비는 작업을 마치지 못하고 온 것보다 예술가를 두고 온 게 마음에 걸렸다. 그가 고기를 바르는 모습은 언제 봐도 예술이었다. 그는 고기도 참 잘 구웠다. 일을 마치고 그가 구워주는 고기를 먹는 건 참 좋았다. 말수가 적은 것까지 도깨비는 맘에 들었다. 게다가 예술가는 이 아파트로 와서 도깨비가 처음으로 얼굴을 바꿔준 사람이었다.

얼굴 전체를 누군가와 똑같이 바꾸는 건 쉬운 일이 아니었다.

그 사람의 얼굴 피부를 그저 벗겨다 씌운다고 그 사람이 되는 게 아니었다. 얼굴 피부를 벗겨서 씌우는 건, 일을 쉽게 하려는 게 아니라, 확실하게 하려는 것이다.

얼굴 피부를 씌우기 전에 코, 턱, 필요할 때는 입, 귀까지도 수술해야 할 곳이 많았다. 얼굴을 똑같이 만드는 건 이미 가능했다. 하지만 피부의 결과 디테일들, 흉터라든가 점까지 똑같게 하기는 몹시 어려웠다. 가장 좋은 방법은, 자신이 되려고 하는 사람의 얼굴 피부 자체를 벗겨내어, 물론, 자신의 얼굴 피부도 벗겨내고, 그 위에 덧씌우는 거였다. 수술로 기본적으로 똑같이 만들어놓고, 거기다가 그 사람의 얼굴 피부까지 벗겨서 씌운다. 그럼, 완벽해진다. 완벽히 다른 사람이 된다.

그런데 누가, 자신의 얼굴 피부를 벗겨서 주겠나? 당연히 합법적인 일도 아니었다. 그런 수술을 할 경우는 없었다. 하지만 도깨비는 박종대와 함께 일을 하면서, 물론 대부분의 일은 사람의 배를 가르고 장기를 꺼내는 거였지만, 자신의 재주를 백분 발휘할 수 있는 그런 멋진 수술들을 여러 번 했다. 예술가는 도깨비의 첫 작품이었고, 도깨비는 그 후로도 꽤 많은 작품을 만들었다.

승합차 안에는 두 사람이 더 있었다. 박종대가 있었고, 순희와 함께 경찰서를 갔던 덩치 좋은 사내, 운전석 남자도 있었다. 물론 그 남자가 운전을 하고 있다.

그들끼리 나름대로 부르는 이름들이 있었다.

성형외과 의사였던 '도깨비', 도축 일을 했던 '예술가', 군인이었던 '돌격대', 돌격대는 주로 운전이나 했지만······. 그리고 부동산을 하는 박종대. 박종대는, '중개인'이었다. 박종대는 땅, 집, 아파트 말고도 여러 가지 일들을 주선하는 사람이었으니까. 그리고 두 사람이 더 있었다. 돈을 버는 일에 재주가 많았던 '사장님' 류정훈이 있었고, 그리고 가장 의심에서 먼 안전한 직업을 가진 공무원, 박현주가 있었다. 박현주는 그냥 '공무원'이라고 불렀다. 류정훈은 죽었고, 박현주는 아파트에 남았다. 박현주는 며칠 뒤 해야 할 중요한 일이 있었다.

 박현주가 주민센터에 있어서, 아니 누군가 주민센터에 있는 박현주가 되면서, 사람들이 아파트에 들어와 사는 게 한결 편해졌다. 굳이 신고하지 않아도 되는 것들은 하지 않았고, 꼭 신고해야 하는 것들은 박현주가 알아서 처리했다. 박현주는 여러모로 유용한 구성원이었다. 앞으로도 박현주가 필요할 일이 많았다. 하지만 예술가는, 일이 있어서 남겨진 게 아니었다.

 박종대도 당연히 예술가를 데리고 가려 했다. 모두가 승합차에 오르고 있을 때, 예술가는 집에 두고 온 것이 있다고 했다. 자리를 잡으면 그쪽으로 가겠다고 했다. 박종대는 언제나 예술가를 신뢰했다. 그렇게 하라고 했다. 하지만 아직도 그에게서 연락이 없다. 박종대는 조금 불안했다. 류정훈의 몫은 이우환이 앞으로 잘해낼 거다. 이순희는 돌격대와 함께 멋진 한 조가 될 거였다. 하지만 예술가는 대체할 수 있는 사람이 없었다. 적어도 아직까지는 그랬다. 그는 가장 어른이기도 했다.

그 정도가 주로 저 승합차를 타고 다니며 일을 꾸미고 또 해결하는 이른바, '활동조'였다. 나머지는 시민들이었다.

그들은 지금도 영진아파트에 살고 있다. 큰 문제가 없다면, 누군가 그들을 가려내지 못한다면, 그들은 그곳에서 남은 생을 살 것이었다.

*

거실 테이블 위에는 메모와 함께 핸드폰이 놓여 있었다. 내용을 보니 박종대의 메모 같았다.

'일단, 아파트는 떠나라. 연락하자.'

순희는 메모를 구겨서 바지 주머니에 넣었다. 핸드폰을 챙겼다.

통제를 하느라 경찰들이 고함지르는 소리, 사이렌 소리, 사람들이 수군거리는 소리, 어수선한 소리들이 아래에서 올라오고 있다. 순희는 현관문을 열고 복도로 나갔다. 담배를 물었다. 고개를 내밀고 아래층을 내려다봤다. 하지만 4층의 상황은 제대로 보이지 않는다. 순희는 쏟아지는 비를 보며 담배를 천천히 피웠다. 사람들은 모두 4층을 보느라 정신이 없다.

순희가 물고 있던 담배가 복도 난간 위에 놓여 있다. 담배 연기가 빗속으로 흩어진다. 순희는 보이지 않는다.

*

 우환은 아직도 죽은 몰이꾼 옆에 주저앉아 있다. 영원히 일어서지 못할 사람처럼 있다.
 순희는 우환 옆에 나타났다. 박종대에게 먼저 전화를 한다. 박종대가 위치를 알려줬다. 자신들도 그쪽으로 이동 중이라고 했다. 순희는 전화를 끊기 전, 몰이꾼이 죽었다는 말을 전했다. 순희는 우환을 일으켰다. 몰이꾼의 총을 챙겼다. 나란히 두고 보니 두 개의 총은 정말 똑같았다. 순희 것이 좀더 새 것일 뿐이었다.
 순희는 우환과 함께 좁은 골목들을 따라 동네를 내려왔다. 우환은 두고 온 몰이꾼 쪽을 몇 번이나 돌아봤다.

15

 비가 와서 나가기 싫었다. 엄마는 놀아주지 못하는 건지 놀아주기 싫은 건지, 여자아이는 늘 헷갈렸다. 어쩔 수 없어서 우산을 들고 집 밖으로 나왔다. 밖에 나와도 놀 사람이 없는 건 비슷했다. 비까지 와서인지 동네 개도 보이지 않았다. 아저씨가 새로운 구멍을 만들어놓진 않았을까, 좁은 길들을 따라 언덕으로 올라갔다.

 아이는 언덕의 중턱에서 아저씨를 만났다. 밤이 오기 전에 만난 건 처음이었다. 어쩐지 이렇게 비까지 오는 날은 아저씨가 쏘는 빛도 힘을 잃을 것만 같았다. 아저씨는 바닥에 누워 비를 맞고 있었다.

 아이는 다가가 봤다. 새로운 구멍이 있었다. 이번엔 아저씨 왼쪽 가슴에 나 있었다. 크지도 않았다. 들여다볼 마음이 들지도 않았다.

16

 승합차가 도착한 곳은 도깨비가 안내한 곳이었다. 좋은 수술실이 따로 있어 완벽하다 했다. 이전에 알바를 뛰러 왔던 곳인데, 그때 여기서 재수없게 경찰한테 잡혔던 거지만 한 번 털었던 곳이니까 경찰들도 관심 없을 거고, 여기 관리하는 애들이 그 일 때문에 크게 미안해해서 당분간 거저 빌려주기로 했다 말했다.

 항구 쪽에 있는 작지 않은 창고다. 꽤 넓은 공간에 방 하나와 구석진 곳에 화장실이 있다. 시설이 잘 갖추어져 있다는 수술실은 은밀한 곳에 별도로 있었다. 화장실 옆으로 난, 모르는 사람이라면 찾기 힘든 작은 문을 열고 들어가야 했다.

 박종대는 감사 인사도 할 겸 그쪽 사람들과 함께 이곳에서 저녁이나 하자, 도깨비에게 말했다.

 저녁이 되고 창고 안에 간이 테이블이 두 개 펼쳐졌다. 근처 시장에서 떠 온 회와 술이 차려졌다. 박종대와 도깨비, 돌격대가 있다. 그리고 사람들이 들어온다. 그쪽도 셋이다. 인사가 오가고 술도 몇 잔 주고받았을 즈음 순희와 우환이 도착했다. 우환은 자리에 앉지 않고 좀 쉬겠다며 곧장 방으로 들어갔다. 순희는 몰이꾼을 죽인 이야기를 짧게 또 조용히 박종대에게 했다. 몰이꾼의 총을 건넸다. 박종대는 몰이꾼의 총과 순희의 총을 비교해봤다. 똑같았다.

박종대는 몰이꾼의 총을 쥐고 아무렇지 않게 자리에서 일어난다. 뒷짐을 진 채 방아쇠를 당긴다. 창고의 주인들이라 할 수 있는 세 사람과 도깨비가 웃으며 술을 마시고 있었다. 박종대는 그들 옆으로 다가가 선다. 이리저리 몸을 움직인다. 도깨비를 제외한 나머지 세 사람이 최대한 일직선이 되는 자리에 멈춰 선다. 그사이 5초가 다 되어가고 있었다. 박종대는 등 뒤에 숨겨뒀던 총을 꺼냈다. 세 사람은, 도깨비도 의아해하며 본다.

그리고 빛이 빌사됐다. 아늘아늘하게 도깨비는 비껴샀나. 소금씩은 다르지만 세 사람 다 몸통에 구멍이 뚫렸다. 몸뚱이들은 균형을 잡지 못하고 의자에서 떨어진다. 놀란 도깨비에게 박종대가 말했다.

"경찰들이 한 번 턴 곳을 다시 안 털진 몰라도, 한 번 꼰지른 것들이 다시 안 꼰지른다는 법은 없잖아."

박종대는 자리로 와서 앉았다. 도깨비는 고개를 끄덕이며 회를 집어서 먹었다. 순희는 바닥에 쓰러져 있는 시체들을 잠깐 봤다. 그리고 자리를 잡고 앉았다. 박종대가 순희에게 술을 따랐다. 순희는 박종대와 도깨비와 돌격대에게 술을 따랐다. 술자리는 곧 다시 화기애애해졌다.

 순희는 취하기 전, 이 모든 것이 몹시 낯설었다. 하지만 잠깐이었다.

 술자리는 늦은 시간까지 계속됐다. 그때까지 예술가는 나타나지 않았다. 박종대는 공무원에게 전화를 걸었다. 예술가가 경찰에게 잡혀간 것 같다는 이야기를 들었다. 박종대는 요즈음 유독 쓸쓸해 보였던 예술가의 얼굴을 떠올렸다. 문득, 그의 원래 얼굴을 기억해보려 했다. 기억나지 않았다.

*

 비는 밤이 되어도 그치지 않았다. 달도 없었다. 우산을 든 형사들, 우비를 입은 순경들, 그리고 그들이 불러낸 구경꾼들로 좁은 골목은 가득찼다. 그들은 한곳을 보고 있었고, 보다 자세히 그곳을 보려고 애썼다. 하지만 사람이 사람의 시선을 가렸다.

 절벽으로 이어지는 좁은 골목이 시작되는 곳에 소년은 쓰러져 있었다. 다투어 손전등을 비추는 바람에 빛이 죽은 몸을 유린하는 것 같았다. 산만하게 흔들리는 빛들로 소년의 몸은 얼룩졌다. 왼쪽 팔이 없었다. 왼쪽 가슴에 구멍이 나 있었다.

 양창근은 이 소년을 경찰서 복도에서 잡았다면 어땠을까, 생각했다. 죽은 소년의 몸은 종일 쏟아진 비 때문이었는지 피 한 방울 없이 깨끗했다. 소년의 얼굴은 맑았다.

양창근은 사람들을 헤치고 절벽을 향해 걸었다. 빗소리에 가려져 있었을 뿐 절벽의 끝에는 바다가 있었다. 양창근은 바다를 향해 손전등을 비추었다. 하지만 밤바다를 밝히기엔 부족했다. 손전등이 쏟아내는 불빛은 밤바다 위에 작은 점 하나도 남기지 못했다. 양창근은 돌아섰다. 사람들이 여전히 몰려 있는, 소년이 쓰러져 있는 곳을 봤다.

'여기다.'

여기서, 누군가가 소년과 마주서 있었다. 그리고 무엇인가가 소년의 가슴을 뚫었다.

소년의 팔은 영진아파트 403호 복도에 있었다. 거기서 이미 총상을 입었다. 그리고 이곳까지 따라온 누군가에게 두 번째 총상을 입었고, 치명상이 되었다.

의문점들이 많았다.

먼저 소년의 가슴에 난 구멍. 정확한 원형의 깨끗한 테두리, 분명히 같은 무기였다. 하지만 크기가 훨씬 작았다. 그 무기는 레이저의 양을 조절할 수 있는 건가?

또, 소년의 위치. 소년이 쫓기고 있었다면, 골목의 입구가 아니라 골목의 끝인, 양창근이 서 있는 이곳에 시체가 있어야 했다. 소년이 쫓기고 있지 않았다면? 그렇다면 양창근이 서 있는 이곳에서 누군가가 이미 기다리고 있었을 수도 있다. 그리고 현장에는 그 무기가 없었다. 그건, 소년을 죽인 자가 가져갔을 확률이 높았다.

사망 시간이 중요했다. 팔이 떨어질 정도로 큰 상처를 입고 오랜 시간 밖에 있진 않았을 거다. 그렇다면, 아파트에서 이곳으로 순간이동을 한 지 얼마 지나지 않아서 죽었을 수 있다. 양창근이 알기로, 순간이동을 할 수 있는 사람은 저 소년뿐이다. 그렇다면, 분명히 이 절벽에서 누군가가 미리 기다리고 있었던 거다. 소년의 가슴에 구멍을 낸 무기는 분명 레이저다. 그 총을 가진 사람 또한 양창근이 알기로는 소년뿐이었다. 하지만 소년은 그 총에 죽었다.

'총을 빼앗긴 건가?'

'누군가 같은 총을 가지고 있는 것인가?'

'그렇다면 소년을 죽인 자가 취조실에 있는 류정훈을 죽인 걸 수도 있다.'

'그렇다면, 그 총을 지닌 사람은 정말 한 사람뿐인가?'

그러자 곧, 다른 의문도 들었다.

'순간이동을 할 수 있는 사람은 정말 한 사람뿐인가?'

양창근이 생각에 빠져 있는 동안, 경찰들은 사망자의 시체를 수습하고 동네를 빠져나가고 있었다. 그들 중 누군가가 양창근을 불렀다. 양창근은 떠나기 전에 바다를 돌아봤다. 소용없는 걸 알면서 손전등으로 다시 밤바다를 비춰봤다. 술렁이는 거대한 어둠뿐 아무것도 없었다.

양창근은 문득 절벽 아래를 비춰봤다. 꽤 깊었다. 손전등의 빛이 저 아래까지 닿기는 무리였다. 빛을 손에 쥐고도 볼 수 있는 게 아무것도 없다.

양창근은 고개를 들었다. 빛으로 무리 지은 동료들이 동네를 내려가고 있다. 양창근도 저 무리에 끼어야 했다. 빛을 거두고 돌아섰다. 그때, 뭔가가 반짝였다.

양창근은 손전등으로 다시 절벽 아래를 비췄다. 빛을 이쪽으로 또 저쪽으로 옮겼다. 그러자 다시 반짝였다. 아래에 있는 무엇이 빛을 받아 빛나고 있었다. 분명히 저 아래에 반짝이는 것들이 있었다. 거기에는 빛을 반사하는 조각들이 있었다.

*

밤이 깊도록 술자리는 끝나지 않았다. 창고에 방은 하나밖에 없다.

우환은 그 방에서 사람들이 취해가는 소리를 듣고 있었다. 자주 들리는 웃음소리 속에는 순희의 것도 있었다. 순희는 김화영을 죽였고, 박종대는 이 창고를 내준 세 사람을 죽였다. 죽은 세 사람은 아직 창고 어딘가에 있다. 물론 순희는 우환을 구하기 위해 어쩔 수 없이 김화영을 죽였고, 박종대는 함께하는 사람들의 안전한 피난처를 위해서 그들을 죽였다. 정말 어쩔 수 없었는지, 모르겠다. 무언가를 위해 누군가를 죽여도 되는지, 모르겠다.

우환은 잠을 설쳤다. 나가서 저들과 어울리고 싶지는 않았다.

하지만 창고에 화장실 또한 하나밖에 없다. 방 안에 있지 않았다. 우환은 문을 열고 나갔다. 웃음소리가 순식간에 멈췄다.

모두가 우환을 본다. 우환도 그들을 봤다. 무리 속에는 순희도 있다. 순희는 그 속에서 자연스럽다. 우환은 다른 무리에 속해 있는 순희를 보고만 있다. 우환은 저들을 '다른 무리'라 생각하는 스스로를 발견한다. 우환은 방 밖을 나와서야 고립되었다고 느꼈다. 저들에게 건넬 언어가 없었다.

예상치 못한 적막은 길어졌다. 우환은 화장실을 향해 걸음을 옮겼다. 때마침, 박종대가 입을 열었다. 잠자리는 괜찮은지, 자기들 때문에 잠을 설친 건 아닌지, 물었다. 그리고 말했다. 당분간 아파트는 가기 힘들 것 같다고. 하지만 당분간이라고. 며칠만 지나면, 아파트로 돌아갈 수 있다고. 그리고 그때가 되면, 이곳 어디서든 안전하게 또 편안하게 살 수 있게 될 거라고.

박종대가 그 말을 할 때, 돌연 숙연해졌다. 말하는 박종대가 그랬고, 그 테이블에 앉은 모두가 그랬다. 박종대가 술잔을 들었고, 모두는 잔을 부딪치고 마셨다. 박종대는 이런저런 말을 더 건넸다. 우환은 들었다. 그 무리에 끼지 않고 화장실로 갔다. 그 테이블에 앉지 않고 방으로 돌아왔다. 방문이 닫히고, 기다렸다는 듯 웃음소리가 들려왔다.

사람들이 그 어떤 일을 기뻐하며 저렇게 취해가는 건지, 우환은 알 수 없었다. '이곳에서 안전하게 또 편안하게 살 수 있게 되는 것'이 기쁜 일은 맞는지, 김화영까지 죽고 난 지금, 우환은 이제 그 또한 확신하지 못했다.

 문이 열렸다. 순희가 들어왔다. 순희는 취해서 웃고 있었다. 손에는 회 몇 점이 담긴 일회용 접시와 소주 한 병, 소주 잔 두 개가 들려 있었다. 순희는 작은 탁자 위에 들고 온 것들을 내려놓고 또한 작은 의자 위에 앉았다.
 다음 일을 까먹은 사람처럼 순희는 한동안 앉아만 있다.
 순희가 우환에게 잔을 건넸다. 우환은 잔을 받았다. 순희는 술을 따랐고 우환은 술을 받았다. 순희가 먼저 잔을 비웠고 우환도 따라서 잔을 비웠다. 이곳에 와서 술은 처음이었다. 소주는 독했다. 절로 캬, 소리가 났다. 그 소리 때문에 순희가 웃었다. 순희는 우환에게 다시 술을 따랐다. 둘은 다시 잔을 비웠다. 곧 우환도 취해갔다.
 순희는 우환이 어떻게 박종대와 아는지, 어떻게 이 무리 속에 있게 되었는지 아무것도 묻지 않았다. 궁금하지 않은 건지, 알고 싶지 않은 건지 그냥 취해가기만 했다.
 우환도, 순희가 죽인 몰이꾼이 사실은 자신과 함께 이곳으로 왔으며 그 소년은 자신을 죽여야 돌아갈 수 있는 사람이었다고, 자신은 이곳에 남기 위해 이미 열둘을 죽였다고, 한데, 유강희는 아이를 임신했으며, 희한하게도 그 아이는 나이며, 그래서 놀랍게도 나는 당신의 아들이다, 그런 말들을, 하지 않았다. 우환도 그저 취해가고 있었다.

우환은 순희와 함께 취해가는 것이 싫지 않았다. 이곳에 함께 있어서 좋았다.

순희는 박정규라는 친구에 대해서 이야기를 했고, 우환은 봉수 얘기를 했다. 우환이 원래도 주방 일을 했다는 걸 순희는 알게 되었고, 순희에게 믿을 만한 친구가 있다는 걸, 우환은 알게 되었다.

순희는 늦은 밤이고 이른 새벽이고 언제든 곰탕을 내어주는 우환이 있어서 좋았고, 또 그 곰탕이 참으로 맛있었다는 걸 이야기했다. 우환은 그 곰탕을 먹는 순희의 모습을 지켜보는 게 좋았었다는 걸, 기억해냈다.

우환은 기다렸다. 오토바이 소리가 들려오면 주방으로 갔다. 순희가 출입문을 열 즈음엔 이미 그릇에 뜨거운 국물을 담고 있었다. 순희 뒤로 강희가 들어오는 게 보이는 날에는 기쁨이 몇 배가 됐다. 국 하나를 더 담아 들고 주방을 나설 때는 더 없이 기뻤다. 우환은 세 사람이 함께 앉았던 그 테이블에서 무한히 행복했다.

우환은 그래서 이곳에 있으려고 했던 거다. 한 번도 가져보지 못했던 아버지와의 좋은 순간들이 이곳에는 있었다. 한 번도 본 적 없었던 어머니가 이곳에는 있었다.

그리고 아직 있다.

아들처럼 어리지만 아버지인 그가, 이곳에는 실재했다. 어리지만 자신을 포기하지 않는 어머니가, 이곳에 살았다. 이곳에서 산다면 함께할 수 있었다. 어떤 모습으로든 이곳에서만 살면 되었다.

순희는 깊이 취할수록 말을 잃었다. 웃음도 줄었다. 졸기 시작했다. 그러다 중얼거렸다.

"집 나온 지 한 달도 안 된 거 같은데……. 근데 이렇게 아무렇지 않아도 되는지……. 총이, 빵! 하고 크게 소리가 안 나서 그런가, 피가 팍! 튀는 게 아니라서 그런가. 그냥, 할 수 있는 게 있는 건, 좋네요. 아직은 잘하는 건진 모르겠지만. 그냥, 어제랑 달라지는 것 같아서 맘이 편하긴 해요."

"……?"

"잘할 수 있는 거 하라면서요? 답답하게 살지 말고."

"……!"

"아저씨 있으니까 좋네……."

순희는 잠들었다. 우환은 혼자 술을 따라 마셨다. 빗소리도 그쳐 있었다. 우환은 술을 몇 번 더 따르고 비웠다. 밖으로 나갔다.

술자리는 끝나 있었다. 두 개에 소파 위에 박종대와 덩치 좋은 남자가 각각 잠들어 있었다. 죽은 사람들은 어디로 치웠는지 보이지 않았다. 웃음소리가 거슬렸던 의사도 보이지 않았다. 우환은 창고 구석에 있는 화장실로 갔다. 거기서 그 작고 뚱뚱한 의사를 만났다. 의사는 우환에게 눈인사를 하며 소리 없이 웃었다. 우환은 가볍게 목례를 했다. 낡은 소변기에 볼일을 보기 시작했다.

나간 줄 알았던 의사가 우환 가까이 다가와 섰다. 그리고 말했다.

"수술 날짜는 언제로 할까요?"

*

박현주의 동거인은 결국 죽었다. 양창근이 소년의 시체를 수습하고 부검실로 돌아왔을 때, 동거인은 부검대 위에 있었다. 과다출혈이었다. 소년도 양창근보다 먼저 와 있었다. 소년은 동거인과 나란히 누워 있었다. 소년의 왼쪽 어깨 아래에는 감식반이 아파트 현장에서 찾은 팔이 놓여 있었다. 탁성진 옆에 강도영이 있다.

"며칠 만에 이게 몇 명째냐."

탁성진이 한숨처럼 말을 뱉었다. 강도영은 말이 없다. 양창근도 달리 보탤 말이 없었다. 동거인은 죽었으니 물어볼 것이 없었고, 소년은 보나마나 신원미상일 터였다.

부검실에서는 언제나 죽은 자의 말소리가 끊이지 않았다. 탁성진은 그들의 이야기를 빠짐없이 들어 형사들에게 전했다. 시체가 알려주는 말들은 놓칠 게 없었다. 하지만 그런 일이 요즘에는 자주 없었다.

언제부턴가 부검실은 새로운 정보를 알게 되는 곳이 아니라서로의 오래된 무능함을 확인하는 곳이 되었다.

*

 늦은 밤이었다. 비는 그쳐 있었다. 403호의 크고 낡은 냉장고에 있던 사람의 살덩이들은 모두 냉장차에 실려 경찰서로 왔지만 관할 경찰서 안에는 둘 곳이 없었다. 근처 병원의 시체보관소들로 보내졌다. 그 살덩이들에 대해 부검을 실시할지는 아직 결정이 내려지지 않았다.
 403호에서 연행되어온 50대의 도축업자는 취조실에서 기다리고 있었다. 양창근과 강도영이 취조실로 왔을 때, 남자는 책상에 엎드려 잠들어 있었다. 서로 상의할 것도 없이 두 사람은 취조실 문을 닫고 나왔다.
 "해 뜨고 시작합시다. 우리도 좀 쉬고, 어때?"
 취조실에서 멀어지며 강도영이 양창근에게 말했다. 양창근은 고개를 끄덕였다.
 하루가 너무 길다. 취조실에서 잠든 403호의 남자는 양창근에게 명함까지 받아 갔던 사람이다. 현장에서 도망치지 않고 기다렸다. 자신을 데려가라고 먼저 손을 내밀었다. 할 이야기가 많을 것이다. 어쩌면 무서운 이야기들일 수도 있었다. 길고 무서운 이야기를 들으려면 잠이 필요했다. 잠을 자둬야 했다. 맑은 정신으로 악몽이 아님을 확인하고 또 확인해야 했다.

17

 경찰서 정문으로 형사들이며 순경들이 쏟아져나온다. 이른 아침이다. 어젯밤 소년의 시체를 수습했던 그 골목으로 다시 출동 중이었다. 우선 양창근이 절벽 아래에서 본 반짝이던 것들이 뭔지 확인해야 했고, 비가 그친 현장 주변을 다시 샅샅이 살펴야 했다.
 양창근과 강도영은 서에 남았다. 아침부터 해야 할 일이 있었다. 양창근은 오랜만에 잠도 충분히 잤다. 강도영은, 평소 잠이 부족한지 어떤지 모르겠지만 어제도 숙면을 취한 건 분명해 보였다. 양창근과 강도영은 취조실로 왔다. 남자는 깨어 있었다.

*

 "우리가 먹은 건, 돼지고기입니다. 그건 우리가 먹는 게 아닙니다."
 남자는 이야기를 시작했다. 악몽도 함께 시작될 것 같았다.

"아저씨는 그, 목뒤랑 귀 뒤가 막 가렵고 그렇진 않나 보네?"

강도영이 농담처럼 물었다. 남자는 답하기 시작했다.

준비한 말들을 늘어놓는 것처럼 막힘없고 자연스러웠다. 일상의 소소한 일들을 가까운 지인에게 들려주는 것처럼 차분하고 친절하기까지 했다. 하지만 두 형사에게 그 내용들은 꽤 충격적이었다. 말 한마디 한마디가 오랫동안 찾아왔던 단서였고 증언이었다. 쉽지 않았을 고백이었다.

"도깨비가 수술을 하기 시작한 후로는, 흉터가 생기지 않았습니다. 타인의 얼굴 피부를 덧씌우는 과정에서 흉터가 남은 건 중개인뿐입니다. 그때는 도깨비가 없었습니다. 아, 사장님은 도깨비가 수술하긴 했습니다만, 그날은 상대방이 도망치고 어수선해지는 바람에 마무리를 제대로 할 수 없었습니다."

"……."

"도깨비는 자신의 유일한 실패작인 사장님을 자주 부끄러워했습니다. 우리는 그렇게 부릅니다. 이름이……. 박종대, 류정훈입니다."

도깨비에 이어 남자의 입에서 너무 쉽게 박종대와 류정훈의 이름까지 나와 강도영과 양창근은 무척 놀랐다. 잠깐 할 말을 잃었다. 강도영이 다시 물었다.

"아저씨는 그럼?"

"도깨비가 수술을 했습니다. 사장님이 처음이지만, 대외적으로는 제가 처음입니다. 도깨비는 뛰어난 성형외과 의사 중에서도 가장 뛰어납니다. 도깨비는 접착제를 씁니다. 피부 봉합을 할 때 실이 아닌 접착제를 쓰면 흉터도 남지 않을뿐더러, 피부 재생까지 돕기 때문에 반나절이면 새로운 얼굴로 생활이 가능하다, 그게 도깨비의 설명이었습니다. 반나절 후에는 다른 사람이 되는 겁니다."

"……그럼, 박종대, 류정훈, 당신 말고도 더 있단 말입니까?"

양창근이 물었을 때, 남자는 처음으로 망설였다. 아니, 보다 신중해졌다. 양창근은 남자가 조서에 작성한 주민등록상의 이름을 확인했다. 조서에는 그의 양손 지문들도 모두 있었다. 이름은, '우호석'이었다. 양창근은 다시 물었다.

"어쨌든, 우호석 씨는 아니라는 말이죠. 여기, 주민등록상에 있는 게, 이 사람이 본인 아니란 말씀이죠?"

우호석은 고민하고 있다. 신중하게 할 말을 고르고 있다.

"더 있습니다."

두 형사는, 보다 긴장했다. 우호석이 말을 이었다.

"하지만 그것까지 내가 밝히는 게 맞는지 모르겠습니다. 그들에겐 이미 이곳에서의 생활이 있습니다. 새로운 삶이지요. 만족하는 사람도 많습니다. 대부분은 그렇게 문제없이 지내고 있습니다. 그들의 인생까지 내가 무어라 말을 하는 게 맞는 건지 모르겠습니다."

"……."

"하지만 저에 대해서는, 밝히려고 온 겁니다. 이런 식이 아니어도 언젠가는 왔겠죠. 정이 들어서 망설였습니다, 어울리던 사람들에게. 못난 인생들이 대부분입니다. 같은 처지로 어울리다 보면, 정이 듭니다. 하지만 저는 이제 그만 이 생활을 멈춰야겠다고 생각했습니다."

남자는 말을 멈췄다. 남자는 믿기 어려운 말들을 하고 있다.

"어디까지 믿느냐는, 당신들의 몫입니다."

"……."

"냉장고는 5도씨 이하로 유지됩니다. 육류의 신선도 때문이지요. 그 냉장고에 있는 살덩어리들은 물론 다 제가 한 것들입니다. 저는 도축업자였습니다. 발골, 정형 기술사라고도 부르죠. 저 역시 그 분야에서는 잘하는 사람들, 그중에도 나은 사람이었습니다. 중개인이 모으는 사람들은 대부분 그런 사람들입니다. 필요한 사람들. 자신이 앞으로 세울 세상의 구성원으로서 필요한 사람들. 유능한 의사, 뛰어난 사업가, 평범한 공무원, 훈련된 군인, 극악한 테러범, 누구든, 어떤 식으로든 필요한 사람들. 그런 사람들을, 그곳에서 또 이곳에서 본인이 선택해서 받아들입니다. 물론, 우리는…… 멀리서, 목숨을 걸고 온 우리들은, 이곳에서 살게 되는 순간 중개인의 시민이 될 자격을 갖게 됩니다. 박종대는 분명히, 좋은 면이 있습니다."

"아, 그래서 멀리 어디서 오셨다는 겁니까? 동남아는 아닌 거 같아, 지금?"

강도영이 답답한 듯 물었다. 남자는 신경 쓰지 않고 계속 말했다. 양창근도 그러길 바랐다.

"저도 시민입니다. 물론, 대단히 필요한 구성원입니다. 시절이 좋을 때는 하루에 200마리가 넘는 소 돼지들을 칼 한 자루로만 처리했었습니다. 제가 하는 일에 대해서 한 번도 그런 생각을 해본 적이 없었지만, 하루는 도깨비가 옆에 서서 지켜보고 있더니 예술이다, 라고 말했지요. 그 후로 저는 예술가라고 불렸습니다. 도깨비가 그렇게 한 거죠."

"……."

"사람들이 저에게 올 땐 이미 죽어 있습니다. 장기도 모두 꺼낸 후입니다. 저도 사람은 경험이 없었습니다. 처음에는 힘들었습니다. 하지만 우리는 생각보다 우리 몸에 대해서 잘 알고 있습니다. 장기는 팝니다. 죽은 사람들은 대부분 그곳 사람들입니다. 이곳 사람인 경우는 드뭅니다. 위협이 되는 사람, 꼭 필요한 경우만 그랬습니다. 어쩔 수 없는 경우만, 그랬습니다. 그래서 그나마 마음이 덜 힘들긴 했습니다……. 우리는 이곳에서 살려고 애쓰고 있지만, 되도록 이곳 사람들에게는 피해를 주지 않으려고 노력을 합니다. 그래도 노력을 하고 있는 겁니다. 그 점은 분명합니다."

양창근과 강도영은 그저 듣고만 있었다. 여전히 '그곳'이 어디를 뜻하는지 알 수 없었다.

"저는 그곳에서도 도축 일을 했습니다. 그곳은 이제 고기가 귀하죠. 제대로 된 소와 돼지를 만나기가 점점 힘들어졌습니다.

여러 가지로 불리지만 이름은 없는 기이한 가축들을 매일 아침 도축했습니다. 변변찮은 인생이었죠. 죽을지도 모르지만 다른 곳으로 갈 수 있다 해서, 저는 이곳으로 왔습니다. 그리고 이곳에 살고 싶어졌고, 중개인의 도움으로 이렇게 살게 되었죠. 여기서 이렇게 살고 있는 게 기쁠 때도 있습니다. 어찌되었든 그곳보다 나은 삶이다, 생각이 듭니다. 그곳보다 나은 삶이다, 나은 현재다, 이곳이 보다 나은 나의 현재다, 그렇게 믿고 살게 됩니다. 그렇게 믿고 싶죠."

준비했던 말을 전하듯 덤덤하던 남자는 그러나, '그렇게 믿고 싶죠'라고 말할 때에는 조금 떠는 듯 보였다.

"지금도, 당신들은 우리를 알아보지 못합니다. 우리는 당신들이 가진 것들을 훔쳐내고 있지만, 당신들은 모두 빼앗길 때까지, 우리를 찾아내지 못합니다. 앞으로는 점점 더 가려내기 힘들 겁니다. 우리가 누군지, 거리의 사람들 중 누가 우리인지, 영영 모르게 될 겁니다. 왜냐면 우리는 조금 더 악착같이 살아가고 있으니까요. 우리는 이곳에 살기 위해, 그곳에서보다도 더, 악착같이 살아가고 있으니까요."

"아, 악착같이 안 사는 사람이 어딨어요? 우리도 엄청 그렇게 살지, 나도 어제 이것 때문에 잠 한숨 못 잤구만."

강도영은 또 투덜거렸다. 여느 때와 다르지 않았다. 하지만 양창근의 눈에는 조금 다르게 비쳤다. 강도영은 지금 애써 긴장을 이겨내고 있었다.

남자는 한동안 말을 멈추었다가 시작했다.

"그런데 무리가 따르는 겁니다. 그저 살아가는 건데, 남들처럼 사는 건데, 이곳에 살려면 너무 많은 무리가 따르는 겁니다. 설득과 억지와 무리가 따르는 일상을 보내는 데 지쳤습니다. 그래서 저는 그만하기로 했습니다. 저만은, 이 정도에서 그만하기로 했습니다. 어차피…… 훔친 겁니다. 제 얼굴도 아니고 제 아파트도 아닙니다. 저는 403호에 살지만, 원래는 제 집이 아니었습니다."

남자는 다시 말을 끊었다. 양창근이 물었다.

"하지만, 당신이 누구인지 어떻게 밝히죠? 당신의 말을 못 믿는 건 아니지만, 당신 말처럼 믿고 안 믿는 건 우리 몫이라지만, 안 믿는 사람들이 더 많을 겁니다. 이름과 얼굴은 우호석이지만, 조서에 있는 이 지문들, 지문 조회 하면, 분명히 일치하는 지문이 없을 거 아닙니까."

남자는 여전히 말이 없다. 그러다 먼 기억을 불러내듯 말을 이었다.

"한 번은 찾아가볼까도 했었습니다. 어디 사는지도 알았고, 살아 있는 사람들이 보고 싶기도 했습니다. 하지만 그러지 못했습니다. 매일 놀이터에 앉아, 그 시절을 들여다보고 싶은 마음을 눌렀습니다. 그 마음을 누르다 보면 쓸쓸해집니다. 그 마음을 누르려면 억지를 써야 합니다. 설득을 해야 하죠. 큰일이 벌어질 수도 있다, 뒤죽박죽이 될지도 모른다, 좋은 일이 아니다,

위험한 일일지도 모른다, 좋은 추억이 안 될 수도 있다……. 모두 밝히고 난 후라면, 한 번 정도 가서 보고 싶습니다."

"아, 어디든 당장 갑시다, 좀! 답답하네, 그래서 거기가 어딥니까?!"

양창근도 답답하긴 했다. 하지만 언제나 더 답답한 건 강도영이었다.

"동래구 사직동 143-36. 열한 살이 되었을 겁니다. 이름은 최영도입니다. 더 어린 아이도 지금은 있을 겁니다. 그 아이는 다섯 살이겠네요."

*

순희는 남들보다 일찍 일어났다. 9회 아저씨는 잠들어 있었다. 순희는 방을 나섰다.

테이블 위에는 어제의 술자리 흔적이 그대로 있다. 돌격대 아저씨는 소파에 잠들어 있다. 소파 하나는 비어 있었다. 순희는 창고 구석에 있는 화장실로 갔다. 화장실 옆에 나 있는 수술실로 통하는 쪽문이 보였다. 나머지는 저 안에 있겠구나, 순희는 생각했다.

돌아와보니 비어 있던 소파에 박종대가 앉아 있다. 박종대는 순희보다도 일찍 깬 모양이다. 박종대가 순희를 불렀다. 순희는 아직 술냄새가 나는 테이블로 가서 플라스틱 의자를 집어와 박종대 앞에 앉았다.

"남아공 알아? 남아프리카공화국."

"이름만."

박종대는 이야기를 들려줬다.

"남아공에 1937년에 건축한 20층짜리 건물이 있었어. 오랫동안 남아공에서 가장 높은 건물이었는데, 1983년에 단 16초만에 무너졌어. 폭파시킨 거지. 건물들이 밀집된 도심에 있었는데도, 다른 건물에는 전혀 피해를 끼치지 않았어. 폭파 전문 기사가 이 건물을 폭파시키기 위해 두 달을 준비했어. 먼저 건물 구조를 조사하고, 그다음 지주들, 벽들에 천 개가 넘는 구멍을 일일이 파서, 거기마다 다 폭약을 넣었어. 물론, 다른 벽들보다 단단한 지주에는 구멍을 더 여러 개 뚫고 폭약도 다른 벽보다 두 배나 더 넣었고, 폭약들에 뇌관을 일일이 설치하고, 총 10킬로미터나 되는 전선들이 사용되고, 뭐 복잡했겠지. 이런 어려운 거라면, 널 시키지도 않아. 나도 못 하고."

박종대는 이야기를 중단하고 순희를 봤다. 순희는 흥미로운 이야기를 마저 듣고 싶었다.

"우리는 빌딩을 폭파시키려는 게 아니야. 그냥 넘어뜨리는 거야. 최대한 온전한 상태로 넘어뜨리는 게 좋아. 16초? 그렇게 빨리 할 필요도 없어. 방향만 정확하면 돼. 방향만, 정확하게, 부산지방경찰청 위로 넘어지게만."

"……!"

"그것도 크게 어렵지 않아. 부산지방경찰청은 GSH빌딩의 정서쪽에 있으니까. 너는 그냥 그 빌딩으로 가서 빌딩의 가장 아래층의 지주, 서쪽에 있는 지주 두 개에만 구멍을 내면 돼. 다른 사람들 같으면 구멍을 내는 데만 몇 시간이 걸리겠지만, 너한테는 그 총이 있으니까. 지주는 두 개고, 한 지주마다 세 방씩 쏘면 되겠다. 그럼, 한 기둥마다, 15초씩, 30초가 걸리겠다. 게다가 너는 순간이동이 가능하니까, 반대편 지주까지 순간이동으로 가서, 다시 15초. 그럼, 서쪽 방향에 있는 지주 두 개만 부서지게 되는 거니까, 41층의 하중을 못 이긴 빌딩은 천천히 기울고, 그러다가 뚝, 하고 부러질 거야. 큰 나무가 쓰러지듯이 그렇게 쿵 하고 서쪽으로 쓰러질 거야. 너는, 쓰러지기 전에, 순간이동으로 빠져나오면 되고."

"   ."

"그러니까 내 말은, 니가 GSH빌딩을 넘어뜨려줬으면 좋겠다는 거다. 어때, 어렵지 않지?"

순희는 할 수 있을 것 같았다. 짧게 생각해봤다. 그리고 물었다.

"얼굴을 가리긴 해야겠네요?"

"……그러네."

"근데 이거 왜 해요?"

"내가 약속을 했거든. 그 빌딩이 넘어진다고."

순희는 한동안 말이 없었다. 갈등하고 있는 듯했다. 많은 사람들이 죽는 일이었다. 그러나 어려운 일은 아니었다. 그렇게 위험한 일도 아니었다.

이순희는 테러 집단의 수장이 된다. 그 집단의 이름은 '아수라'였다. 순희가 이끄는 아수라는 박종대가 떠나온 그곳에서도 악명 높은 테러 집단이었다. 수장은 여전히 이순희였다. 더 극악해지고 잔인해져서 지금의 모습으로는 상상하기조차 어려운.

박종대는 그걸 이미 알았다. 그랬기 때문에 이순희를 구성원으로 택한 것이다. 박종대는 무시무시한 아군을 얻은 거였다. 박종대는 순희가 할 거라고 믿었다. 이순희가 앞으로 저지를 잔인한 짓들에 비하면, 빌딩에 구멍을 내는 건, 아무것도 아니었다.

하지만 아직은, 열아홉인 지금의 이순희는, 망설이는 것 같았다.

"빌딩이 무너지면, 경찰청도 부서진다. 경찰청 안에 과학수사센터가 있어. 경찰청이 무너지면 그 센터에서 관리하던 정보들은 사라질 거야. 그 정보들은 우리가 여기서 살려면 꼭 사라져야 하는 것들이고, 누구보다 우환 아저씨를 위해 그 정보들은 반드시 없어져야 돼. 빌딩이 넘어지는 건 대단한 일이 아니야, 하지만 우리가 여기서 함께 사는 건 정말 대단한 일이지."

박종대는 순희를 설득해야 된다고 생각했다.

순희는 한동안 더 말이 없다.

"⋯⋯언제 빌딩이 무너져야 해요?"

순희가 묻는다.

"내일, 오전 10시 48분. 시간까지 꼭 지켜줘야 한다."

박종대가 답했다.

*

죽은 최성원을 대신해 충원된 형사가 적격이었다. 이것저것 가리기 힘든 막내였고 몸도 가장 가벼웠다. 그는 밧줄 하나에 의지해 절벽 아래까지 내려갔다. 그 아래에서 부서진 조각들을 최대한 모았다.

반짝이던 것들은, 거울이었다. 오래된 것 같지는 않았다. 조각들은 꽤 많았다. 거울 몇 장을 절벽 아래로 한 번에 던진 것 같았다. 특별한 거울은 아니었다. 시중에 흔히 파는 종류였다. 그 거울이 어디에 어떻게 쓰인 건지는 아직 알 수 없었다. 다만 몇 개의 조각에는 불에 그을린 건지 녹아내린 건지 알 수 없는 흔적들이 남아 있었다. 확인이 필요했다.

만약에 절벽 아래로 떨어진 거울들이 어젯밤 그 골목에서 누군가가 던진 거라면, 그는 이 사건과 연관이 있는 사람일 수도 있었다. 물론 동네 사람 아무나가, 쓰지 않는 거울을, 재활용 쓰레기 수거 비용을 줄이기 위해 절벽 아래로 버린 것일 수도 있다. 하지만 거울은 새것 같았고 여러 장이었다. 새 거울을 산 거라면 산 사람이 있을 것이고, 그 사람을 알게 된다면 수사에 도움이 될 수도 있을 것이었다. 어제 그 골목에서 죽은 소년과 함께 있었던 누군가가 저 거울을 버린 사람이고, 그 사람이 직접 거울을 샀다면, 아주 큰 도움이 될 것이었다.

어린 형사는 인근에 거울을 취급하는 곳 모두를 알아봤다. 제법 많았다. 하지만 방문한 손님들을 모두 찾아볼 필요는 없었다. 그냥 딱 짚히는 곳이 있었다. 강도영이 누구보다 좋아할 것 같았다.

남해유리거울이었다. 그 집의 아들은 특별했다. 박정규라는 아이였는데, 그는 문제의 이순희와 친구였다.

어린 형사는 절벽에서 찾은 거울 조각들을 가지고 그 가게로 찾아갔다. 사장이자 박정규의 아버지는 그 거울 조각들을 보자 가게에서 취급하는 거울이 맞는다고 했다. 물론, 어느 가게에서나 취급하는 흔한 거울이라는 말도 덧붙였다. 박정규를 만나고 오고 싶었지만, 학교에 있을 시간이었다. 일단, 보고가 시급했다.

"양 형사님은 안 보이시네요?"

"어, 양 형사는 지문 뜨러 갔어, 사직동에. 왜?"

어린 형사는 이왕이면 양창근 형사도 있는 자리에서 이 놀라운 성과를 말하고 싶었다. 하지만 강도영 형사밖에 없었다. 뭐 어쩔 수 없었다.

어린 형사는 자신이 발견한 것을 강도영에게 말했다. 거울이 떨어져 있었다는 말에는 별 반응이 없었다. 하지만 박정규라는 이름이 나올 때부터 강도영은 집중하기 시작했고, 이순희라는 이름이 나오자 책상을 탁 쳤다.

"그럼 그렇지, 내 직감이, 이순희 이 새끼 크게 될 줄 알았다니까. 이순희 이 새끼가 그 현장에 있었네. 있었어. 이순희 이 새끼도 박종대랑 한패 맞네. 맞아. 몇 시냐?"

"네? 1시 25분인데요."

강도영은 이미 자리에서 일어나 사무실을 나가고 있다.

"아, 좀 일찍 알려줬으면 내가 점심을 안 먹고 기다렸지. 너 시시티브이 관제센터에 이순희 얼굴 뿌리고, 안면인식 그게 되니까, 이순희 걔 지금 어디 있는지 당장 찾아. 찾는 대로 나한테 바로 알려줘."

"어디 가시는데요?"

"곰낭 먹으러 간다."

*

강도영이 부산곰탕에 도착했을 때는 붐비는 시간이 지난 후였다. 홀에는 아무도 없었다. 방문이 열리며 잠에서 막 깬 듯한 이종인이 나왔다. 혼자 하기가 힘에 부친다고 했다. 점심시간이 지나면 잠깐씩 눈을 붙인다고 했다. 강도영은 곰탕 하나를 시켰다.

강도영이 곰탕을 다 먹는 동안 이종인은 계산대에 앉아 티브이를 본다. 아무 말이 없다. 집을 나간 아들에 대해서도, 식당을 떠난 사촌동생에 대해서도 이종인은 아무것도 강도영에게 묻지 않았다. 강도영이 그 두 사람의 일 때문에 왔다는 걸 알면서도 말이 없었다. 강도영이 먼저 입을 열었다.

"좀더 일찍 올라고 했는데, 사무실에 요즘 워낙 일이 많아가지고."

빈말이 아니었다. '머슴'에 대해서 궁금한 게 많았다.

"이우환입니다. 어디서 왔는지는, 저도 모릅니다."

이종인은 알아들은 듯 바로 머슴의 이름을 말했다. 몇 달 전만 해도 전혀 모르는 사람이었다고 했다. 이종인은 본인이 아는 이우환의 모든 이야기를 들려줬다. 아들 이야기로 시작했다.

더 크면 돕겠지, 철들면 돕겠지, 기다린 아들은 식당 일을 도울 생각을 않았다. 마침 그날은 아들이 유치장에 갇혀 집에 들어오지도 않은 날이었다. 종인은 주방 일을 하게 해달라는 낯선 남자를 내치지 못했다. 집안에 들였다. 쓸쓸한 마음이었다.

일손은 언제나 필요했다. 남자는 성실했다. 주방 일은 이미 잘 알고 있었다. 형님이라고 부르며 잘 따랐고, 무엇보다도 아들과 친했다. 종인은 우환이 아들 순희에게 늦은 밤, 때론 새벽에도 곰탕을 내주는 걸 알았다. 아버지인 자신이 줄 때는 먹지 않던 곰탕이었다. 유치장까지 가져갔을 때도 치우라고 내쳤던 곰탕이었다. 하지만 순희는 우환이 주는 곰탕을 잘 먹었다. 종인은 그게 다행스러우면서도 속상했다. 하지만, 결국 다행스러웠다.

 우환에게 고마웠다. 그렇게라도 아들에게 든든한 한 끼를 줄 수 있는 게, 자신이 만든 곰탕을 먹일 수 있는 게, 종인은 좋았다. 자신이 헤어지라고 했던, 그 여고생도 종종 보였다. 순희와 함께 우환이 주는 곰탕을 먹었다. 아들 순희와 고집 있는 그 여고생과 친절한 우환이 함께 있는 모습을 보고 있으면, 그 셋이 한 가족 같았다. 친아버지인 자신보다, 우환이 순희와 더 가족 같았다. 누구보다도 세 사람이 가장 가까운 사이 같았다. 그렇게 보였다.

 "우환이 그 친구가, 내보다도 순희랑 더 가까웠어요. 그러니, 다른 건 됐다, 싶었습니다."

 이종인은 말을 끝내고 강도영의 테이블을 치우기 시작했다. 그릇들을 챙겨 주방으로 들어가다 걸음을 멈췄다. 그리고 돌아봤다. 망설이다가 물었다.

 "우리 아들은, 잘 있습니까?"

 "……어쩐지 나는 두 사람, 같이 있을 거 같네."

 강도영은 그렇게 에둘러 말하고 자리에서 일어났다. 계산을 하고 이종인의 식당을 나왔다. 큰길까지 걸으며 정리를 해보았다.

 이우환과 이순희는 부모 자식 사이보다 더 친하다. 한데, 홍길동 같은 그 소년은 이우환을 죽이려고 했다. 그리고 홍길동은 누군가에게 살해당했다. 그 현장에 이순희와 가장 가까운 친구의 가게 물건이 떨어져 있었다. 이순희는, 이번에도 유력한 용의자가 되었다.

강도영은 기뻤다. 직감은 틀리지 않았다. 지난번에는 폭행이었지만 이번엔 살인이다. 이순희는 무럭무럭 자라고 있었다. 강도영은 나쁜 놈들이 더 나쁜 놈이 되어가는 게 좋았다. 이왕이면 가장 나쁜 놈이 되었을 때 강도영 자신이 그놈을 잡고 싶었다.

이우환은, 403호 남자의 말을 빌리면, 박종대에게 필요한 '이곳' 사람이거나, 아니면 여기서 살고 싶어 하는 '그곳' 사람일 터였다. 멀리서 목숨 걸고 왔으니 이미 시민이 될 자격을 얻었다는 그곳 사람. 그런 게 뭔지 강도영은 잘 몰랐지만, 굳이 알고 싶지도 않았지만, 확실한 건 박종대, 이우환, 이순희 이 셋이 지금은 가족보다 가까운 사이일 거라는 것이었다. 강도영은 그렇게 확신했다.

*

순희는 창고를 나와 지하철을 탔다. 박종대가 알려준 GSH빌딩까지 평범하게 갔다. 그리고 박종대가 알려준 대로 지하상가에 있는 GSH부동산을 찾아갔다. 중개인이 있었다. 일전에 부산곰탕 프랜차이즈 때문에 왔었던 사장님 회사 직원이라고 밝혔다.

"그때 사진을 못 찍으셨다고, 사무실이랑 사진 좀 찍어 오라고 하셔서가지고."

중개인은 친절하게 지하상가와 24층, 28층의 사무실들을 보여줬다. 중개인과 다니는 동안 순희는 정서쪽으로 보이는 경찰청을 확인하며 그가 보여주는 공간들을 칭찬했다. 들어올 때 보니 로비가 너무 근사하던데 구경시켜주실 수 있냐고 부탁했다. 중개인은 흔쾌히 로비로 안내했다.

순희는 기둥 네 개가 지탱하고 있는, 천장이 높은 로비 곳곳을 눈여겨봤다. 지주 기둥은 사무실이 시작되는 2층부터는 건물 안쪽으로 보이지 않게 디자인되어 있었다. 순희는 경찰청 방향에 있는 두 개의 기둥을 무엇보다 신중하게 봤다.

순희는 중개인과 인사를 하고 헤어졌다. 돌아올 때도 지하철을 탔다. 그리고 내내 고민했다. 내일 무엇으로 얼굴을 가릴지. 이상하게도 조금씩 흥분되고 있었다. 기분이 나쁘지 않았다. 순희는 그 흥분을 즐기고 있었다.

*

다섯 살 난 건강한 사내아이가 있었다. 아이는 최영도의 동생이었다. 아버지는 컨테이너를 싣고 항구를 수시로 들락거리는 트럭 운전기사였다. 욕심 없고 근면한 노동자였다. 양창근을 맞은 건, 어머니였다.

어머니는 집에서 살림을 했다. 사려 깊고 덤덤한 사람이었다. 그녀가 걱정하지 않게 또 오해하지 않게, 양창근은 자신이 방문하게 된 상황에 대해 최대한 설명했다. 어머니는 양창근의 신분증을 봤고, 경찰서에 전화를 걸어 확인했다. 그 후로도 몇 가지를 더 물었다. 협조하겠다고 답했다.

여자는 거실에 양창근을 앉히고 마실 것을 내왔다. 양창근은 아이의 형이, 여자의 큰아들이 올 때까지 기다렸다.

다섯 살 난 아이는 거실과 방을 뛰어다니고 있다. 방바닥에는 자동차가 가득했다. 손에도 자동차가 들려 있다. 아이의 자동차가 엄마의 등 위로 팔 위로 또 머리 위로 지나갔다. 엄마는 그럴 때마다, '어허, 엄마는 차 다니는 곳이 아니에요'라고 하면서도 아이를 막지 않았다. 그럴 때마다 아이는 웃었다. 기다림은 편안했다.

오후가 되자 학교에서 아이의 형이 돌아왔다. 최영도였다. 양창근은 최영도의 작은 손을 잡아 양손 열 손가락의 지문을 모두 채취했다.

양창근은 경찰서로 돌아와 이미 채취해둔 403호 남자의 지문과 열한 살 사내아이의 지문을 지문 감식반에 비교하도록 했다.

두 사람의 지문은 일치했다. 열한 살 사내아이와 50대 중반의 성인 남자의 지문이 일치했다. 있을 수 없는 일이었다. 지문이 같은 두 사람이 동시대에, 이곳에 살고 있다. 믿기 힘든 일이었다. 양창근은 결과에 대해서 일단 함구하라고 지문 감식반에 이르고 취조실로 돌아왔다.

남자는 기다리고 있었다.

"다들 잘 있던가요?"

남자는 궁금해했다. 다섯 살 난 아이는 잘 있는지, 그 아이의 어머니는 여전히 집에 있는지, 혹시 그 집 아버지를 보진 못했는지, 그리고 큰아들은 어떤지. 남자는 여러 가지를 한 번에 물었다. 남자는 환한 얼굴이 되어 자신의 추억들을 자꾸 물어왔다. 동생은 아직도 자동차를 좋아하는지, 어머니의 얼굴은 여전히 호수 같은지, 아버지의 팔뚝은 변함없이 매달릴 만한지, 그리고 자신은, 어린 자신은 학교를 잘 다니고 있는지.

마지막으로 남자는 신원을 분명하게 밝혔다. 그리고 더 이상은 아무 말도 하지 않았다.

"저는 2009년 3월 23일생입니다. 저는 미래에서 왔습니다."

*

강도영에게도 오늘은 무척 바쁜 하루다. 강도영은 지문 비교 결과와 나이든 최영도로 밝혀진 우호석의 자백에 가까운 취조실 동영상을 들고 담당 검사를 찾았다. 그때는 출근 직후였다면 이번엔 퇴근 직전이었다. 말이 안 되고 믿을 수도 없는 상황들이지만, 어쨌든 눈에 보이는 증거물이 두 개나 있었다.

담당 검사는 동영상을 처음부터 끝까지 집중해서 봤다. 지문 감식 결과도 확인했다. 당황스러워했다. 조작을 의심했다. 하지만 결국은 영장을 내어줬다. 영진아파트 전체에 대한 수색영장과 주민 모두에 대한 체포영장이었다. 그곳에 누가 더 사는지, 담당 검사도 알고 싶었던 것이다.

박종대에 대한 체포영장도 포함되어 있었다. 하지만 이순희에 대한 체포영장은 보류했다. 정황뿐이고 심증뿐이니, 증거를 가져오거나 현행범으로 잡으라는 말을 전했다.

이제, 내일 아침이 되면 영장들이 발부될 것이다. 강도영은 양창근과 함께 영진아파트의 주민 모두를 대상으로 조사를 시작할 것이다. 강도영은 여전히 믿지 않았지만, 양창근이 믿는 만큼도 믿지 않았지만, 어쨌든 그들이 미래에서 온 게 맞는다면, 그들 중 누가 미래에서 온 사람들인지 가려낼 것이다. 그리고 그들이 이곳에서 살기 위해 죽인 사람에 대한 죄를 물을 것이다. '특별법을 만들어서라도', 검사는 그렇게 말했다.

날아갈 듯이 기뻐야 했다. 양창근이라면 그랬을 것이다. 하지만 강도영은 그렇지 못했다. 강도영은 여전히 이순희가 걸렸다. 이순희를 보다 더 잡고 싶었다.

경찰서로 돌아왔을 때, 강도영은 진정 기쁜 소식을 들었다.

어린 형사가 시시티브이 영상 몇 개를 보여줬다. 어느 빌딩 로비였다. 젊은 남자가 어슬렁거리고 있었다. 신발이 눈에 익었다. 강도영이 보기엔 언제나 너무 크고 무거워 보이는, 흰 농구화였다.

"저 새끼는 농구도 안 하는 게 맨날……. 여기 어디냐?"

"GSH빌딩요."

18

 잠을 좀 자두는 게 좋다고 했지만 우환은 깨어 있다. 우환은 잠들 수 없었다. 열둘을 죽이면서까지 이곳에서 살겠다고 달려오던 충동은 이미 사라져 있었다. 행복해지고 싶은 욕망도 불안으로 흔들리고 있었다.

 잠들 수 없었다. 우환은 결정할 수도 없었다. 깨어 있기만 했다.

 깨어서, 잠이 든 순희를 봤다. 아무것도 하지 않고 우환은 순희만 바라보게 됐다. 새벽 2시였다. 순희는 한잠이 들어 있었다. 우환은 조금 더 순희를 보다가 결국 방문을 열고 나왔다.

 박종대와 도깨비와 돌격대가, 모두가 우환을 기다리고 있었다. 넷은 창고 안 공터에 세워둔 승합차에 올랐다.

*

 종인은 아들을 기다리고 싶었다. 하지만 밤 12시를 못 넘기고 잠이 들었다. 고단했다. 혼자 식당 일을 하는 게 힘이 들었다. 매일같이 아들을 기다리고 싶었지만 언제나 잠이 들었다. 일어나서는 늙고 염치없는 몸을 원망했다.

오늘은 조금 달랐다. 종인은 낮에 찾아왔던 강도영 형사와 나누었던 말들을 생각하느라 잠들지 못하고 있다. 순희에게 아직은 큰일이 생긴 것 같지 않았다. 경찰에 잡혀 있는 것도 아니었다. 강도영이 마지막으로 했던 말을 되새겼다.

'어쩐지 두 사람이 같이 있을 거 같다.'

종인은 식당을 떠나기 전 얼마 동안 우환이 보였던 행동들을 떠올렸다. 바다 냄새를 풍기며 식당에 들어서던 그 새벽녘의 우환을 기억했다. 자신의 옷을 입고, 또 지나치게 자신에게 살갑던 우환의 모습을 기억했다. 신경이 쓰였다. 낯설기도 했다. 최근에 우환이 조금 달라진 건 분명했다. 하지만, 우환은 순희에겐 한결같이 친절한 사람이었다. 아버지인 자신보다 순희랑 더 가까운 사람이었다.

종인은 가방 하나를 더 들고 나가던 아들, 순희의 모습을 다시 기억해본다. 날이 채 밝지도 않은 새벽이었다. 벌써 수십 번 되돌려보는 광경이었다.

'어쩌면 두 사람은 같이 있을지도 모른다.'

다행이다. 그럼 되었다. 다른 건 됐다, 종인은 그렇게 생각했다. 그러자 잠이 몰려왔다. 하지만 잠이 들기 직전, 종인은 누군가 식당 문을 두드리는 소리를 들었다.

'순희다!'

종인은 의심 없이 아들을 맞으러 뛰어나갔다.

하지만 식당 문 앞에는 우환이 있다. 우환인 걸 확인하고도 종인은 잘못 본 게 아닌지, 한참을 더 본다. 하지만 우환이 맞다. 종인은 문을 열었다. 잠겨 있지도 않았다. 아들을 기다리는 문은 언제나 열려 있었다.

우환이 들어왔다. 종인은 우환을 맞이했다. 어색해하는 우환을 자리에 앉혔다.

우환은 다 들어와서도 망설이고 있다. 종인의 눈을 피하고 있다. 뭔가, 할 말이 있는 사람 같다. 못할 말을, 해야 할 사람 같다.

종인은 그런 우환을 바라봤다. 기다렸다. 매일 아들을 기다리는 사람답게, 기다림에 익숙해진 사람답게, 종인은 우환의 말을 기다렸다.

우환은 자신을 바라보는 종인의 차분한 시선이 두렵다. 자신을 바라보는 종인의 의심 없는 눈빛이 힘들다. 우환은 종인의 기다림에 굴복했다.

우환이 입을 열자 울컥, 말들이 쏟아졌다. 쏟아지기 시작한 말들은 멈추지 않았다. 눈에는 눈물이 고였다.

"제가, 열심히 살게요. 제가 열심히 살면 안 되겠습니까? 제가, 제가 정말로 열심히 살면, 그럼, 그러면 안 되겠습니까? 그래도 안 되는 거겠죠? 형님, 아니, 제가 열심히 살아도, 아무리 열심히 살아도, 그러면, 그래도 안 되는 거겠죠? 형님, 아니, 하, 할아버지…… 잘못했어요. 제가 잘못했어요. 제가, 진짜 열심히 살게요. 제가, 정말 여기서, 정말 열심히, 정말 제가 열심히 살게요. 그러면, 그러면 안 될까요?"

종인은 우환이 무슨 말을 하는지 알 수 없었다.

하지만 진심을 담아 고백하고 있음을 알았다. 그 고백이 절실해 종인은 그게 무엇이든 자신이 들어줄 수 있는 것이었으면 좋겠다는 생각을 한다.

우환의 횡설수설은 계속된다. 기다리지 못하고 문이 열린다. 세 사람이 더 들어온다. 그제야 우환의 고백은 멎는다. 셋은 우환의 뒤에 선다. 종인은 그들을 발견했다. 그럼에도 종인은 우환을 본다. 타인들 중 우환을 알아서가 아니라, 오랜 시간 해오던 일을 계속하는 것처럼 우환을 늘여다본다. 우환을 늘여다보고 있다.

종인은 그저, 눈물이 고인 우환을 바라봤다. 그리고 말했다.

"순희는, 잘 있나? 순희에게 계속 잘해줄 수 있겠나? ……그래줄 수 있겠지?"

종인은 다시 한번 다짐을 받았다. 그럼 되었다, 마지막으로 생각했다.

세 사람 중 덩치가 큰 남자가 종인을 붙잡았다. 작고 뚱뚱한 남자가 종인의 입을 약냄새가 나는 손수건으로 막았다. 종인의 몸은 늘어졌다. 돌격대는 종인을 들쳐업고 가장 먼저 식당을 떠났다. 도깨비가 따라나섰고, 박종대는 계산대로 가서 메모할 종이를 찾았다. 우환은 안방으로 가서 식당 열쇠를 찾았다. 방을 나서던 우환의 눈이 뭔가를 보았다. 액자였다.

우환이 처음 종인의 방에 들어왔을 때 봤던 그 가족사진이었다. 어린 순희와 젊은 종인과 그의 아내가 사진 속에 있다. 액자는 처음 봤을 때와 달랐다. 방 한구석에 아무렇게나 뒤집혀 있지 않았다. 액자는 보기 좋은 곳에 반듯하게 놓여 있었다.

우환은 식당을 나왔다. 가지고 나온 열쇠로, 문을 잠갔다.

문에는, '여름휴가'라는 메모가 붙어 있었다.

*

이른 아침 영장이 발부됐다. 출근 시간보다도 훨씬 일렀다. 담당 검사의 의지가 보인다고 할 만했다.

형사1팀뿐만 아니라 형사2팀을 포함한 강력계 모두와 교통계 등 경찰서에 있는 대부분의 경찰들이 지원에 나섰다. 경찰차와 경찰 승합차, 경찰 버스까지 사이렌을 울리며 영진아파트 앞에 몰려들었다.

차에서 내린 수십 명의 경찰들은 아파트를 집집마다 수색하기 시작했다. 아파트에 사는 모든 주민을 체포하기 시작했다. 식탁에서 급하게 밥을 떠 넣던 10대, 옷장에서 넥타이를 고르던 남자, 잠든 아이를 깨우는 엄마, 현관에서 신발을 신던 여자,

아침 식사를 끝내고 티브이를 보던 노부부, 그리고 현관을 나서던 박현주까지 모두 경찰서로 연행되었다. 주민들은 영문을 몰랐다. 아무도 체포에 응하려 하지 않았다. 회사에 나가야 했고, 학교를 가야 했으며, 아침 드라마를 계속 봐야 했다.

사실 대부분은 죄 없는 주민들이었다. 하지만 그들 중에는 살인죄가 있는 사람들도 있었다. 죄가 있는 사람이 누군지, 눈으로 봐서는 가려낼 수 없었다. 그런 끔찍한 사람들이 이 아파트에 섞여들어 살고 있다는 이야기를 할 수도 없었다. 지문만 채취해서 갈 수도 없었다. 지문을 감식하는 동안 범인들이 도주할 우려가 다분했다. 연행해야만 했다. 죄송하다는 말과 협조를 부탁한다는 말과 회사든 학교든 필요한 곳에 공문을 보내주겠다는 말들을 반복해서 하는 수밖에 없었다. 반나절이면 끝난다는 말도 덧붙였다.

영진아파트에 거주하는 모든 주민들을 연행하는 데 경찰 버스 두 대와 경찰 승합차 두 대가 필요했다. 요란한 아침이었다.

남녀로 구분된 두 개의 유치장이 아파트 주민들로 가득 찼다. 목소리를 높이는 사람들이 많았다. 아이들은 울었다. 노인들은 지쳤다.

경찰들은 최대한 신속하게 주민들의 지문을 채취하기 시작했다. 주민들은 유치장에 있는 상태로 양팔을 빼서 지문을 찍었다. 아침 10시가 되어가고 있었다. 점심은 나가서 먹게 될 거라는 약속을 지키기 힘들지도 몰랐다. 지문이 등록되어 있지 않은 사람들은 살인 용의자로서 다시 조사를 받게 될 것이었다.

*

 잠을 깨우는 건 소음이 아니라 정적일 때도 있다. 순희는 너무 조용해서 눈을 떴다. 창고는 순희 혼자 쓰는 공간이 아니었다. 하지만 혼자인 것 같았다. 어떤 소리도 없었다. 함께 방에서 잠들었던 우환 아저씨도 보이지 않았다. 문을 열고 나가봤다. 아무도 없었다. 승합차는 그대로 있었다. 순희는 시계를 봤다. 9시가 조금 넘어 있었다. 박종대가 부탁한 시간은 오전 10시 48분이었다.

 박종대는 10시 40분에 GSH빌딩 1층의 서쪽 기둥 두 개에 계획한 대로 구멍을 내면 된다고 했다. 박종대가 예상한, 빌딩이 쓰러지는 데 걸리는 시간은 5분 정도였다. 총으로 구멍들을 내서 일단 기둥 두 개를 무너뜨리면, 동쪽에 있는 나머지 기둥 두 개로 어떻게든 당분간은 버티겠지만, 41층의 하중은 기둥이 없어진 서쪽으로 조금씩 쏠릴 것이고, 그렇게 되면 점차 동쪽 벽에 균열이 일어나기 시작할 것이며, 결국 그 벽들이 절단되면서 빌딩은 순식간에 균형을 잃고 기둥이 사라진 서쪽으로 넘어질 것이라고 했다. 순희는 그 말을 믿기로 했다.

 10시 40분까지는 여유가 있었다. 이번에는 지하철을 타지 않을 생각이었다.

순희는 창고를 떠나기 전에 화장실을 갔다. 볼일을 보는데, 비릿한 피냄새가 났다. 화장실 옆에 있는 쪽문을 봤다. 그 너머는 수술실이었다. 피냄새는 그 안에서 나는 것 같았다. 아저씨들이 저 안에 있나 보다, 순희는 생각했다. 문을 열어볼까 싶었지만, 그러지 않기로 했다.

순희가 화장실에서 멀어질 때, 쪽문이 열리며 도깨비가 나왔다. 그가 의사인 걸 순희는 오늘 분명히 알게 되었다. 그는 제대로 된 수술 복장을 하고 있었다. 옷에는 피가 흥건했다. 도깨비는 피가 묻은 장갑을 벗지도 않은 손으로 지퍼를 내리고 볼일을 봤다. 긴장이 풀리는 듯 몸이 처졌다. 그는 순희를 돌아보며 웃었다. 탄식과 함께 한마디 뱉었다. 자신의 수고를 알아달라는 듯.

"아, 오늘 빽세네."

순희는 그를 잠깐 보고, 출입문 쪽을 향해 걸었다. 순희가 어떤 생각에 문득 돌아봤을 때, 도깨비는 여전히 오줌을 누고 있었다.

순희는 창고를 나와 조용한 골목을 찾았다. 그리고 학교 운동장으로 이동했다. 그냥, 학교가 보고 싶었다.

등교가 늦은 학생들이 뛰고 있었다. 순희는 그늘 아래에 있는 의자에 앉았다.

학생들 몇이 또 뛰어간다. 오토바이 한 대가 운동장을 지나가려다가 학생주임에게 걸렸다. 주임은 호각을 불며 따라가고 오토바이는 그런 주임을 놀리는 듯 운동장을 한 바퀴 돌았다. 주임은 오토바이를 따라 운동장을 돈다. 학생들이 창밖으로 고개를 빼고 구경한다. 아이들이 웃는다. 오토바이는 주임을 뒤에 달고 한 바퀴를 더 돌고 있다. 그 모든 풍경들을 순희는 보고 있다. 순희는 여전한 것들의 일부가 되지 않았음이 쓸쓸하다.

의자에서 일어나 학교를 걸어나왔다. 문방구에 들러 충분히 크고 누런 종이봉투를 샀다. 골목으로 들어와 벽에 기대앉았다. 손가락에 침을 묻혀 종이봉투에 눈구멍 두 개를 뚫었다.

순희는 그 봉투를 얼굴에 썼다. 누런 종이봉투를 뒤집어쓴 순희는 골목에 한동안 그렇게 앉아 있었다.

*

10시 40분경 GSH빌딩 로비에 누런 종이봉투를 쓴 소년이 나타난다.

소년은 걸어 들어오거나 뛰어 들어온 게 아니라 말 그대로 나타났다. 나타날 때부터, 손을 찔러넣은 바지 주머니는 빛이 덩어리째 든 것마냥 불룩하고 밝았다. 소년은 몸에 비해 좀 커 보이는 흰색 농구화를 신고 있었다. 여기까지는 시시티브이 영상을 보고 난 후에 안 것이다.

로비에 있던 사람들이 실제로 소년을 발견한 건, 주머니 속에

든 총의 방아쇠를 당긴 채 나타난 순희가 이미 로비 서쪽 기둥에 20센티짜리 구멍을 낸 후였다. 순희는 기둥 옆에 모습을 드러내자마자 총을 꺼내 기둥을 쐈다.

순희는 이미 몹시 흥분돼 있었다. 레이저는 지름이 4미터는 족히 될 기둥에 한 번에 구멍을 냈다. 레이저는 기둥에 구멍을 내고 서쪽 외관 유리를 박살내고 사라졌다. 순희는 멈추지 않고 다시 방아쇠를 당겼다.

하지만 그때는 이미 로비에 있는 모든 사람들이 종이봉투를 쓴 순희를 발견한 뒤였다. 경비원이 가스총을 꺼내고 순희에게 다가왔다. 경비원이 손을 들라고 위협했지만, 순희는 말을 듣지 않았다. 방아쇠를 당겨놓고 경비원과 대치하며 어슬렁거리다가 5초가 지나기 전에 다시 기둥을 향해 총을 들었다. 기둥에는 두 번째 구멍이 났고, 구멍을 지나간 빛은 빌딩 외관을 그럴듯하게 둘러싼 유리벽들을 이어주는 구조물을 사라지게 했다.

유리벽이 천천히 로비를 덮쳤다. 사람들은 비명을 지르며 로비를, 빌딩을 벗어나기 시작했다. 경비원은 순희를 향해 가스총을 쐈다. 하지만 순희는 사라졌다. 그리고 경비원 바로 옆에 나타났고, 기둥에 세 번째 구멍을 냈다. 화장실을 갔던, 또 다른 경비원이 가스총을 꺼내며 순희에게 달려왔다. 하지만 순희는 두 경비원의 눈앞에서 사라졌다.

순희는 이제 서쪽 로비 깊숙한 안쪽에 있는 다음 기둥으로 이동했다. 그 기둥에 두 번째 구멍을 낼 때, 두 경비원이 함께 달려왔다. 순희는 박종대와 약속한 대로 세 번째 구멍까지 내고, 두 경비원이 동시에 가스총을 발사할 때, 빌딩을 떠났다.

순희는 창고로 돌아왔다. 종이봉투를 벗었다. 소파 주변에는 여전히 아무도 없었다. 순희는 수술실로 이어지는 화장실 쪽문을 한 번 봤다.

'아직도 저기들 있나?'

순희는 티브이를 켰다. 하지만 불과 몇 분 전에 일어난 일이 벌써 보도될 리가 없었다. 순희는 방으로 들어갔다. 낡은 컴퓨터를 켜고 에스엔에스를 뒤졌다. 빌딩 동영상들이 몇 개 있었다. 그중 하나에는 자신의 모습도 있었다. 구멍난 기둥이 제법 잘 찍힌 것도 있었다.

하지만 순희는 어쩐지 빌딩이 무너질 것 같지는 않았다. 저 정도로 빌딩이 무너질 수 있을까, 순희는 조바심이 났다. 시계를 봤다. 10시 43분이었다. 지금쯤 동쪽 벽에 균열이 일어나야 했다. 하지만 그런 건 영상으로 확인할 수 없었다.

순희는 종이봉투를 다시 썼다. 주머니에서 총을 꺼냈다. 방아쇠를 당겼다.

경비원은 회사 관리 직원에게 자신이 본 것을 설명하고 있었다.

"아, 애라니까, 애."

"봉투 써서 얼굴은 안 보였다면서요?"

"그런 봉투를 쓰고, 건들건들하고, 하는 짓이 애였다니까, 손에 무슨 장난감 같은 걸 들고, 신발도 허연 걸 커다란 걸 신고,"

그때, 그 신발을 신은 순희가 그들 옆에 다시 나타났다.

순희는 기둥에 구멍을 더 만들었다. 직원들과 경비원을 총으로 위협하고 또 순간이동으로 따돌리며 기둥의 중간 부분이 아예 사라질 때까지 구멍을 냈다. 로비 안쪽의 기둥으로 가서도 똑같이 했다.

빌딩 직원은 빌딩에 있는 모든 사람들에게 대피할 것을 알렸다. 엘리베이터와 계단에서 사람들이 쏟아져나오기 시작했다.

순희는 멈추지 않았다. 순희는 이제 동쪽 벽으로 갔다. 거기서서 기다렸다. 다가오는 경비원과 직원들을 위협하기 위해 공중으로 총을 한 번 쐈다. 높은 천장에 매달려 있던 조형물들이 바닥에 떨어지며 산산조각났다. 파편이 순희의 얼굴로도 날아왔다. 삭은 상처가 생겼다.

네 개의 기둥 중 두 개를 잃은 빌딩은 조금씩 균형이 깨지고 있었다. 드디어 동쪽 벽에 균열이 생기기 시작했다.

*

지문 채취를 마친 영진아파트 주민들은 어서 나가게 해달라고 소리를 쳤다. 죄 없는 시민을 유치장에 가두는 미친 경찰들이 어디 있느냐, 이거 합법적인 거 맞느냐, 연행되어 유치장에 갇힌 지 두 시간이 지나기 시작하자 주민들은 이제 너나할 것

없이 목소리를 높이고 있었다. 불만을 주도하는 사람이 나타났고, 주민들은 그 사람의 말에 동조하며 함께 분노했다. 불만을 주도하는 사람은, 주민들 대부분이 아는 주민센터 공무원인 박현주였다.

지문 채취는 80퍼센트 정도 진행되었다. 수십 분 안에 지문 채취는 모두 끝날 것이고, 채취한 지문들을 하나하나 조회해보기만 하면, 여기 있는 대부분의 주민들을 돌려보낼 수 있었다.

양창근은 몹시 궁금했다. 몇이나 될까, 저기 있는 주민들 중에, 예술가의 고백을 빌리면, '미래에서 온 사람들'이 몇이나 숨어 있을까. 과연, 그런 사람들이 진짜 있기나 할까? 또 그중의 몇이나 형사들의 취조에 진실을 말할까. 몇이나 현행법으로 구속할 수 있을까. 알 수 없었다.

그럼에도, 양창근은 가슴이 뛰고 손에 땀이 났다. 어찌되었든, 드디어, 뭔가를 해볼 수 있는 순간이 임박해 있었다. 진실은 이제 드러날 것이다. 아니 이미, 드러나 있었다. 지원을 요청받은 건, 그때였다.

누군가 티브이를 켰다. 그땐 이미 GSH빌딩 안의 '소년 테러범'에 대한 소식을 다투어 보도하고 있었다. 자극적인 영상이었다. 아수라장이었다.

사람들은 비명을 지르며 빌딩에서 도망치고 있고, 빌딩의 조형물들이 바닥으로 떨어지고 쓰러지고 부서졌다. 카메라가 밖에서 잡은 빌딩은 왼쪽으로 조금 기울어져 있었다. 수분 안에 빌딩이 넘어갈 수도 있다고, 불려나온 전문가는 심각하게 전했다.

테러에 대한 분석도 이어지고 있었다. 하지만 그 소년이 누군지는 아무도 몰랐다. 그저, 세상에 불만이 있는, 정신적으로 결함이 있는, 등의 설명이 더해질 뿐이었다. 소년이 든 무기는, 또다른 전문가에 의해 레이저임이 이미 밝혀졌고, 그 와중에 전문가는 현대 레이저 기술의 결정판일 수 있다는 감탄을 아끼지 않았다.

유치장의 주민들도 티브이를 함께 보았다. 이전에는 본 적이 없는, 탄성이 절로 나오는 구경거리가 그 속에 있었다. 사람들은 숨을 죽였다. 덕분에 소란이 사라졌다. 티브이 속에는 비명을 지르며 뛰어다니는 사람들, 중간 부분이 사라져 제 역할을 할 수가 없게 된 두 개의 기둥들, 바닥에 떨어진 조형물들, 유리벽들, 시멘트 덩어리들이 있었다. 모두가 사람들의 흥미를 끌었다. 하지만 소년이 등장했을 때 그 모든 흥미는 일순에 사라졌다.

누런 종이봉투를 쓴 소년은 경비원과 빌딩 직원들을 자유자재로 따돌렸다. 옆에서 사라졌다가 바로 뒤에서 나타났고, 달려오는 듯하다가 사라져서 걸음을 멈추며 나타났다. 그리고 손으로는 빛줄기를 뿜어냈다. 순희가 든 작은 총은, 티브이 화면으로는 제대로 보이지도 않았다. 유치장 안에서 멀리 떨어진 채 티브이를 봐야 하는 주민들에게는 더구나 그랬다.

빛은 총이 아니라 손에서 나오고 있었다. 소년의 손에서 뿜어져나온 칼처럼 곧고 등대보다 밝은 빛줄기는 지나가는 곳마다 구멍을 냈다. 그리고 무너지게 했다. 그 자유롭고 경쾌한 파괴가 사람들을 흥분시켰다. 한 고등학생의 입에서, 어쩌면 일부 어른들도 동의할 만한 적절한 감탄사가 흘러나왔다.

"……쩐다."

양창근과 강도영도 티브이를 보고 있었다. 다른 형사들은 이미 지원 요청에 응해 GSH빌딩 현장으로 떠나고 있었다.

로비 안에는 아직도 누런 종이봉투를 쓴 소년 테러범이 있었다. 꽤 가까이서 찍은 영상도 있었다. 크고 하얀 운동화가 보일 때도 있었다.

다른 사람은 몰라도 강도영은 알아봤다. 중고등학생들이라면 흔하게 신는 농구화였지만, 강도영에게 저 신발을 신은 사람은 한 명뿐이었다. 강도영은 피가 끓었다. 눈이 기이하게 빛났다.

강도영은 사무실에서 일어났다. 지문 조회 같은 걸 하고 있을 때가 아니었다. 당장 저놈을 잡아야 했다. 강도영은 지원을 나가는 형사들을 따라 나섰다. 양창근이 불렀지만, 강도영에겐 아무 소리도 들리지 않았다.

*

순희는 동쪽 외벽이 절단되는 걸 돕고 있었다. 동쪽 외벽에 구멍들을 내고 있다. 이미 균열이 생긴 벽들이 갈라지면서 순희 위로 떨어졌다. 순희는 순간이동으로 바닥에 떨어지는 파편들을 피했다. 하지만 어느 사람들은 그러지 못했다. 쓰러지고 다쳤다. 피가 흘렀다. 찢어지는 비명 소리가 곳곳에서 들려오기 시작했다. 빌딩은 이미 기울고 있었다. 하지만 순희는 멈추고 싶지 않았다. 아니, 멈추지 못했다. 피가 주는 긴장이 순희를 사로잡고 있다. 빌딩을 가득 메운 비명이 열아홉 순희의 귀를 막고 있었다.

균열이 일어나기 시작한 벽에서 동시에 수많은 시멘트 덩어리들이 떨어지기 시작했다. 덩어리 하나가 순희의 머리를 쳤다. 또 다른 덩어리들이 순희의 몸에 떨어졌다.

순희의 머리에서 피가 흐르고 있다. 피하는 것도 한계가 있었다. 어디서든 무언가가 떨어지고 있다. 그럼에도 순희는 이미 상처 입은 몸으로 무엇에 홀린 사람처럼 빛을 쏘아대며 그 위험 속에 머무르고 있다.

관할 경찰들이 로비로 들어온다. 경찰들은 순희를 보자마자 모두 총을 빼들었다. 실탄이 든 진짜 총이었다. 그들은 확성기를 통해 당장 그만 멈추라고 소리질렀다. 하지만 순희의 귀에는 들리지 않는다. 경찰은 경고 사격을 한다. 엄청난 총소리가 로비를 울린다. 그 소리에, 순희가 돌아본다.

잠에서 깨어난 듯 순희는 멍하다. 멍한 눈으로 멈춰 서 있다.

그때, 순희가 절단낸 벽의 일부가, 가장 큰 시멘트 덩어리가 순희를 덮친다. 거대한 벽이 그대로 무너진다.

아래에는 순희가 있다.

19

 지난날, 순희가 온몸에 피를 묻히고 쓰러져 있었던 그 교실, 순희가 다니던 실업계 고등학교의 그 교실은 수업 중이었다. 하지만 학생들은 모두 핸드폰에 미쳐 있었다. 누군가 먼저 보기 시작한 소년 테러범의 영상은 이제 칠판 앞에 선 교사를 제외하곤 대부분이 보고 있었다. 그들은 흥분하고 있었다. 빛을 뿜어내는 소년에 홀려 있었다.
 박정규도 물론 그 영상을 보고 있었다. 아이들과 다른 게 있다면, 박정규는 그 소년의 정체를 제대로 안다는 것이었다. 누런 종이봉투로 얼굴을 가렸지만, 그 신발, 그 옷, 손에 쥐고 있을 그 작은 총, 모두 순희 거였다. '니들이 열광하는 소년은 테러범이 아니라 외계인 때문에 머리가 이상해진 우리 반 친구 이순희다!'라고 박정규는 외치고 싶었다. 무엇보다도, '쟤는 나랑 제일 친한 친구다!' 이 말을 하고 싶었다. 그런 생각들로 가슴이 온통 뜨거워지고 있을 때, 순희는 무너지는 벽 아래로 사라졌다.

*

 GSH빌딩은 정확히 정서쪽으로 넘어지고 있다. 마지막까지 사람들을 쏟아냈다. 밖으로 난 모든 문들로 사람들이 나오고 있거나 매달려 있거나 떨어지고 있었다. 한동안 기울어진 채 버티던 빌딩은 밑동이 잘린 거대한 나무처럼 한 번에 그대로 쓰러졌다. 빌딩은 1층만 남겨두고 사라졌다. 미처 건물을 빠져나가지 못하고 로비에 몰려 있던 사람들은 빌딩이 사라진 하늘을 올려다봤다.

 1층을 제외한 41층 높이의 건물이 거의 온전한 형태로 옆으로 누웠을 때, 그 아래에 있던 많은 것들이 함께 무너졌다. 부산지방경찰청도 함께 사라졌다. 10시 53분이었다.

*

 양창근은 흥분한 상태였다. 이제 주민 전체의 지문 채취는 끝났고 조회가 이루어지고 있었다. 끝이 보이고 있었다. 뭔가 새로운 장이 열리고 있었다. 모니터에는 수많은 지문들이 빠르게 지나가고 있었다. 아직까지는 미등록된 지문이 발견되지 않았다. 아직까지는.

 지문은 최초로 주민등록을 할 때 일괄적으로 함께 등록된다. 관할 주민센터들은 컴퓨터에 저장된 주민들의 사진, 주민번호,

지문 등의 정보들을 관할 경찰서로 보낸다. 관할 경찰서는 그 정보들을 모두 과학수사센터로 보낸다.

결과적으로, 주민등록을 마친 모든 시민의 정보는 과학수사센터 메인서버에 보관된다. 주민센터도, 관할 경찰서도 아닌, 과학수사센터 메인서버에 시민들의 정보가 안전하게 보관되는 것이다.

지문 조회를 담당하던 경찰이 갑자기 당황한다.

"어? 왜 이러지?"

모니터 속, 지문 조회 화면이 멈춰 있다. 서버가 다운된 듯하다. 옆에서 함께 지켜보고 있던 양창근도 당황한다. 피가 마른다. 모니터를 두드려보기도 하고, 무작정 엔터 키를 눌러보기도 한다.

"왜? 왜 안 되는 건데!"

"멈췄어요. 메인서버에, 문제가 있나 본데요. 과학수사센터, 메인서버에……."

티브이에선 속보가 이어지고 있었다. 초유의 사태라 할 만했다. 앵커는 침착함을 유지하려고 애를 썼다. GSH빌딩이 넘어졌고, 우선은, 먼저, 그 아래, 부산지방경찰청이 깔렸고, 초토화됐다.

과학수사센터는 각 지방경찰청에 있었다. 부산지방경찰청은 사라졌고, 그 안에 모아둔 부산 시민들의 정보도 사라졌다.

양창근은 손에 들고 있던, 지문을 채취한 서류들을 바닥에 거

칠게 내팽개쳤다.

*

강도영이 GSH빌딩에 도착했을 때는 이미 모든 상황이 끝난 후였다.

빌딩 주변은 그야말로 지옥이었다. 42층의 빌딩은 쓰러지면서 그 높이만큼의 거리에 있는 건물들을 모두 박살냈다. 수많은 건물들이 파괴되면서 생긴 먼지들이 구름처럼 떠 있었다. 빌딩이 쓰러질 때 창문으로 뛰어내린 사람들이 바닥 이곳저곳에 쓰러져 있었다. 깨지거나 터지거나 부러진 채. 그나마 먼지구름에 가려져 잘 보이지도 않았다. 구조하기 위해 빌딩으로 가던 인력들이 그들을 밟기도 했다.

강도영은 서둘러 로비 안으로 들어갔다. 이순희를 찾아야 했다. 이순희를 잡아야 했다. 마침 경찰들과 구조대원들이 벽에 깔린 사람을 구조하기 위해 쓰러진 벽을 들어올리고 있었다. 강도영은 주변을 살피며 다가갔다. 구급대원들이 벽 아래 끼여 있던 사람을 조심히 꺼냈다. 경찰들이 들고 있던 벽을 다시 내려놓으려고 할 때, 강도영이 소리쳤다.

"잠깐만!"

강도영은 신분증을 꺼내 보이며 달려갔다. 경찰들과 구조대원들은 영문을 몰랐지만 형사의 말을 들었다. 팔이 빠질 것 같았지만 들고 있던 벽을 놓지 않았다. 강도영은 그 벽 아래를 들여다봤다.

  크고 하얀 농구화가 있었다.
  그러나 이순희는 보이지 않았다.

20

'왜 하필 바다를 떠올렸던 걸까?'

순희는 바다 위 하늘에 나타났다. 그리고 바다로 떨어졌다.

바다는 충분히 깊었다. 순희는 끊임없이 아래로, 아래로 가라앉았다. 쥐어져 있던 총이 손을 벗어났다. 순희보다 총이 먼저 더 깊은 아래로 사라진다. 아버지 생각이 난다.

순희가 초등학교를 다니던 시절이었다. 학교까지는 거리가 꽤 되었다. 순희는 아버지의 큰 자전거를 타고 학교를 오갔다. 여름날, 비가 쏟아지고 있었다. 장을 보러 갔던 아버지와 어머니는 택시를 타고 집으로 돌아가고 있었다. 집 근처에 왔을 때, 아버지는 순희를 발견했다. 한 손으로는 몸처럼 큰 우산을 들고 다른 한 손으로는 몸보다 큰 자전거의 핸들을 잡은 채 쏟아지는 빗속을 느긋하고 여유롭게 가고 있는, 어린 아들의 모습을 보았다. 아들의 발은 자전거 페달에 제대로 닿지도 않았다. 아들은 뒤뚱거리면서도 서둘지 않았다. 쏟아지는 빗속에서도 태연했다. 종인은 그 모습이 너무나도 흐뭇하고 대견해서 몇 번이고

아내에게 그 이야기를 했다.

아내는 그 이야기를 아껴두었다가 아들이 커가는 걸 느낄 때마다 들려주었다. 아들이 하루가 다르게 아버지와 멀어져갈 때마다, 어머니는 아들에게 그날에 대해서 이야기했다. '너의 아버지가 너를 그렇게 흐뭇해했다', 아버지의 마음을 대신 전했다.

순희는 어머니가 들려주던 아버지의 이야기를 떠올렸다.

그 이야기 속에는 지금과는 다른 순희가 있었다.

'초조해하지 않았던 나는 어디로 갔을까?'

아버지가 보고 싶다. 집을 떠나올 때, 왜 그의 얼굴을 보고 나오지 않았는지 후회한다. 나를 보고 흐뭇해하던 당신의 얼굴을 떠올려보려고 애쓴다. 아버지의 얼굴이 보고 싶다. 조금만 더 살 수 있다면, 그를 보고 싶다. 아버지의 얼굴을, 보다 선명하게 기억에 남기고 싶다. 눈물이 나는 것 같다. 짠맛이 느껴진다. 아버지가 보고 싶어서 우는 건가. 그렇다고 생각하니 웃긴다. 눈물이 멈추지를 않는다. 남자가 이게 뭐하는 짓인가.

순희는 그저 가라앉고 있다. 눈물 같은 건 없다. 눈을 감지도 못한 채 바닷속으로, 그 아래로 가라앉고 있다.

21

우환은 수술대에서 일어났다. 오래 잠을 잔 것 같다. 머리가 무거웠다. 수술실에는 거울이 없었다. 작은 문을 열고 나왔다. 사람들이 기다리고 있었다. 모두 그 작은 문이 열리는 걸 보고 있었다. 박종대가, 자신을 수술한 의사가, 종인을 납치했던 군인이, 모두 자신을 보고 있었다.

"완벽하지?"

의사는 만족스런 얼굴로 박종대를 봤다. 박종대 또한 흡족한 얼굴이었다. 군인은 믿기지 않는 눈치였다. 우환은 그제야 화장실에 붙어 있는 낡은 거울을 들여다봤다.

종인이 있었다.

22

 순희는 보이지 않았다. 오히려 다행이다 싶었다. 그래도 우환은 순희에 대해 물었다. 박종대는 당분간은 보지 않는 게 낫지 않겠냐고, 하지만 적당한 때에 식당으로 보내겠다, 말했다.
 돌격대가 승합차를 운전했다. 우환은 조수석에 앉아 있다. 돌격대도 우환도 말이 없다. 돌격대는 우환을 부산곰탕에 내려주고 떠났다. 우환은 식당 앞에 혼자 남겨졌다. 우환은 한동안 이방인처럼 서 있었다.
 우환은 종인의 방에서 가지고 왔던 열쇠로 문을 열었다. '여름휴가' 메모를 떼고 안으로 들어갔다. 식당 의자 하나를 빼서 앉았다. 고개를 숙이고 한동안 있었다. 저 앞에 전신거울이 있다. 바라보기가 쉽지 않았다. 우환은 한참을 더 피하다가 겨우 고개를 들었다.
 자신을 바라봤다. 얼굴을 만져봤다. 수술의 흔적은 전혀 없었다. 자국 하나 없다. 우환은, 그대로 종인이었다.
 식당 문이 열렸다.

"사장님? 오늘 장사 안 하시나?"

"아, 합니다, 해야죠."

우환은 혼자서 손님들을 맞았다. 손이 모자랐다. 티브이를 볼 정신도, 손님들의 이야기에 귀를 기울일 정신도 없었다. 언제나 그렇듯 손님들 중 반이 단골들이었다. 그들 중 몇은 집 나간 아들내미를 걱정해주고, 도망간 사촌동생을 흉봤다.

우환은 9시에 식당 문을 닫았다. 남은 설거지를 했다. 뼈와 살로 육수와 수육을 만들었다. 파는 미리 썰어두지 않았다. 깍두기의 남은 양을 확인했다. 12시가 되어 하루 일을 끝냈다. 우환은 안방으로 들어가지 않고 홀에 앉았다. 종인이 하던 일을 이어서 했다.

순희를 기다렸다.

23

 박종대는 아침 일찍부터 김주한에게 전화를 하고 싶었다. 하지만 서두는 모습은 보이고 싶지 않았다. 박종대는 오후가 되어서 김주한에게 전화를 했다. 약속을 지켰으니 요구할 게 있었다. 물론, 딴소리를 할 수도 있다. 하지만 상관없었다. 어차피 한 번만 더 만나면 되었다. 빌딩이 무너지긴 했다. 한 번 만날 만한 사건은 된다. 김주한은 사무실에서 만났으면 했다. 하지만 박종대는 밖으로 불러냈다.

 항구 근처 카페 앞에 승합차가 세워져 있다. 운전석에 앉은 사람은 보이지 않지만 시동은 켜져 있다. 카페 안에는 박종대와 김주한이 만나고 있다. 손님은 그 둘뿐이었다.

 박종대는 구경 잘하셨냐고, 먼저 입을 열었다.

 "그 애는 누구야? 대단하던데. 복덕방 직원인가?"

 김주한은 소리 내 웃었다. 본인의 유머에 만족하는 듯했다. 박종대는 굳이 대답하지 않았다. 직원이라면 직원이었다.

 순희는 어제 이후로 아직 모습을 보이지 않고 있다. 죽었는지 살았는지조차 알 수가 없었다. 대부분의 뉴스에서는 죽음을 점치고 있었다. 웃을 만한 상황이 못 되었다.

"아, 대단하던데. 구멍이 뻥뻥 나고, 막 보였다 안 보였다 하고. 그건 무슨 총이야? 어떻게 한 거야? 레이저 총 맞아? 아주 이슈야 이슈. 대단해. 이렇게 이슈가 될 줄 미리 알았으면, 우리가 좀 활용했어야 하는 건데 말야."

김주한은 말을 끊었다. 분위기를 바꾸고 다시 이었다.

"근데 말이야. 48분이라고 했었잖아? 53분이던데. 뭐 미래를 다 알 것처럼 그러더니. 5분이나 차이 나면 어떡해. 5분이 50분이 되고 5년이 되고, 그러다보면 내가 대통령 되는 것도 10년이 아니라 15년 뒤가 되고, 그런 거 아냐? 그렇게 대충이면 어떻게 같이 일을 해, 안 그래? 게다가, 건물이 무너진다고 했지, 이렇게 쓰러뜨린다고 하진 않았잖아? 이건 누가 봐도, 범죄잖아. 테러야. 난리가 났어. 내가 어떻게 니들 같은 애들이랑 어울리냐? 그쪽 말마따나 내가 10년 뒤에 대통령이라도 된다면, 오늘 이런 자리 자체를 가지면 안 된다고. 그쪽도 힘이 있다, 뭐 이런 걸 좀 보여주고 싶었나 본데, 나는 힘만 센 애들 별로야. 어쨌든, 좋은 구경 했으니까. 내가 그쪽 경찰서에서 빼준 건, 그 빚은 갚은 걸로 할게. 이제 됐어."

김주한은 자리에서 일어나려고 했다. 박종대가 테이블 위에 뭔가를 올려놨다. 레이저 총이었다. 김주한은 놀란 눈으로 총을 본다.

순간, 총을 집으려고 한다. 하지만 박종대가 총을 먼저 쥐었다. 그리고 방아쇠를 당겨 김주한을 겨눴다. '다섯, 넷, 셋' 박종대는 소리를 내어 카운트다운을 한다. 그리고 '하나'가 되었을 때 총구를 약간 틀었다. 총구에서 나온 레이저는 김주이 앉아 있는 소파의 한쪽 끝을 사라지게 했다. 가게 벽에 구멍을 내고 바다로 향했다. 빛은 바다 위로 한참을 뻗어나가다 흩어졌다.

김주한은 자리에 다시 앉았다. 박종대가 말을 했다.

"그쪽은 정말 대통령이 됩니다. 정확히 10년 뒤에. 하지만 대통령이 되는 건 당신이 아니기도 하지……. 아직은 너무 작지만, 내게도 나라, 라고 부를 만한 것이 생길 겁니다."

"……?"

"누군가는 미리 준비를 해야 합니다. 지금은 또 이렇게 한고비 넘겼지만, 사람들이 더 늘어나면, 매번 이렇게 할 수는 없을 겁니다. 그럴 때 누군가가 이미 이곳에서 힘을 가지고 있어서, 몇 가지들 눈감아주는 게 아무것도 아니라면, 수백 명, 수천 명 섞여서, 어울려 사는 것 정도 눈감아 줄 수 있다면, 좋지 않을까 생각했습니다. 어차피 시간이 흐를수록 참담해집니다. 미래에는 희망 같은 게 없어요. 미래에는 보다 일부분이, 그들만이 부를 누립니다. 절대 다수는, 산다는 게 보잘것없죠. 값이 나가는 건 목숨밖에 없습니다. 그 목숨을 걸고 사람들이 오는데, 여기서는 좀더 행복해야 하지 않겠습니까. 목숨을 걸고라도 살아야 하는 사람들에게도, 나라가 있어야 하지 않겠습니까."

김주한은 아무것도 알아들을 수가 없었다. 다만, 이야기를 듣는 사이 옆으로 덩치 좋은 남자가 다가와 있었다. 박종대의 총구가 까닥거리는 대로 김주한은 자리에서 일어났다. 옆에 선 남자가 안내했다. 카페를 나오니 승합차가 있었다. 김주한은 그 차에 올랐다.

*

유치장에 있는 영진아파트 주민들은 어제 오후가 되기 전에 모두 풀려났다. GSH빌딩이 쓰러지고 한 시간이 지나지 않아서였다. 점심은 나가서 먹게 될 거라는 약속을, 지킨 셈이기도 했다.

경찰청이 빌딩에 눌려 쓰러지면서, 안에 있던 과학수사센터에서 관리하고 있던, 기실, 보호하고 있던 모든 정보들이 사라졌다. 범죄자 정보도 마찬가지였다. 하지만 그들은 구치소에 있으니 문제가 덜했다. 아직 잡지 못한 범죄자들은 어차피 일선 형사들 몫이었다. 과속을 했지만 위반통보를 아직 못 받은 사람들은 계를 탄 거나 마찬가지였다.

문제는 일반 시민들이었다. 지극히 평범한 일반 시민들에게 불편을 끼치게 되었다. 모든 주민센터들은, 일제히 주민등록을 다시 해야 함을 주민들에게 알기 쉽게 이해시키려고 노력했다.

주민등록을 다시 해야 하는 건 알겠는데, 그 대상자가 애매했다. 국민이 맞는지, 시민은 맞는지, 그러니까 주민이 맞는 건지 확인할 방법을, 기준을 세워야 했다. 관할 주민센터에 있는 정보들을 적극 활용해야 했다. 다른 방법이 딱히 있지도 않았다. 언제나처럼 정확보다는 신속이 우선이었다.

전입신고서라는 게 있었다. 이사를 왔을 경우 관할 주민센터에 가서 작성하게 되어 있는 문서였다. 여전히 그건 문서로 먼저 작성하게 되어 있었다. 그걸로 일단 관할 구역에 살고 있는 주민들을 파악할 수 있었다.

되도록이면 세대주 단위로 신고를 해줄 것을 권했다. 어떤 주민센터 직원은, '제가 보면 다 아는데요 뭘'이라는 말도 했으니, 주민에 대한 사랑이 새삼 놀라왔다.

주민센터 직원들이 집집마다 찾아다니면서, 주민센터로 나오셔서 처음 주민등록증을 만들 때처럼 사진을 찍고 지문을 찍고 하셔야 된다고 홍보했다. 그중 어떤 주민들은 그러지 않아도 사진이 마음에 안 들었다며 좋아하기도 했다. 하지만, 지문을 찍을 때는 다들 번거로워했다.

관할 주민센터들마다 사람들로 미어터졌다. 주민센터 밖으로 줄이 끊이질 않았다. 회사들은 사원들의 주민등록을 위해 반차를 내주기도 했다. 경찰들과 군인들이 나와 위험할 것도 없는 '주민등록 중'인 시민들의 안전을 도왔다.

멀쩡하던 빌딩이 무너져 죽은 사람이 백여 명에 이르렀는데, 소년 테러범은 어쨌든 유명인이 되었고, 모처럼 민과 관과 군과

경이 하나가 되어 큰 위기를 헤쳐나가고 있으므로, 사람 좀 죽은 건 안타깝지만 희생자들 또한 우리가 슬퍼만 하고 있길 바라지 않을 것임이 분명했기에, 오히려 희생자들을 위해서라도 이를 좋은 경험으로 삼고 얼른 잊어버리자, 나라는 권했다. 부실 공사로 무너진 게 아니라 테러다, 국가가 관리를 잘못한 게 아니라 테러로 인한 위기다, 위기니까 하루빨리 없던 힘도 합쳐 극복해야 한다, 나라는 강조했다.

*

영진아파트 주민들은 연이어 불편을 겪고 있었다. 어제는 새벽부터 경찰서에 잡혀가지를 않나, 오늘은 주민센터에 나와 주민등록증을 새로 만들어야지를 않나.

402호 입주자인 박현주는 주민센터 직원답게 모범을 보였다. 가장 먼저 주민등록을 했다. 물론 지문도 찍었다. 박현주의 사진과 지문들이 새롭게 등록되었다. 어쩌면, 처음 등록된 건지도 몰랐다.

박현주는 최대한 신속하게 주민등록 업무를 처리하면서 몇몇 아파트 주민들과는 보다 뜻깊은 인사를 나누었다. 눈물을 보이는 사람들도 있었다. 그럴 땐 박현주도 덩달아 울컥했다. 이런 날이 정말 오다니, 박현주는 최근에 자신이 얼마나 멍청했었는지 떠올렸다. 자신이 박종대를 얼마나 과소평가했는지 기억해냈다.

 박현주는 자신이 없었다. 예술가의 마음을 미리 알았다. 그와 비슷한 마음이었다. 자신도 이곳에 숨어들어 사는 게 점점 힘들어졌다. 박종대의 말들은 점점 허황되게 들렸다. 그리고 양창근이라는 그 형사가 좋았다.

 몇 번 만나지 않았지만, 그가 믿을 수 있는 사람이라는 게 좋았다. 그의 직업이, 확실한 신분이 좋았는지도 모른다. 이곳에 사는 그들은 모두 남의 얼굴을 쓰고 있었다. 박현주는 그렇지 않은 양창근이 좋았다.

 어쩌면 양창근을 통해 박종대에게서 벗어날 수 있다고 생각했는지도 모른다. 하지만 박현주의 동거인이 젖어 있는 벽에 대해, 403호에 대해 궁금해했다는 이유로 죽임을 당하던 날, 새삼 깨달았다. 박종대는 그런 인간이다. 죽지 않고는, 죽이지 않고는 박종대에게서 벗어날 수 없다. 어떻게든 살려고 버텨왔던 게 아닌가, 박현주는 마음을 다잡아야 했다.

 주민센터는 영진아파트 주민들로 가득 차 있다. 그들 중에는 미래에서 온 사람들이 섞여 있을지도 모른다.

 하지만 이제는 가려낼 방법이 없게 됐다. 이제는 구분할 방법이 없었다. 그들은 이곳 사람의 얼굴로 사진을 찍고, 자신의 고유한 지문을 찍었다. 몇몇은 친절한 주민센터 직원인 박현주가 '동거인'으로 전입신고를 해준 덕에 얼굴을 바꿔야 하는 번거로움 없이 이곳 주민이 되었다. 그렇게 그들은 새로운 신분을 만들었다.

그들 중에는 예술가처럼 이미 인생이 겹치기 시작한 사람도, 아주 일부지만 있었다. 몇은 갓 태어난 아기고, 몇은 어린아이들이었다. 하지만 그 아이들이 주민등록을 해야 하는 만 17세가 되었을 때는, 미래에서 온 이들에게도 나라가 생길지도 몰랐다.

*

부산곰탕에도 이른 아침 관할 주민센터 직원이 찾아왔다.
"사장님 마침 계셨네?"
직원이 우환을 보고 알은척을 했다. 우환도 알은척 웃었다. 번거로우시겠지만 주민등록을 다시 하셔야 한다고 직원은 말했다. 우환은 무슨 소리냐 물었다.
"어제 빌딩 넘어진 거 때문에요."
"빌딩이 벌써 넘어졌어요?"
우환은 자신도 모르게 그렇게 물어버렸다. 빌딩이 넘어진다는 건 알고 있었다. 하지만, 어제인지는 몰랐다.
그래서 어제 순희가 보이지 않았나? 한데 순희는 왜 아직도 안 보이지? 순희는, 괜찮은 건가? 그럼 내가 수술을 받는 동안 그랬나? 박종대는 일부러 수술 시간을 그때로 잡았나? 그랬나? 궁금한 게 많아졌다.

그런 우환을 주민센터 직원이 의아하게 보고 있다. 우환은 직원에게 급히 둘러댔다. 넘어지는 건 못 봤다고. 바빴다고. 넘어질 줄은 몰랐다고.

직원은 고개를 끄덕이고, 말을 이었다. 부산뿐 아니라 나라 전체가 그것 때문에 난린데 얼마나 바쁘셨으면 넘어지는 걸 못 보셨냐고, 직원은 이제 신기해한다.

GSH빌딩이 어제 무슨 각목 부러지듯이 딱 부러져서 옆으로 눕는 바람에 빌딩 바로 옆에 있던 경찰청이 납작하게 깔렸고, 경찰청 컴퓨터에 있는 주민등록 정보가 다 사라졌다고 했다. 그리고 지금 그 빌딩을 무너뜨린 소년 테러범은 아주 연예인이 다 되었다고 했다. 주민센터 직원은 자신도 팬인 양, 즐거운 이야기를 들려주느라 신이 나 있었다. 우환은 그 신나는 이야기를 끝까지 들었다. 그리고 천천히 물었다.

"그래서 그 테러범은 어떻게 됐어요?"

맘에 들지 않는 엔딩을 들려주듯, 주민센터 직원이 답했다.

"무너지는 벽에 깔렸어요."

"⋯⋯!"

"시체를 못 찾았을 뿐이지, 죽었을 거라고 하더라구요. 테러범이 신고 있던 운동화가 발견됐고 깔리는 걸 본 사람도 많고, 이미 깔리기 전에도 부상이 심했다고 하고, 여튼, 저도 좀 챙겨서 봤는데, 죽은 거 같아요. 살기도 힘들죠 뭐. 그 큰 벽에 깔렸는데. 아직 구조 작업 하고 있으니까, 시신도 곧 나오겠죠."

우환은 놀란 마음을 드러내지 않으려고 애썼다. 우환은 시간이 나는 대로 주민센터로 가서 주민등록을 꼭 하겠다고 했다. 주민센터 직원은 오늘이라도 오시라는 말을 남기고 떠났다. 우환은 주민센터 직원을 보내고, 문을 닫았다. 아무 곳이나 앉았다. 서 있기 힘들었다.

순희는 죽었을지도 모른다. 아니, 죽었다. 시체를 찾지 못했을 뿐이다. 그렇다고 했다. 죽었다고 했다.

우환은 불쑥 일어나 티브이를 켰다. 여전히 빌딩 테러에 대한 뉴스들로 가득했다.

문이 열렸다. 손님이 들어왔다. 우환은 주방으로 갔다. 곰탕을 퍼서 나르고, 계산했다. 치우고 다시 퍼서 나르고 계산했다. 그 와중에 티브이를 봤다. 종일 장사를 했다. 정신없이 바빴다. 하지만 자꾸 티브이를 봤다.

실수가 많았다. 특을 주문한 손님들은 많았지만 아무도 특을 먹지 못했다. 혼자 온 손님들이 많았지만 두 그릇씩 내오기도 했다. 셋 이상 함께 온 손님들은 한 번에 같이 식사하지 못했다. 계산이 맞는 경우도 드물었다. 손님들 몇은 우환에게 언성을 높이기도 했다. 하지만 단골들은 의아해했다. 곰탕을 만드는 것 말고는, 곰탕을 파는 것 말고는 관심이 없던 이종인 사장이 저렇게 티브이를 열심히 보는 모습은 처음이었다. 저렇게 혼이 나가 있는 모습이 낯설었다.

사장은 그 작은 화면 속의 무너진 빌딩에 모든 걸 빼앗겨 있었다. 그 빌딩의 잔해들 속에서 누군가를 찾고 있는 건 아닌가, 사려 깊은 단골들은 그렇게 추측해볼 만했다. 어쩌면 저 빌딩에 이 집 아들이 있었나 보다, 라고.

우환은 9시에 식당 문을 닫았다.

티브이는 여전히 틀어져 있다. 테러에 대한 뉴스도 여전하다. 하지만 순희가 살아 있다는 소식은 없다.

우환이 종인을 찾아와 열심히 살겠다고 한 이유는 순희와 함께하기 위해서였다. 떠나겠다고 마음먹은 자신을, 죽어도 상관없다 생각했던 자신을 다시 이곳에 머물게 했던 것도 순희였다. 종인이 자신이 죽는다는 걸 알면서도, 마지막으로 걱정하고 또 부탁했던 것도 순희였다.

그런 순희가 죽은 것이다.

박종대는 교묘하게도 같은 날, 두 가지 일을 벌였다. 우환을 수술하게 하고, 순희에게는 빌딩을 무너뜨리게 했다. 그래서 결국은 우환을 없앴고, 순희를 죽게 했다. 순희가 죽었다. 우환의 아버지였다. 이제는 아들이기도 했다.

우환은 문득 고개를 든다. 거울 속에 종인이 있다. 종인은 우환을 노려보고 있다. 화가 나 있다. 종인은 자리에서 일어난다. 주방으로 갔다. 눈에 보이는 가장 큰 칼을 집어들었다.

식당을 나와 택시를 탔다. 항구 근처로 가자고 했다. 우환은 기억나는 가장 가까운 곳에서 내렸다. 걸어서 창고를 찾았다.

공터에 눈에 익은 승합차가 보인다. 소파에는 아무도 없다.

어디에 있을지 알 것 같다. 우환은 화장실 옆 쪽문을 열었다. 거기 모두 있었다.

*

바닥에는 좋아 보이는 양복을 입은 누군가가 배가 열린 채, 그리고 얼굴 피부가 말끔하게 벗겨진 채 죽어 있다. 수술대에도 한 사람이 누워 있다. 도깨비는 그 사람에게 집중하고 있다. 돌격대는 도깨비의 솜씨에 감탄하고 있다.

수술을 구경하고 서 있던 돌격대가 먼저 우환을 봤다. 반가운 척을 했다. 우환은 다가가 돌격대의 턱 밑에 들고 있던 칼을 집어넣었다. 전혀 예상하지 못한 갑작스러운 공격에 돌격대는 그대로 쓰러졌다. 수술에 집중하고 있던 도깨비는 쿵 하고 큰 덩치가 쓰러지는 소리를 듣고서야 돌아봤다. 그리고 돌격대와 같은 위치에 칼을 맞았다. 도깨비는 주저앉았다. 목에서 솟아나는 피를 도깨비는 만져서 보고 또 만져서 봤다.

도깨비가 쓰러지자 수술대 위에 있는 사람이 눈에 들어왔다. 수술대 한쪽에 벗겨진 얼굴 피부가 있다. 박종대의 얼굴이었다. 벗겨낸 얼굴을 반 이상 씌웠지만 아직 마무리가 되어 있지 않았다. 의사가 죽었으니 난감했다. 박종대는 김주한이 되어가는 중이었다.

우환은 수술대 위에 누워 있는 박종대의 몸을 봤다. 손목에 시계가 보였다. 눈에 익은 시계다. 우환도 시간 여행을 떠나기 전에 여행사로부터 받았었다.

우환은 박종대의 손목에서 시계를 풀어 자신의 주머니에 넣었다. 그러고도 우환은 잠든 박종대를 한동안 더 쳐다보았다. 칼을 든 손에 힘이 들어갔다 말았다 했다. 우환은 이 수술의 과정을 잘 알고 있었다. 마취에서 깨려면 시간이 필요했다. 우환은 박종대를 내버려두고 나왔다. 박종대는 마취에서 깨자마자 알아서 수술실에서 나올 터였다. 수술실에는 거울이 없었다.

우환은 수술실을 나오며 화장실에 붙은 낡은 거울을 슬쩍 봤다. 칼을 들고 피를 묻힌 종인이 있었다. 아직도 화가 풀리지 않은 건지, 종인은 우환이 보는 것도 모르는 듯했다.

우환은 소파에 앉았다. 박종대가 깨어나길 기다렸다. 깨어나 자신의 얼굴을 확인하길 기다렸다. 절망하는 모습을 보고 싶었다.

*

박종대는 눈을 뜨자마자 얼굴부터 만져보았다.

첫 수술은 다른 의사였다. 수술 자국이 남고 흉터까지 생겼다. 흉터 부위는 이상하게 자주 가려웠다. 하지만 이번엔 도깨비였다. 예술가부터 이우환까지 도깨비의 수술은 완벽했다.

박종대는 말끔한 얼굴을 기대하며 얼굴의 부분 부분을 만졌다. 그러나 매끄럽지 못했다. 뭔가 이상했다. 불안했다. 수술대에서 일어났다. 어서 자신의 얼굴을 보고 싶었다. 어서 김주한이 된 자신을 확인해야 했다. 하지만 수술실에는 거울이 없다. 마음이 급했다.

한데, 눈에 띄는 것이 너무 많다. 시체들이었다. 시체는 하나여야 했다. 김주한의 시체 하나뿐이어야 했다. 그러나 셋이나 됐다. 도깨비와 돌격대가 죽어 있었다. 군인은 다시 구하면 되었다. 하지만 유능한 의사는 구하는 게 쉽지 않다.

뭐 어쨌든, 죽은 사람은 죽은 사람이다. 도깨비가 수술을 잘 끝내고 죽었길 박종대는 바랐다. 김주한이 되면, 박종대에게 더는 새로운 신분이 필요 없었다. 김주한의 얼굴로 내일 주민센터로 가서 주민등록만 끝내면 박종대에게 더는 수술 같은 게 필요 없었다. 그러니 이젠 도깨비가 죽어도 상관없다.

박종대는 쪽문을 열고 수술실 밖으로 나갔다. 서둘러 화장실에 있는 낡은 거울에 자신의 모습을 비춰봤다.

박종대는 비명을 질렀다. 거울 속에는 주름들로 일그러진 추한 얼굴이 있었다. 반은 김주한의 얼굴로 온전했지만, 수술을 마치지 못한 나머지 얼굴 반은, 피부들이 자리를 잡지 못하고 아무렇게나 밀고 당겨진 채 굳어 있었다. 흉측했다. 어서 도깨비를 깨워야 했다. 숨이 붙어 있는지 확인해야 했다.

박종대는 다시 쪽문을 열고 들어가려고 했다. 그때, 인기척을 느꼈다. 고개를 돌리는 순간 박종대는 날카로운 것이 자신의 얼굴 위를 지나가는 것을 느꼈다. 아프다기보단 뜨거웠다. 칼은 박종대의 머리 뒤쪽에서 시작해 돌아보는 방향을 따라 얼굴까지 베었다.

박종대는 봤다. 이종인이었다. 이우환이었다.

큰 칼을 든 사람은 화가 나 있다. 박종대는 이우환이, 아니 이종인이, 아니 이우환이 왜 저렇게 큰 칼을 들고 이곳에 있는지, 왜 자신을 공격하는지 알 수가 없다. 하지만 말을 걸 수도 없다. 이우환은 자신을 죽이려 하고 있었다.

박종대는 우환을 밀치고 공터 쪽으로 달렸다. 우환이 쫓았다. 박종대는 주머니 속에서 총을 꺼냈다. 방아쇠를 당겼다. 공터에 있는 승합차에 오르면서 우환을 향해 총을 겨눴다. 빛이 쏟아졌다. 우환은 간신히 피했다. 박종대는 승합차를 타고 창고를 벗어나면서 한 번 더 총을 쐈다. 하지만 이번에도 우환을 맞히진 못했다.

24

밤이 되면 잠은 오지 않고 파도 소리가 들린다. 우환은 그 소리를 듣는다. 소리가 오는 쪽을 보기도 한다. 하지만 아무래도 피냄새가 난다. 우환은 소파에서 일어나 화장실 쪽으로 걸었다. 거울을 봤다. 얼굴과 몸 모두 피다. 피냄새가 수술실에서 풍겨 나오는 건지 자신의 몸에서 비롯되는 건지 판단하기 힘들다.

종인이 어떻게 죽었고, 어디에 버려졌는지 몰랐다. 우환이 수술대 위에서 눈을 떴을 때는 이미 주변에 아무도 없었다. 수술대에는 자신이 누워 있어야 했으니 종인은 다른 곳에 누워 있겠거니 했다. 하지만 그런 게 아니라는 걸 이제 안다.

박종대가 일그러진 얼굴을 하고 창고를 떠난 후 우환은 다시 티브이를 켰다. GSH빌딩 붕괴 사고를 다루는 모든 프로를 또 봤다. 그 프로 안에서 보여주는 영상들을 살폈다. 또 한 번 순희를 찾았다. 순희가 무너지는 벽 아래에 깔리는 모습이 제법 보이는 영상들도 있었다. 하지만 그 벽을 들어 깔린 사람들을 구조하는 장면 속에는 순희가 없었다. 보도 내용 어디에도 순희의 죽음에 대한 건 없었다.

아니다. 확실히 말하고 있지 않을 뿐, 모든 보도는 순희가 죽었다고 말하고 있다. 이미 떨어지는 시멘트 덩어리들에 큰 상처를 입은 상태니 살아 있기는 힘들 거라는 보도가 절대적이었다. 과연 그랬다. 영상 속의 순희는 몸 군데군데가 붉었다. 얼굴에도 피가 있었다. 이미 큰 상처를 입었다. 구조는 아직도 계속되고 있었다. 하지만 구조라기보다는 시체를 수습하는 과정이었다.

우환은 이곳에 왔을 때처럼 칼을 손에 든 채, 창고를 나왔다. 파도 소리가 들려오는 쪽으로 걸었다. 밤의 바다가 나타났다. 우환은 바다로 들어갔다. 걸었다. 발이 더 이상 닿지 않게 되었다. 헤엄을 쳤다. 우환은 좀더 깊은 곳으로 갔다. 칼을 놓았다. 칼은 가라앉았다. 몸을 씻었다. 얼굴을 씻었다. 한동안 멈추어 있었다.

바다로 향하기에는 바다는 너무 넓고 어둡다. 함부로 향할 맘이 생기지 않을 만큼 어둠은 확고하고 무한하다. 다시 헤엄을 쳤다. 우환은 빛을 향해, 도리 없이 다시 도시를 향해 헤엄쳤다.

25

 승합차가 논두렁에 처박혀 있다. 술에 취한 사람들이 종종 저랬다. 농부는 아침 일찍 일을 나오던 길이었다. 일을 마치고 들어가던 어제저녁에는 본 적 없는 승합차였다. 이런 동네에서 낯선 것은 금방 눈에 띄었다.

 농부는 다가갔다. 차 안에는 사람이 있었다. 운전대에 머리를 박고 있었나. 죽은 것 같았다. 운전대에도 사람의 머리에도 피가 흐르고 있었다. 농부는 논으로 내려갔다. 운전석으로 좀더 가까이 다가가 봤다. 남자였다.

 농부는 남자의 얼굴을 들여다본다. 흠칫, 놀란다. 남자의 얼굴은 흉측했다. 머리에서 내려온 피가 얼굴 위로 흐르고 있고, 얼굴은 부자연스러운 주름들로 일그러져 있었다. 머리 뒤쪽에서 얼굴까지 길고 깊은 상처도 있었다. 아물지 않은 상처였다. 농부는 깨진 차창으로 팔을 넣어 남자를 흔들어보았다. 남자는 반응이 없다. 농부는 한 번 더 세게 흔들어보고, 자리를 떠났다.

 농부가 이장과 함께 다시 왔을 때, 남자는 차에서 나와 논두렁에 앉아 있었다.

"여기가 어딥니까?"

다가간 농부와 이장에게 남자는 물었다. 이장도 남자의 얼굴을 보고 인상을 찌푸렸다. 되물었다.

"어디서 오는 길이요?"

"술 자셨소?"

농부도 물었다. 그 후로도 이장과 농부는 번갈아가며 많은 질문을 했다. 남자는 어느 것에도 대답하지 못했다. 부러 그러는 것 같지는 않았다. 남자는 정말 아무것도 모르는 것 같았다.

그러지 않고서야, 저 얼굴을 하고 저렇게 태평스럽게 논두렁에 앉아 있지는 않을 거다, 이장과 농부는 그렇게 해석했다. 부산에서 한 시간 거리에 있는 농촌이었다.

26

 양창근은 정시 출근을 했다. 사무실은 한산했다. 다들 지원을 나갔다고 했다. 양창근은 직원용 휴게실로 갔다. 경찰이 팔목을 잃었던 자리에 가서 앉았다. 구멍은 이제 막혀 있었다. 티브이에서는 주민등록이 이루어지고 있는 현장이 보도되고 있었다. 주민센터들마다 새롭게 주민등록을 하려는 시민들로 장사진을 이루고 있있다.

 양창근은 티브이를 본다. 늘어선 사람들을 본다. 늘 보던 부산 사람들을 양창근은 보고 있다. 마침, 동료 형사가 들어와 옆에 앉는다. '뭘 이렇게 재미없는 걸 보고 있어?' 리모컨을 들어 채널을 돌리려고 한다. 양창근이 그런 동료 형사를 말린다.

 "그냥 둬. 재밌어."

 양창근은 오전 내내 직원용 휴게실에서 티브이를 봤다. 오후에는 지원을 나갔다. 지원을 나가서도 사람들을 구경했다. 종일, 보고 있었다.

*

 강도영은 자신의 책상 위에 올려져 있던 하얀 농구화 한 짝을 책상 아래로 내려놨다. 신발을 벗었다. 발냄새가 훅 하고 올라왔다. 냄새나는 그 발을 하얀 농구화에 집어넣었다. 신발은 강도영의 발에 딱 맞았다.
 강도영은 발이 참 컸다. 강도영은 이순희의 발이 자기만큼이나 컸다는 사실을 알게 되었다. 강도영은 이순희의 신발을 신고 탁탁탁 발을 굴러보았다.

*

 부장검사는 납득하지 못했다. 도축업자이자 예술가로 불리는 '우호석'이 실은 '최영도'라는 것도, 50대 중반이지만 2009년 3월 23일생으로 미래에서 왔으며, 동래구 사직동 143-36에 사는 열한 살 된 사내아이 최영도와 동일 인물이라는 사실을 받아들이지 않았다.
 믿기 어려운 이야기이긴 했다. 강도영은 담당 검사와 함께 부장검사를 설득하려고 애썼다. 그럴수록 담당 검사는 부장검사에게 질책을 당했다. 어떻게 저 따위 말을 믿고 아무 죄도 없는 영진아파트 주민 전체를 체포하고 집집을 수색했느냐. 주된 내용은 그거였다. 게다가 부장의 결재도 없이 담당 검사가 독단적으로 한 행동이었다. 징계감이 되고도 남았다. 심지어 영진아파트 주민들을 경찰서에 가둬두고 지문 채취를 해서 거둬들인 성과는 아무것도 없었다. 누군가 검찰을 상대로 소송을 걸어도 될 문제였다.

"지금 문제는, 우호석이 지문이 등록 안 되어 있다는 거, 그것뿐이잖아? 그 문제 하나 납득하자고 그 허황된 이야기를 전부 믿으란 말이야? 티브이에서 뉴스는 안 하고 쇼를 하니까 니들도 쇼하냐? 우호석이 지문이 등록 안 되어 있으면, 주민센터 보내서 지문 등록해! 지금 부산 사람 전체가 그 짓을 하고 있잖아!"

최영도라고 스스로를 밝혔던 우호석은 여느 주민들처럼 관할 주민센터로 가서 새로이 주민등록을 했다. 담당자는 박현주였다. 주민등록을 끝마치고 우호석은 지문 조회를 다시 했다. 우호석은 우호식과 정확히 일치했다.

우호석은 시체훼손죄로 7년 징역을 구형받았다. 예술가는 법정에 앉아 있을 때도 놀이터에 있을 때처럼 쓸쓸한 얼굴이었다. 법정에는 담당 형사인 양창근도 함께 있었다. 우호석의 형이 집행되는 것을 끝으로 사건은 종결되었다. 미결이었지만 종결이었다.

경찰은 실업계 고등학교 교실 바닥에 쓰러져 있었던 남자의 살인범으로 경찰서에 나타났던 10대 소년을 지목했고, 그 소년은 바다가 내려다보이는 절벽에서 죽었으며, 그 소년을 죽인 살인범은 GSH빌딩 테러범과 동일 인물로 판단했다. 경찰서에 구멍을 낸 것도 물론 그 소년 테러범이라고 했다.

 소년 테러범은 이순희일 수도 있었다. 하지만, 이순희에게 지나치게 관심이 많은 담당 형사의 확신만을 믿고, '그 흰 농구화는 이순희 것이므로 테러범은 이순희다'라고 말할 수는 없었기에, 소년 테러범의 정체는 공식적으로 밝히지 않았다. 다만 살아 있다는 게 가능하지 않으므로 죽은 것으로 추정했다. 테러범이 사용한 무기에 대해서는 아직 조사 중에 있으며, 그는 순간이동을 한 것이 아니라, 치밀하게 동선을 미리 확보한 것으로 보이며, 공범이 있을 소지가 다분하므로 수사를 확대하고 있다고, 끝으로 열두 구의 시체는 우선 한국인은 아님이 밝혀졌는데, 아시아인임은 분명하므로 범아시아적으로 재조사를 실시할 것이며, 인접한 일본, 중국에는 이미 협조를 요청했다고, 경찰은 공식 발표했다.

 하지만 그건 공식 발표일 뿐, 양창근과 강도영이 재조사를 해야 할 건 없었다. 강도영은 물론이고 양창근 또한 소년 테러범이 이순희라고 확신하고 있었다. 사무실에 앉아 있는 시간이 많아졌다. 두 사람이 나란히 앉아 있는 시간도 많아졌다. 그럼에도 대화가 많진 않았다.

*

 탁성진은 별다른 목적 없이 부검실을 찾아온 강도영과 양창근에게 지난 일을 털어놓았다. 증거물이었던 칩이 하나 사라졌음을. 비가 쏟아지던 날, 팔과 몸이 따로 옮겨진 소년의 머릿속에서도 나왔던 그 칩이 순간이동을 가능하게 하는 게 맞는다면, 순간이동을 할 수 있는 사람은 한 명이 더 있다는 사실을, 자신이 그 수술 현장에 있었음을 털어놓았다.

양창근과 강도영은 탁성진의 이야기를 모두 듣고, 순간이동이 가능해진 또 다른 그 한 명이 이순희임을 다시 확인했다. 동선 같은 건 없었다. 시시티브이 영상에 조작도 없었다. 순희는 눈에 보이는 그대로 나타났다 사라지기를 자유롭게 했다.

어쩌면 벽에 깔려 죽기 전에 사라진 건지도 몰랐다. 그래서 벽 아래에 흰 농구화 한 짝만이 남아 있는 건지도 모른다. 그래서 지금껏 이순희의 시체가 발견되지 않은 것인지도 모른다.

양창근은 여전히 의아한 것이 있었다. 사라질 때 이순희는 이미 온몸이 상처투성이였다. 왜 소년은 온몸이 그 지경이 되도록 그 자리를 떠나지 않았을까. 빌딩을 넘어뜨리는 게 목적이었다면, 빌딩은 이미 쓰러지고 있었다. 분명히 그럴 수 있었음에도, 왜 좀더 일찍 다른 곳으로 피하지 않았을까. 무엇이 소년을 그렇게 사로잡고 있었을까, 양창근은 알 수 없었다.

양창근은 사무실로 돌아와 어린 형사에게 해변으로 밀려온 시체가 없는지 물었다. 없었다. 그런 보고를 받게 되면, 알려달라고 말했다. 이유를 물었을 때, 양창근이 대답했다.

"바다로 갔을 거 같아서."

27

 외할머니는 배가 불러오는 외손녀를 드러내놓고 싫어했다. '니 에미가 어디 갔나 봐라!' 외할머니는 자주 그렇게 화를 냈다. 자식복이 없어서 요양원도 못 갔는데 손녀 복도 지랄이지, 라고도 했다. 마당 이야기도 빼놓지 않았다. 애가 나올 것 같거든 마당까지는 어떻게든 기어가라 했다. 할미가 너도 받았으니 병원 갈 필요 없다, 걱정 마라, 라든지, 한참 잘 먹어야 되는데, 뭐 먹고 싶은 게 있냐, 라든지, 그래서 망할 애비는 누구냐, 조차 묻지 않았다. '니 에미가 어디 갔나 봐라!'라는 말만 반복해서 했다. 손녀를 낳다가 죽은 딸을 마치, 딸을 두고 도망친 몹쓸 어미 취급을 했다. 딸을 낳다가 불쌍하게 죽었든, 딸을 버리고 도망쳤든, 그녀에겐 키워야 할 성가신 손녀가 생긴 것뿐이었으니, 차이가 없는지도 몰랐다.

 이런 분위기를 배 속의 아기가 최대한 못 느끼도록 강희는 오히려 명랑하게 지냈다. 외할머니가 욕을 할 땐 귀도 막았다. 멀쩡한 빌딩이 무너지고 주민 전체가 주민등록을 다시 하고 부산은 어수선했다. 강희는 그런 안 좋은 것들도 되도록 멀리했다. 보지 않으려고 노력했다. 엄마가 듣고 보는 건 아기에게도 영향을 준다고 했다. 귀를 막고, 눈을 감아야 될 일이 자주였지만, 그건 괜찮았다. 문제는, 배가 너무 자주 고팠다. 강희는 그럴 때마다 아기를 생각해서 이것저것 챙겨 먹었다.

그날 밤에는 곰탕이 너무 당겼다. 아주 늦은 밤이었다. 몸에도 좋고 맛도 좋은 곰탕이야말로 지금 필요하다고, 강희는 생각했다. 하지만 이 시간에 곰탕을 파는 곳은 없다. 순댓국이라면, 돼지국밥이라면 밤새 파는 곳들도 있었다. 하지만, 강희가 먹고 싶은 건, 정확히 곰탕, 그것도 순희네 곰탕이었다.

"교통비!"

강희는 일단 집을 나왔다. 순희의 오토바이에 올랐다. 우환 아저씨에게 받을 게 있었다. 우환 아저씨를 태우고 스릴 넘치는 드라이브를 했었다. 우환 아저씨를 영도에 있는 어느 부동산 앞에 내려놓고 오면서, 아저씨와 약속을 했었다. 교통비를 받기로. 곰탕을 공짜로 주기로.

강희는 그날 집으로 돌아오면서, 부동산을 가려고 목숨을 건 우환 아저씨에 대해 잠깐 생각했다. 우환 아저씨를 쫓던 그 미친놈은 정체가 뭐였는지. 무슨 총이기에 시멘트 바닥에 구멍을 뚫는지. 도대체 아저씨는 뭘 하던 사람이기에 그런 위험한 일도 생기는지. 그렇잖아도 만나서 물어볼 게 많았다.

순희는 그 후로도 소식이 없었다. 순희도 없고, 강희에게 친구라 할 만한 사람은 우환 아저씨뿐이었다. 막상 진짜 본다고 생각을 하니, 강희는 기분이 좋아졌다. 모처럼 우환 아저씨가 주는 곰탕을 먹을 생각을 하니, 강희는 정말 기분이 좋았다.

순희가 식당 근처 골목에 오토바이를 세우기만 하면 매번 식당에 불이 들어왔었다. 순희와 함께 출입문을 열면, 우환 아저씨가 이미 국을 담고 있었다. 아저씨가 내주는 곰탕에는 고기도 많았다. 어서 가서 먹고 싶다. 몸에도 좋고 맛도 좋은 곰탕. 강희는 속도를 더 냈다.

강희는 순희가 하던 대로 식당 근처 골목에 오토바이를 세웠다. 그러자, 늘 그랬듯이 식당에 불이 켜졌다. 강희는 웃음이 났다. 배를 한 번 쓰윽 만졌다.

"엄마랑 몸보신하러 가자."

강희는 식당을 향했다. 문을 열었다.

주방에서 국을 푸는 우환 아저씨의 뒷모습이 보인다. 그 뒷모습을 보자, 괜히 훌쩍이고 싶어진다. 우환 아저씨가 그 주방에 그대로 있는 게, 아저씨라도 여전해서, 강희는 마음이 놓였다.

마침, 주방에 있던 우환 아저씨가 슬쩍 돌아봤다.

아저씨가 국을 들고 주방을 나온다. 강희를 보고 환하게 웃는다. 분명 익숙한 분위기다. 어딘가 눈에 익은 미소다.

하지만 테이블에, 순희와 함께 늘 앉던 테이블에 곰탕을 내려놓고 있는 남자는 우환 아저씨가 아니다. 그 노인이다. 순희의 아버지이고 순희와 자신이 사귀지 않기를 절대적으로 바랐던,

목욕탕 노인이었다.

강희는 속은 기분이 들었다. 남자는 마치 강희를 아는 것처럼 자꾸 웃고 있다. 친한 사이처럼 눈인사를 자꾸 건네고 있다.

좋았던 기분이 순식간에 사라진다. 훌쩍이려던 마음은 사라졌다. 불쾌했다. 강희는 자신도 모르게 배를 감쌌다. 저 남자에게 아기를 들키고 싶지 않다. 강희는 식당 안으로 한 걸음도 들어가지 않았다. 문을 닫고 돌아섰다.

오토바이에 다시 올랐다. 어디로 갈지 정하기 힘들었다. 집으로 가긴 싫었다. 문득, 아기를 위해서 곰탕이라도 먹고 올 걸, 후회를 했다. 어차피 노인이니까, 좋은 할아버지가 되어줄지도 모르는데, 후회가 되었다. 하지만 오토바이는 이미 부산곰탕에서 한참 멀어져 있었다.

28

 일찍 시작되는 하루는 길었다. 밤이 되어도 잠이 오지 않을 때가 많았다. 파도 소리가 들리기도 했다. 식당은 바다에서 꽤 떨어진 곳이었지만 밤을 맞아, 적막을 틈타 파도 소리가 우환에게까지 오곤 했다. 파도 소리가 들리는 날은 창고에서 잠들었던 기억이 났다. 박종대를 죽이러 갔던 그날, 종인이 죽었던 그 창고, 피냄새가 진동했다.

 어느 날 밤에는 오토바이 소리를 들었다. 우환은 몸에 익은 대로 벌떡 일어나 식당에 불을 켜고 주방으로 달려갔다. 얼른 곰탕 한 그릇을 준비하며 출입문 쪽을 살폈다. 문이 열리고 사람이 들어왔다. 순희가 아니었다. 강희였다. 우환은 똑같이 반가웠다. 우환은 준비한 곰탕을 들고 주방을 나갔다. 강희가 순희와 늘 앉던 테이블 위에 곰탕을 놓았다. 반가운 마음에 눈으로, 오랜만이다, 반갑다, 어서 들어와, 안 들어오고 뭐 해, 이제 자주 좀 와, 어서 앉아서 먹어, 배 속의 아기는 많이 자랐어? 앞으로 자주 먹어야겠다, 말을 건넸다.

하지만 강희는 그런 우환을 보고 있기만 할 뿐 평소처럼 인사를 건네지도, 식당 안으로 들어오지도, 곰탕 앞에 앉지도 않았다. 강희는 한동안 문 앞에 서서 우환의 행동을 지켜보다가 문을 닫고 사라졌다. 우환은 아주 잠깐 의아했지만, 곧 이해했다.

강희는 종인을 좋아하지 않았다. 목욕탕 노인이라고 불렀다. 생각해보니, 순희도 종인을 그렇게 좋아하진 않았던 것 같다. 우환은 굳이 아무도 좋아하지 않는 종인이 된 거구나, 단념했다.

강희의 배가 꽤 불러 있었다.

여름이 끝나가고 있다. 우환은 매일 곰탕을 팔았다. 주민센터에서 자주 독촉 전화가 왔다. 주민등록을 하라고 종용했다.

"셋이 가족이다."

우환은 중얼거린다. 하지만 아무도 없다.

단골은 많았지만 우환이 아는 사람은 없었다. 기다리는 사람은 오지 않았다.

자신을 품고 있는 강희는 더 이상 찾아오지 않았다. 좋은 아버지가 되었을지도 모르는 순희의 행방은 알 수 없었다. 종인만 확실히 죽어 거울 속에 있었다.

우환은 순희의 교복을 빨던 일을 생각한다. 교복은 그냥 보아도 붉고 물에 담가도 붉고 빠는 동안도 붉었다. 그 교복이 다시 하얘질 때까지 긴 시간 매달렸었다. 교복이 흰색을 찾고, 왼쪽 가슴에 이름표가 드러나고 거기에 적힌 '이순희'라는 이름을 보았을 때, 그랬다. 생각 없이 피를 벗겨내고, 옷에서 빠져나간 그 피로 욕실 바닥이며 흰 세숫대야까지 온통 붉어졌을 때, 그 속에서 기대하지 않았던 아버지의 이름을 보았던 그때, 그때도, 그랬다. 아무래도 피냄새가 났다. 그랬던 거 같다. 우환은 그걸 이제야 기억해냈다.

필요했던 것 체념뿐이었다. 결국은 행복해질 수 없음을, 그때 알고 체념했어야 했다.

그럼에도 우환은 좀더 기다렸다. 종인처럼 솥 앞에 앉아 국이 끓기를, 곰탕이 완성되기를. 종인처럼 식당에 앉아 순희가 돌아오기를.

하지만, 기다림만으로 타인의 인생을 살 수는 없었다. 누구나 자신의 현재가 있었다.

'왜 이렇게까지 애를 썼을까.'

우환은 거울을 보며, 스스로에게 물었다.

29

양창근 형사는 영진아파트를 찾았다. 놀이터로 가서 앉았다. 일요일이었다. 하늘이 높았다. 사람들 말소리가 들려왔다. 이 집에서, 또 저 집에서 대화를 나누는 소리가 또 웃음소리가 새어 나왔다. 아파트 속의 집과 집들이 소곤소곤 살가운 대화를 나누는 것 같았다. 놀이터에는 아이들이 있었다.

두 아이와 두 엄마가 있다. 두 엄마는 두 아이를 바라보며 대화를 나눈다. 두 아이는 두꺼비집을 짓고 있다. 사내아이와 여자아이다. 둘 다 다섯 살 안팎으로 보인다. 여자아이는 노래도 알고 있다. 작은 입이 종알종알 노래를 부른다.

"두껍아 두껍아, 헌집 줄게 새집 다오. 두껍아 두껍아, 헌집 줄게 새집 다오."

그러고는 살그머니 손을 빼냈다. 작은 손이 빠져나온 곳에 작은 모래집이 생겼다. 사내아이도 따라 했다. 하지만 집이 무너진다. 사내아이는 엄마를 봤다. 긴 의자에 앉아 있던 여자가 사내아이에게 다가갔다. 엄마는, 괜찮아, 라고 말한다. 네가 짓는 집은 너무 작아서 두꺼비도 못 살겠다, 그런 말도 한다. 여자아이도 자신의 엄마를 봤다. 여자아이의 엄마는 웃어주었다. 사내아이는 작은 주먹을 다시 땅바닥 위에 올렸다. 다른 손으로 조심스럽게 모래를 모으고 쌓고 두드렸다. 여자아이가 같이 두드려주었다. 사내아이는 아주 조금씩 손을 뺐다. 작은 손이 빠져나온 곳에 작은 구멍이 생겼다. 집이었다. 아직은 아무도 살고 있지 않지만, 누군가는 살게 될 집. 집은 누구라도 상관하지 않을 것이다.

양창근은 괜한 심술이 났다. 아이들에게 바짝 다가가 말을 붙였다.

"니네 이거, 두꺼비집, 이야기 있는 거 알아?"

"……?"

"두꺼비 중에, 독 많고 그런 두꺼비가 있어. 아저씨가 이름은 까먹었는데, 등이 좀 우둘우둘하고 징그럽고 뭐 그런 두꺼빈데, 독이 있어. 무서운 독. 근데 이 두꺼비는 알을 품게 되면, 응? 새끼를 품게 되면, 머리가 돌아가지고 이상한 짓을 하는데, 그게 뭐냐면 평소 때는 무서워서 피해 다니던 독사를 찾아 길을 떠나는 거야. 독사, 걔도 독이 있어. 더 무서운. 근데, 독사를 만나면, 싸우는 게 아니고, 그냥 잡아먹혀. 사실 싸움도 안 돼. 두꺼비가 뱀을 어떻게 이기겠어? 근데, 이 두꺼비가 뱀 배 속에,"

사내아이는 이미 꽤 겁을 먹고 있다. 양창근은 무시하고 계속했다.

"뱀한테 잡아먹혀서 배 속에 들어갔을 거잖아? 잡아먹히면서, 뱀 배 속에 독을 뱉는 거야. 퉤이 퉤이, 캬악 퉤이, 이렇게. 그럼, 어떻게 되겠어?"

"뱀도 죽어요."

여자아이가 대답했다.

"그렇지! 뱀도 죽는 거야. 그럼, 두꺼비 배 속에 있던, 알들이, 새끼들이 죽은 엄마 두꺼비를 먹어치우고, 다 먹고 나면, 두꺼비가 어디 있었어?"

"뱀 배 속에요."

여자아이가 다시 답했다.

"그렇지! 엄마 두꺼비를 다 먹고 나온 새끼들은 이제 뱀까지 다 싹 먹어치우고 나오는 거야. 그래서 튼튼하고 건강한 두꺼비가 되는 거지. 뱀이 영양가가 어마어마하거든. 그니까,"

양창근은 여자아이를 바라본다.

"니가 부르던 그 노래, 헌집은, 뱀한테 잡혀먹어 죽은 엄마 두꺼비고 새집은 그 엄마랑 뱀까지 깔끔하게 먹어치운 새끼 두꺼비들을 이야기하는 거야. 어때? 재밌지? 근데, 남의 살까지 처먹어가며 꼭 살아야 하나, 그런 생각 들지 않냐? 둘 다 이미 사망했다고는 하지만 지 살도 아닌데, 남의 살을 먹어가며 사는 걸, 그걸 굳이 이야기로 만들어놓은 게, 짜증나지 않냐? 그것도 니들같이 귀엽고 사랑스러운 어린애들 놀이에, 이런 개 같은 이야기를, 희생이 어쩌고 하면서 달아놓은 게…… 별로지?"

사내아이는 울음을 터뜨렸다. 여자아이는 고민에 빠져 있다. 엄마들이 달려왔다. 엄마들은 양창근에게 이런저런 질문과 짜증과 협박을 퍼붓는다. 양창근은 형사 합니다, 답해주고 다시 긴 의자로 와서 앉았다. 엄마들은 아이들을 데리고 놀이터를 떠났다. 여자아이는 돌아보며 손을 흔든다. 양창근은 그제야 담배를 꺼내 문다.

외출을 하는 가족들이 눈에 띈다. 뛰어다니는 아이들 몇이 보인다. 까르르 웃음도 굴러다닌다.

일상은 안정감이 있었다. 그 일상 속에 온갖 사고가 있고 살인이 있지만, 사람들은 일상이라 말할 때, 주로 평화롭고, 조금 소란스러울 때도 있으며, 가끔 경쾌한 웃음소리가 들려오고, 편안함을 느낄 정도의 말소리가 있고, 때론 몹시 바쁘지만, 또 화가 날 정도로 억울한 일도 생기지만, 지겹도록 반복될 뿐이지만, 그럼에도 위협은 없는, 죽음까지는 진지하게 생각하지 않는, 그러한 나날을 떠올린다. 물론 양창근의 일상은 전혀 달랐다. 하지만 양창근 또한 그런 일상을 바랐다. 자신은 안 되더라도 사람들만은, 되도록 많은 사람들이 그러기를 바랐다.

403호의 벽에 구멍 같은 건 없었다. 이미 한참 전에 공사가 끝나 있었다. 세입자가 살고 있었다.

402호의 문이 열렸다. 박현주가 또래의 여자와 함께 나왔다. 둘은 이야기를 나누며 복도 끝에 있는 계단으로 사라졌다. 한참 뒤 아파트 유일의 출입문으로 나왔다. 둘 다 밝은 얼굴이었다.

양창근은 그 여자가 아마도 새로운 동거인일 거라고 생각했다.

다음 날도 양창근은 영진아파트를 찾아가 놀이터에서 시간을 보냈다. 사무실에서 전화가 오면 안 받거나, 일하는 중이라고 했다. 그다음 날은 아예 영진아파트 놀이터로 출근을 했다. 점심나절까지 있다가 일어났다. 놀이터를 나오다 며칠 전에 봤던 여자아이를 다시 만났다. 서로 반갑게 손을 흔들었다. 아이 엄마가 다음부터 그러지 마라, 아이에게 주의를 줬다.

더 이상 아무런 일이 생기지 않는다면 그냥 이대로도 괜찮지 않을까, 양창근은 그런 생각을 한다. 더는 자신의 일상에 끼어들 어떠한 일들도, 이 아파트에서 생기지 않기를 바랐다. 담배 한 대를 더 피우고 양창근은 일어났다.

아파트를 빠져나오기 전에 양창근은 걸음을 잠깐 멈췄다. 영진부동산 앞이었다. 빅공대의 사무실은 아직도 문이 잠겨 있었다. '여름휴가'라는 메모도 그대로였다. 가을이 오고 있었다. 기간이 적혀 있지 않았기로서니, 벌어먹고 살려는 의지가 있는 부동산 주인이라면 이제 그만 휴가에서 돌아와야 했다.

양창근은 안을 들여다봤다. 그리고 주변을 둘러봤다. 열쇠공을 불렀다.

열쇠공은 불법이라고 투덜거리며 영진부동산 문을 열어줬다. 양창근은 안으로 들어갔다. 찾는 게 있는 건 아니었다. 그냥 한번 뒤져보고 싶었다. 수색영장은 앞으로 영영 나오지 않을 것이다. 게다가 이 아파트에도 올 일이 없을 것 같다. 그러니 다른 방법이 없었다. 시간을 들여 느긋하게 둘러볼 생각이었다.

응접용 테이블 의자에 앉았다. 양창근은 이 의자에 앉아 박종대와 처음으로 이야기를 나누었었다. 잡지 몇 권이 있었다. '부동산 월드'라는 잡지가 보였다. 집을 살 일도, 땅을 살 일도 없어서 집어들지 않았다. 신문들은 날짜가 꽤 지나 있었다. 작은 냉장고 안에는 물밖에 없었다. 책상 위도 깔끔했다. 쓰지 않은 계약서들이 있었다. 메모지들도 있었지만, 메모 하나 없었다. 박종대는 정말 기억력이 좋은 거였나? 언젠가 박종대가 기억을 잘한다고 했던 게 양창근은 기억났다. 사무실을 통틀어 남겨둔 메모는 '여름휴가'뿐이었다. 책상 서랍들을 뒤졌다. 서류들은 통으로 머릿속에 넣어둔 건지 여는 서랍마다 텅텅 비어 있었다. 하지만 책상 안쪽에, 책상과 분리된 삼단 서랍장의 마지막 칸을 열었을 때 흰색 서류봉투 하나를 발견했다.

서류봉투에는 병원의 이름과 주소가 찍혀 있었다. 양창근은 봉투를 열어봤다. 검사 결과가 적힌 서류가 들어 있었다. 검사 대상자는 셋이었다. 하지만 성별만 있을 뿐, 이름이 없었다. 이름을 밝히기 힘든 사람들이 검사에 응했나 보다, 양창근은 일단 생각했다. 친자 확인 유전자 검사였다. 둘은 남성 하나는 여성이었다. 서류에는 대상자 중 남성인 한 사람이, 다른 두 대상자의 친자가 맞음이 확인되어 있었다. 셋은 가족이었다. 두 남성은 아빠와 아들이었고, 나머지 한 여성은 엄마였다. 누굴까? 신분을 밝힐 수 없는 누군가, 그러니 분명 박종대의 무리 중 누군가가 부탁을 했을 것이다.

오직 그 서류 한 장뿐이었다. 한데, 양창근은 문득 떠오르는 사람들이 있었다.

강도영이 그런 말을 한 적이 있었다. 곰탕집 그 머슴이 왜 그렇게 필사적으로 도망쳤는지, 잘 모르겠다고. 사람이 필사적일 수 있다. 꼭 이유가 있어서 그런 게 아니다. 하지만 이유가 생기고 나면, 그 이유에 따라서 죽을힘을 다하는 정도가 달라진다.

양창근은 강도영의 말들을 조금 더 기억해냈다. 이우환을 태우고 빛이 쏟아지는 위험한 거리를 달리던 오토바이는, 여고생이 몰고 있었다고 했다. 이순희의 오토바이였다. 원래는 곰탕집 아들인 이순희가 타던 오토바이를 그의 여자친구인 여고생이 탔고, 그 여고생 뒤에는 최근 곰탕집에 일을 하러온 이우환이 타고 있었다.

여고생은 이우환을 태우고 달린다. 위험을 무릅쓰고.

오토바이도 잘 모는 어린 엄마, 테러범에다 유명인이 된 아빠, 그리고 주방 일을 하는 늙은 아들, 양창근은 어쩐지, 그 셋이 가족 같았다.

그래서, 그 이후에 이우환은 어떻게 되었나? 지금은 어디에서 뭘 하고 있나? 아직 이곳에 있나? 이미 그곳으로 돌아갔나? 양창근은 박종대의 사무실에 앉아 이런저런 생각들을 했다. 남은 오후를 모두 그곳에서 보냈다.

*

 양창근은 경찰서로 돌아와 박종대의 실종 신고를 냈다.

 강도영은 없었다. 저녁을 먹으러 갔다고 했다. 양창근도 밖으로 나왔다. 배가 고팠다. 어쩐지 곰탕이 먹고 싶었다. 경찰서 가까운 곳에 있는 식당에 들어갔다. 곰탕을 파는 곳이었다.

 밥을 말아 한 숟가락 떴다. 그리고 양창근은 부산곰탕의 곰탕이, 이종인 사장이 파는 곰탕이 참으로, 맛이 있다는 걸 알게 되었다.

30

 오늘은 곰탕이다. 정하고 나니 머리가 개운했다. 강도영은 택시를 타고 부산곰탕까지 왔다. 경찰서 주변의 곰탕집은 다 쓰레기였다. 그런 걸 돈 주고 먹을 수는 없었다. 한데, 식당 문이 잠겨 있다. 이종인 사장은 이럴 사람이 아니다, 평일에 문을 닫다니.
 "아들내미 찾으러 갔나?"
 뭐 적어놓은 것도 없나? 강도영은 메모를 찾았다. 하지만 사장이 남긴 게 아니었다. 주민센터 직원이 남긴 거였다. 주민등록을 독촉하는 내용이었다. 만 17세가 넘는 부산 시민 대부분이 이미 끝마쳤을 주민등록을 어째서 이종인 사장은 아직도 하지 않은 것일까. 무슨 바쁜 일이라도 있었던 걸까. 식당 안을 들여다보니 우편물 몇이 바닥에 떨어져 있다. 식당을 비운 지 며칠은 된 모양이었다.
 "진짜 아들내미 찾으러 갔나?"

31

 부산에서는 꽤 멀어진 바다다. 바다에는 섬이 많았다. 그중 어느 해변에서 순희는 눈을 떴다. 바다 아래로 내려가던 기억만 났다.
 섬엔 사람이 살지 않았다. 어디쯤인지 짐작도 가지 않았다. 목이 말랐다. 온몸이 쓰라리고 아팠다. 그리고 울던 기억이 났다. 죽음을 앞두고 아버지를 떠올리던 기억이 났다.
 아버지는 혼자 식당에 있다. 순희는 그곳으로 가고 싶었다. 순희는 머릿속으로 집을 떠올렸다. 홀이 아닌, 안방도, 자신이 지내던 작은방도 아닌, 주방을 떠올렸다. 거기 아버지가 있을 거였다.
 하지만 아무리 구체적으로 떠올려도 순희의 몸은 사라지지 않았다. 순희는 여전히 고요한 바닷가에 있었다. 더 이상 지금에서 벗어나는 일은 불가능했다.
 그 섬에서 벗어나 다시 부산으로, 아버지가 있는 집으로 돌아오는 데는 배를 만나는 큰 행운과 여러 날의 시간이 필요했다.

GSH빌딩 붕괴 사건이 일어난 지 한 달이 지나 있었다.

아버지는 그곳에 없었다. 식당 문은 잠겨 있었다. 이미 오랜 시간 식당을 비운 듯 우편물들이 문 앞에 어지럽게 흩어져 있었다.

순희는 경찰서로 가서 강도영을 찾았다. 아버지 이종인의 실종 신고를 했다. 죄를 자백했다. 공범에 대해서는 말이 없었다. 강도영과 양창근이 박종대와 그 무리의 개입 여부에 대해 여러 번 물었다. 하지만, 이순희는 단독 범행이라 했다.

열아홉, 이순희는 GSH빌딩 테러범으로 무기징역을 선고받았다. 가을이 끝나기 전이었다.

32

 2020년 1월 28일, 유강희는 사내아이를 낳았다. 눈이 많이 오던 날이었다.

 골목을 지나가던 남자는 보통 키는 되었다. 남자는 신음 소리에 주변을 살폈다. 담이 낮은 집을 찾았다. 담 안을 들여다봤다. 작은 마당에 배가 잔뜩 부른 여고생이 쓰러져 있었다. 남자는 담을 넘어 들어가려고 했다. 하지만 여고생은 손을 저었다. 도움을 원하지 않았다. 스스로 일어났다. 여고생은 한 발 두 발 혼자 걸어 담까지 왔다. 문을 열고 밖으로 나왔다. 문 앞에 세워진 요란한 오토바이에 올랐다. 오토바이는 출발했고, 남자는 다시 길을 갔다.

 눈이 너무 내리고 있었다. 강희는 진통이 오는 배를 안고 속도를 냈다. 진통이 더 심해졌다. 속도를 늦출 수가 없었다. 오토바이는 신호를 무시하고 달렸다. 차들과 차 사이를 위태롭게 지나쳤다. 병원이 보이는 길로 접어들던 오토바이는 커브 길에서 미끄러졌다. 넘어졌다. 오토바이는 한참을 미끄러지고 박살이

나서야 멈췄다. 눈이 너무 내리고 있었다.

 차에서 내린 사람들은 오토바이 주변으로 모여들었다. 하지만 운전자를 찾을 수 없었다. 오토바이 위에 있었던 강희는 오토바이와는 한참 떨어진 곳에 쓰러져 있었다. 양손으로 배를 감싸안은 채, 죽은 듯 움직임이 없었다. 사람들이 그런 강희를 찾아헤매는 동안, 강희는 또 한 번 일어났다. 강희는 걸어서 병원을 향했다. 몸의 어디선가 피가 흐르고 있었다. 강희는 병원에서 사내아이를 낳았다. 그리고 죽었다.

 강희의 외할머니는 소식을 들은 후에도 병원을 찾지 않았다. 유강희의 사망 소식에 병원을 찾아온 건 양창근이었다. 신분이 확실한 그가 유강희의 장례 절차를 밟았다. 신생아는 고아원으로 보내졌다.

33

 양창근은 면회를 하기 위해 교도소로 갔다. 형사생활을 시작하고 처음 있는 일이었다. 양창근은 이순희를 만나 아들이 태어난 소식을 전했다. 고아원으로 보내졌음을 알렸다. 마지막으로, 유강희가 죽었다고 말했다. 그리고 물었다.
 "애 이름은 어떻게 할래?"
 이순희는 바로 대답하지 못했다. 울음을 삼키지 못했기 때문이다. 유강희가 죽었다는 말에, 이순희는 울었다. 너무 울어, 양창근은 이순희의 어린 나이를 새삼 실감했다. 이순희의 마음을 처음 알았다. 유강희와 이순희의 사이가 어떠했을지 짐작하게 됐다. 양창근은 기다려야 했다. 순희는 울음을 그치고도 오랜 시간 말이 없었다. 그리고 물었다.
 "……아버지는요?"
 이종인은 아직 실종 상태였다. 박종대도 마찬가지였다.
 "우환으로 하죠."
 순희는 한참 만에 답했다.

순희와 강희가 가장 즐거웠던 여름, 둘이 함께 좋아했던 유일한 이름이었다.

34

 양창근은 이순희와 유강희의 아들이 맡겨진 고아원을 찾았다. 그리고 아버지의 뜻을 알렸다. 이름은 '이우환'으로 할 것. 그뿐이었다. 양창근은 이순희가 원한 대로 그 이외의 것은 아무것도 원장에게 알려주지 않았다. 엄마가 자신을 낳다가 죽었다는 것도, 아빠라는 자가 백여 명을 죽인 테러범이라는 것도, 그는 살아 있지만 평생을 교도소에서 지내야 하니 아이의 얼굴을 본다는 건 불가능하다는 것도. 순희는 그런 것들을 아들이 알게 되는 걸 바라지 않았다.
 양창근이 고아원을 나설 때 원장이 불렀다.
 "그래도, 애 부모 이름은 알고 있어야 하지 않겠습니까?"
 양창근은 생각해봤다. 그리고 답했다.
 "어머니는 유강희, 아버지는 이순희입니다."
 돌아서다가, 한마디 더 전했다.
 "눈이 엄청 내렸어요. 애 태어나는 날에. 눈이."
 양창근은 고아원을 나섰다. 다시는 이곳을 찾지 않아야겠다,

마음을 먹었다. 문득, 나이가 들어 은퇴를 하게 되면 식당을 해보는 게 어떨까, 라는 생각을 했다. 언젠가 먹어본 그런 곰탕을 파는 곳이라면 좋을 것 같다. 박종대에게 친자 확인 유전자 검사를 부탁한 사람은, 이우환이 맞았다. 그런 생각들을 하며 양창근은 세 가족과의 인연을 끊었다.

35

 부산곰탕이 문을 닫은 건 지난여름이 끝나갈 무렵이었지만, 식당을 물려받은 아들은 그 후로 몇 년을 더 그대로 두었다. 아버지를 기다렸다.
 하지만 돌아오지 않았다. 교도소에 있는 아들은 식당을 관리할 수 없었다. 식당을 사겠다는 사람 몇이 교도소를 들락거렸다. 식당은 싼값에 팔렸다. 아들은 그 돈을 전부 어느 고아원에 익명으로 기부했다.

36

 이종인과 박종대는 여전히 실종 상태였지만, 그들과 비슷한 시기에 실종 신고가 들어왔던 김주한은 발견이 되었다. 실종된 지 2년도 지난 어느 날, 당 사무실로 걸어 들어왔다. 일그러진 흉한 얼굴 때문에 사무실에 있는, 그의 보좌관을 포함한 모든 사람들이 놀랐다.

 다음 지방선거에서 김주한은 박종대의 말치럼 구의원이 되었다. 일그러진 얼굴을 잘 활용한 마케팅이 훌륭했다. 그 얼굴이 어떠한 고난도 뚫고 나갈 수 있는 의지의 후보처럼 보이게 만들었다. 그 얼굴이 그가 이미 극복해낸 고난의 증거였.

 하지만 10년 뒤에 대통령이 되지는 못했다.

 기억이 오락가락했기 때문이다. 발작도 따랐다. 김주한은 잘 지내다가도 거울 속의 자신을 낯설어했다. 비명을 질렀다. 불안해했다. 정작 김주한 자신은 자신이 뚫고 나온 그 고난의 실체를 기억하지 못했다.

 김주한은 정치를 그만두고 사업을 시작했다. 대학 졸업 후 정치판에만 있었던 김주한이었지만, 어쩐 일인지 사업에 재주가 있었다. 일을 꾸리고 푸는 수완이 좋았다. 김주한은 돈을 많이 벌었다.

그리고 가끔 가족 모두가 잠든 밤에 자신의 서재로 갔다. 비밀금고를 열어보았다. 금괴들이 있었다. 그것들을 한쪽으로 밀었다. 거기에 주둥이가 큰 새 같은, 작은 총이 있었다. 김주한은 그 물건을 들여다보며 기억을 찾으려고 노력했다.

금고 앞에 쪼그리고 앉은 김주한의 뒤쪽 머리에 상처가 보인다. 그 상처는, 얼굴 앞까지 길고 깊게 이어진다.

37

 2030년에 접어들면서 경찰청 과학수사센터 서버에 등록된 지문이 중복되는 경우가 생겼다. 만 17세가 된 신규 주민등록 대상자들이 지문을 등록했을 때, 이미 등록된 지문이라고 뜨는 경우가 가끔씩 있었다. 같은 지문을 가진 인물이 같은 시대를 살 수는 없었다. 2019년 주민정보 재등록 기간에 발생한 오류임이 분명하다고 부산시는 설명했다. 그리고 다시는 GSH빌딩 테러 같은 참사가 있어서는 안 된다고 강조했다.

 그런 일이 있을 때마다 테러범 이순희에 대해 언급했다. 이순희는 모범수였지만, 정부는 그를 여전히 흉악한 테러범으로 기억하고 싶어 했다. 이순희는 여전히 유명한 무기수였다.

38

 여름이 끝나가고 있다. 좋은 고기 얼마를 챙겼다. 우환은 박종대의 손목에서 벗겨온 시계를 자신의 손목에 찼다. 시계를 켰다. 시간을 확인했다.
 있던 곳으로 돌아간다면, 다시 주방 보조가 될 수도 있다. 얼굴이 바뀌었으니 쫓겨날 수도 있다. 사장이 약속을 지킨다면, 가게 주인이 될 수도 있다. 좋은 고기들을 구할 수 있을지는 모르겠지만, 배운 대로만 한다면 단골들이 생길지도 모른다.
 한바탕 손님들을 치르고 잠깐 시간이 나는 오후, 어느 그늘에 앉아 히죽거리며 떠올릴 기억들이라면, 이제 우환에게도 생겼다. 그곳에 겨울이 오고 해가 바뀌어 2064년이 되어도 우환은 여전히 마흔 중반이고 여전히 좁은 주방에서 일을 하고 있을 것이다. 우환은 그런 여전한 것의 일부로 돌아가는 것이었다. 처음부터 형편없고 돌이킬 수 없는 어른이었다는 생각도 여전했다. 하지만 우환은 아버지와 어머니를 만났다. 여전히, 죽는 게 그다지 두렵지는 않았다. 오히려 더욱 두렵지 않았다. 우환은 바다로 걸어들어갔다. 발이 닿지 않게 되자, 헤엄을 쳤다.

배가 푸르고 깊은 구멍을 지나는 동안 우환은 깊은 잠을 잤다. 그리고 다행히, 눈을 떴다. 여행사 직원이 기다리고 있었다. 우환은 자신을 배에 태워 보낸 식당 사장의 이름을 알려주고, 요청 사항이었던 고깃덩어리를 보여줬다. 직원은 당신 얼굴이 왜 이 모양이냐? 묻지 않고 차에 태웠다. 우환은 떠날 때처럼 승합차에 올라 바다가 사라진 바다 위를 달렸다. 달라진 건 아무것도 없어 보였다. 우환이 시간을 거슬러 간 그곳에서 이방인으로 지내며 보낸 시간들은, 어쩌면 당연하게도, 아무것에도, 누구에게도, 그 어떠한 영향도 끼치지 않은 것 같았다.

식당도 달라진 건 없었다. 하지만 식당 사장은 어딘가 좀 바뀌어 있었다. 물론 여전히 나이답지 않게 건장했다. 하지만, 팔. 원래는 없었던 오른쪽 팔이 생겨 있었다. 아마도 그사이 장사가 잘되어 팔을 만들어넣은 모양이다. 우환은 긴 말 대신, 목숨 걸고 가지고 온 고깃덩어리들을 테이블 위에 올려놓았다.

하지만 당연하게도 사장은 우환을 알아보지 못했다.

우환은, 설명하려면 꽤 긴 이야기가 될 텐데, 이걸 사장에게 하는 게 맞는지, 주방장에게 해야 하는지 고민이 됐다. 어떻게 시작해야 할지도 난감했다. 그사이 사장은 우환을 뚫어져라 보고만 있다.

종인의 얼굴을 한 우환을 한동안 바라만 보던 사장은, 먼 기억 속에서 드디어 할 말을 찾아낸 듯 입을 열었다.

"이러니 이종인을 찾을 수가 있었겠어."

39

 양창근에게는 잊혀지지 않는 이름이 둘 있다. 김백구와 이순희. 모두 형사일 때 알게 된 고등학생들이었다. 두 사람은 공통점이 많았다. 그들은 바다가 있는 곳에 살았다. 백구는 인천에서, 순희는 부산에서 만났다. 형사로서 피하고 싶은 사건의 중심에 있기도 했다. 그러나 다른 점도 있었다. 두 사람 모두 전근을 간 첫날 만났지만, 첫인상은 정반대라 할 정도로 달랐다.

 백구가 옥상 위를 뛰어다니다가 집주인에게 잡혀왔을 때, 흰 교복에는 먼지 하나 없었다. 순희가 사람이 죽어나간 싸움판에서 체포되었을 때, 흰 교복은 이미 피로 온통 붉었다. 백구는 주로 끌려다녔고, 순희는 주로 쫓겨다녔다. 사건에서도 인생에서도.

 어느 순간 백구는 멈췄다. 양창근이 마지막으로 본 백구는 회사원이었다. 보기에는 평범해 보였다. 그 후로 어떤 소식도 들려오지 않았으니, 계속 평범하게 산 건지도 모른다. 하지만 순희는 그렇지 않았다.

순희는 처음 경찰서에 왔을 때부터 살인 용의자였다. 처음엔 용의자에 불과했지만 결국에는 강도영의 목숨을 앗아가고, 양창근의 오른팔을 앗아갔고, 그 외 수십 명의 목숨을 가지고 놀았다. 아니, 놀았다 하기보다는 흥정했다. 이순희는 아수라를 이끄는 가장 악명 높을 뿐만 아니라 절대 잡히지 않는 테러범이었다.

양창근이 형사 일을 그만두고 식당을 시작했을 때도, 이순희는 여전히 위험한 범죄자였다. 양창근은 순희의 식당에 자주 갔었다. 아버지 이종인은 곰탕집을 했었다. 맛이 좋았다. 그 맛 때문에 양창근은 은퇴 후, 어울리지 않게 식당을 연 건지도 몰랐다. 그때 먹었던, 부산곰탕의 곰탕 맛을 한 번도 다시 맛볼 수는 없었다. 자신이 하는 식당에서는 물론, 그 비슷한 맛조차 나지 않았다.

식당 문을 연 지 몇 년 지나지 않아서, 한 남자가 찾아왔다. 고아원 원장이었다. 곁에는 처음 만났을 때의 이순희 같은 소년이 있었다. 순희의 아들, 이우환이었다. 열여덟이었다. 더는 고아원에 둘 수 없는 나이라고 원장은 설명했다. 이우환은 신생아 때 병원에서 보고, 처음이었다.

순희의 아버지 이종인은 손자가 태어나는 날 병원에 오지도 않았다. 병원을 찾아간 건, 양창근 자신이었다. 이순희는 살아 있었지만 자유롭게 나다닐 수 없는 범죄자였고, 유강희는 사내아이를 낳다가 죽었다. 이순희의 아이인 것은 분명했다. 유강희는 장례 없이 화장됐다. 신생아는 바로 고아원으로 보내졌다.

양창근은 이종인을 찾아갔다. 아이에게는 이름이 필요했고, 양창근은 남의 자식의 이름을 짓고 싶지 않았다. 이종인은 아무런 말도 하지 않았다. 양창근은 묵묵히 기다렸다. 이종인은 본 적 없고, 앞으로도 볼 일 없는 손자의 이름을 입 밖으로 뱉었다.

"우환, 입니다."

태어나면서 엄마를 죽게 했으니 말 그대로 집안의 걱정거리라는 뜻으로 지은 건지, 아니면 새로운 생명에 붙인 그 이름 하나로 집안의 모든 우환이 사라지고, 뒤늦게라도 아들 순희가 제대로 된 인생을 살기를 바라서 그랬는지, 양창근은 알 수 없었다. 하지만 어쨌든 몹시 단호했고, 더 이상은 생각도 하기 싫은 얼굴이었다. 양창근이 식당을 나설 때, 이종인이 한마디 더 했다. 아이에게 아무것도 알려주지 말고, 순희 놈을 잡더라도 아무것도 알려주지 말라고. 그런 아비가 있다는 걸 알 필요도 없고, 그놈은 아비가 될 자격도 없다고.

이종인은 그 후 오래지 않아 죽었다. 식당은 이미 처분된 상태였고, 평생 번 돈과 식당을 팔아 생긴 돈까지 모두 한 고아원에 익명으로 기부했다.

양창근은 고아원을 찾아가 원장에게 아이의 이름을 전했다. 갓 태어난 아이의 얼굴을 보고 있자니, 네 이름은 '집안의 걱정 근심'이라는 뜻이다, 라고 말할 수가 없었다. 입이 떨어지지 않았다. 그렇다고 친할아버지의 뜻을 무시할 수도 없었다. 양창근은 자신이 아는 한자를 총동원해, '비 우(雨)'에 '기쁠 환(歡)'을 쓰는 '이우환'이라고 말해줬다. 원장이 무슨 뜻이냐고 물었다. 크게 뜻이 있지 않았지만, 양창근은 말했다.

"애가 태어나는 날, 눈이 엄청 왔는데, 눈은…… 비처럼 물이고 또 하늘에서 내리는 거고. 그리고 비 오면 좋잖아요? 아닌가? 나는 그런데."

그랬던 이우환이 다시 양창근을 찾아온 것이다.

양창근은 이우환에게 주방 일부터 시켰다. 이우환은 할아버지를 닮아선지 말이 없었고, 아버지를 닮아선지 영리했지만, 아버지보단 할아버지처럼 자랐다. 부산에서 일어나는 수많은 범죄가 자신의 아버지 때문이라는 걸, 물론 이우환은 몰랐다.

쓰나미가 와서 모든 걸 앗아가고, 다시 식당을 시작했을 때도 이우환은 양창근의 식당에서, 더 좁아진 주방에서 보조를 맡았다. 더 욕심내는 것도 없이 보조 일만 했다. 그렇게 20여 년이 흘렀다. 이우환은 여전히 보조였다. 양창근과 더 가까워지지도 않았다. 아무렴, 자신의 팔을 이렇게 만든, 가장 증오하는 범죄자의 아들이었다. 양창근은 원래 살가운 사람도 아니었다.

시간 여행이 가능해졌다는 소문이 돌았다. 실제로 다녀온 사람들이 있었다. 양창근은 문득 한 생각에 잠겨들기 시작했다. 아수라는 아직도 건재했다. 이순희는 여전히 그 조직의 우두머리였다. 양창근의 생각은, 복잡했지만 쉽게 정리하면 이런 거였다.

'그때 이순희가, 자기한테 아들이 있었다는 걸 알았으면 어땠을까.'

좀더 길게 정리하면, 이렇게 되었다.

'이순희가 저렇게 되기 전에, 자신에게도 아들이 있었다는 걸 알았다면, 어떻게 되었을까. 그럼에도 흉악한 범죄자가 되었을까. 혹시 달라지진 않았을까?'

이종인은 아들 이순희에게 끔찍했다. 아들은 아버지를 닮는다는데, 그런 그의 아들 이순희도, 자신에게 아들이 있었다는 걸 알았더라면, 조금은 달라지지 않았을까?

양창근은 여행사를 찾아갔다. 부산곰탕의 맛이 그립기도 했다. 양창근은 이우환을 자신의 아버지가 아직 살인마가 되기 전의 그때로, 그 여름으로 보냈다. 이왕이면 할아버지에게 곰탕도 좀 배워 오길 바라며.

이우환은 과거로 갔고, 양창근의 바람대로 할아버지 이종인에게 곰탕의 비법을 배웠으며, 아버지인 이순희도 만났다. 그래서 이순희의 삶에는 변화가 생겼다. 그에 따라, 양창근의 삶도 조금은 달라졌다.

이우환을 배에 태워 과거로 보낸 양창근은 더 이상 없었다. 그는 오른팔이 없었던 시간도 기억하지 못했다. 지금 우환의 앞에 있는 양창근은 은퇴할 때까지 박종대와 이종인의 실종 사건을 해결하지 못한 양창근이며, 그러니 교도소에 있는 이순희에게 팔을 잃을 일도 없었던 양창근이었다.

양창근은 이종인의 얼굴을 하고 나타난 40대의 남자를 보자, 많은 게 이해되었다. 양창근은 이종인의 얼굴을 한 당신은 누구냐, 당신이 이종인을 죽인 것이냐, 그런 것들을 묻지 않았다. 양창근은 그저 테이블 위에 놓인, 우환이 가져온 고기들을 확인하고, 우환을 주방으로 들였다. 그리고 우환이 끓인 곰탕을 맛있게 먹었다. 부산곰탕의 맛이었다. 노인이 된 양창근의 긴 세월에 남아 있는, 몇 안 되는 좋은 기억이었다.

40

 열아홉의 나이로 백여 명의 목숨을 앗아간 빌딩 테러범으로 교도소에 왔을 때, 교도소에 있는 모두가 이순희를 좋아했다. 열광했다. 어느 곳에서도 이런 환대는 없었다. 그곳이 교도소라는 건 크게 상관없었다. 사실 딱히 순희는 누구를 죽인 건 아니었다. 그냥, 벽에 구멍들을 냈을 뿐이었다. 그럼에도 모든 범죄자들은 그를 인정했고, 많은 범죄자들이 순희를 따르고 싶어 했다.

 그해 겨울이 오기 전에 순희를 우두머리로 하는 조직이 생겨났다. 누군가 GSH빌딩 붕괴 당시의 기사들에서 보았던, '아수라장'을 떠올렸고, '아수라'라고 이름 붙였다. 하지만 순희의 조직 '아수라'는 얼마 가지 못했다. 겨울을 넘기지도 못했다.

 해가 바뀌고 1월의 마지막 날, 며칠 전 내린 큰 눈이 녹지 않아 모두 눈을 치워야 했던 그날, 이순희는 조직을 탈퇴하겠다고 밝혔다. 갑작스러웠다. 흰 눈에 이순희의 피가 뿌려졌다.

 그날을 시작으로 이순희는 매일 맞았다. 교도소 밖의 세상에서는 여전히 악명 높은 테러범, 우상이 된 범죄자였지만, 교도소 안에서는 이유 없이 조직을 탈퇴하려는 배신자였다.

이순희는 매일 맞아서 모범수가 되었다. 쉰이 넘었을 때, 무기수에서 유기수가 되었다.

일혼여덟이 되었을 때, 이순희는 가석방되었다. 여름이었다.

41

 순희가 스물이 되던 그해의 1월 31일, 양창근 형사가 찾아와 강희가 죽었음을, 아들이 태어났음을 알려줬다.
 아들이 있음을 그날 처음 알았다. 치워야 하는 눈이 참 많은 날이었다. 재소자들 모두가 욕을 뱉어내며 눈을 치우고 있었다. 그들 사이에 섞여, 순희는 눈을 봤다. 그렇게 쌓인 눈을 보고, 아들이 태어나던 28일에는 눈이 참 많이 내렸었구나, 이 눈이 모두 그날 내린 것이구나, 생각했다.

 아들은 쉰여덟이 되었겠구나, 생각한다.
 그런 눈이 오늘도 내리고 있다.

 길이 미끄러웠다. 노인이 된 순희는 느린 걸음으로 눈길을 뚫고 어딘가로 가고 있다. 따뜻한 국물이, 이왕이면 곰탕이 먹고 싶었다. 맛있는 곰탕을 먹고 싶었다. 소문난 곰탕집을 사람들이 알려줬다.

42

 우환은 종인으로 살았다. 자신의 식당에서 종인처럼 곰탕을 끓였다. 혼자 하기 버거운 일이었다. 하지만 우환은 종인처럼 그 모든 일을 혼자서 해냈다.
 점심시간이 지나고 몇 시간은 한가했다. 우환은 홀에 앉아 추억했다.
 우환은 언제나 그 여름에 있다. 그곳에서 순희를 만나고, 강희를 만났다. 그리고 바다를 바라봤다. 그들은 언제나 열아홉이었다. 이제 곧 예순이 되는 우환은 그토록 눈부신 아버지와 어머니를 매일 만났다.

 눈이 저렇게 쏟아지니 저녁 장사는 힘들겠구나, 생각할 때, 문이 열렸다.

 노인이었다. 눈을 헤치고 오느라 온 힘을 쏟은 듯 지쳐 보였다. 노인은 길이 내다보이는 창가 쪽에 앉았다. 한동안 본인이 맞으며 온 눈을 바라봤다. 우환이 다가가 따뜻한 차를 건넸다. 차를 받으며, 노인은 우환을 바라봤다. 우환도 노인을 바라보게 되었다. 어딘가 낯이 익은 듯도 했지만, 누구인지 알 수 없었다. 하지만 노인은 조금 달랐다. 노인은 우환의 얼굴을 보고 누군가를 떠올릴 수 있었던 모양이다.

노인은 우환을 본 후, 창밖을 보지 않았다. 눈은 여전히 내리고 있었지만, 노인은 우환을 보고 있다. 그렇게 바라보는 노인의 눈빛이 부담이 되어 우환은 주방으로 들어갔다. 수육을 썰고 솥에서 국을 펐다. 깍두기를 담았다. 노인은 주방에서 나오는 우환을, 또 우환이 내온 곰탕을 번갈아가며 봤다. 그리고 말없이 곰탕을 먹었다. 곰탕을 먹던 노인이 눈물을 쏟았다. 울음은 오열에 가까워져, 우환이 나와봐야 했다. 우환의 관심이 민망했던지 노인은 울음을 멈추었다. 남은 곰탕을 마저 비웠다.

43

 눈만 내리면 정신을 못 차렸다. 교도소에서 수십 년을 그랬고 나온 후에도 그랬다. 눈을 보면 아들을 보는 것 같았다. 식당에 들어가서도 순희는 창가에 앉아 내리는 눈을 봤다. 그러느라 하마터면, 아들을 보지 못할 뻔했다.

 아들의 얼굴을 한 번도 본 적이 없었다. 하지만 아들이었다. 주방에서 나와 자신에게 따뜻한 물을 건네는 사람은 분명 아들이었다.

 아들은 아버지를 닮아 있었다. 아버지의 얼굴로 늙어 있었다. 아들이 끓여주는 곰탕에서는 아버지의 맛이 났다. 순희는 그 곰탕을 맛있게 먹었다.

 이런저런 이야기를 나누게 되었을 때, 이름을 물어봤다. '이우환'이 맞았다. 아버지가 지어준 이름이라고 했다. 고아원에서 자랐다고 했다. 부모에 대해서 아는 건, 아버지의 이름이 '이순희'라는 것과 어머니의 이름이 '유강희'라는 게, 전부라고 했다.

 "눈이 엄청 왔었다고 하더라구요. 저 태어난 날."

순희는 아들이 자신에 대해 아무것도 모르는 것에 감사했다. 약속을 지켜준 양창근 형사가 고마웠다. 순희는 언제까지고 아들이 이렇게만 알고 있기를, 지금처럼만 살아가기를 바랐다.

44

50년 만에 쓰나미가 다시 올지도 모른다는 말이 나돌았다. 소문이 아닐 수도 있었다. 하지만 사람들은 그냥 살았다. 두렵지 않아서가 아니었다. 살아가는 것에 익숙해져 있었다.

45

 노인이 단골이 되고도 한참이 지나서야 우환은 노인의 얼굴에서 순희를 봤다. 노인을 아는 사람을 통해, 그가 이순희가 맞음을 확인했다. 노인은 아버지였다. 노인은 한 번도 아버지임을 밝히지 않았다. 하지만 우환은 그럴 수 없었다.

 우환은 아버지에게 모든 것을 털어놨다.
 아버지는 묵묵히 들었다.
 그리고 말했다.
 "인생 하나가, 지 혼자 망쳐지나."
 일흔아홉이 된 이순희는, 쉰아홉이 된 이우환에게 이어서 말한다.
 아버지가 아들에게 하는 말이다.

 "니는 어떤지 모르겠다만, 나는 모든 게 달라졌다. 니가 태어난 후로."

(끝)

작가의 말

아버지는 곰탕을 좋아하셨습니다. 모습이 선하지요. 그전에, 어머니는 곰탕을 잘 끓이셨고요. 고등학교 시절부터 외지에서 생활했기에 어머니는 제게 어떻게 곰탕을 먹이면 좋을지 고민하셨을 겁니다. 집에 올 때마다 먹이고도, 또 얼려서 제가 있는 곳으로 보내곤 하셨지요. 그래서 그곳이 어디든 제가 지내는 곳의 냉장고 안에는 얼린 곰탕이 있었습니다.

아버지가 돌아가셨을 때는 마흔이 되기 전이었습니다. 저와 아내는 어머니가 보내주신 곰탕을 두고 마주 앉았습니다. 맛있게 먹다가 저도 모르게 이런 말을 뱉었지요.

"아버지도 곰탕 참 좋아하셨는데. 시간 여행이라는 게 가능하다면, 살아 계셨을 때로 돌아가 이 곰탕 드시게 하면 좋겠다."

마흔을 앞둔 12월에 여행을 떠나게 됐습니다. 보통은 여행을 떠나오기만 해도 큰 짐 하나를 덜게 되는데 이때는 좀처럼 그러지 못해서, 마흔이 된다고 괜히 이러는구나, 도대체 어쩌란 말이냐, 저도 제가 못마땅했지요. 남인도를 지나 스리랑카까지 내려가서 콜롬보에 머물게 되었을 때, 아내에게 아무래도 뭘 좀 쓰고 돌아가야겠다고 말했습니다. 시나리오가 아닌, 소설이 될 것 같다고요. 그날부터 꼬박 40일 동안, 출국 당일 오전까지 하루도 빠짐없이 썼습니다. 첫 소설이었고, 오랜만의, 계약 없이 쓰는 글쓰기였습니다. 또한 인생의 유일한 선생이라 여겼던 아버지가 죽고 난 후, 그가 존재하지 않는 현재에 어떻게 살아야 할지 어떤 식으로든 스스로에게 답을 하고 싶었던 것 같습니다.

눈을 뜨면 썼습니다. 아침을 주는 시간이 되면 내려가서 배를 채우고, 삶은 계란 두어 개를 주머니에 넣어 왔다가 점심을 대신해서 먹으며 이어 썼습니다. 오후가 되면 다음 날 쓸 것들을 메모하고, 잠들기 전에는 눈을 뜨면 쏟아낼 것들을 머릿속으로 정리했습니다. 캐릭터들이 입을 열기를 기다리는 일이, 마음을 달래는 일이, 문장과 문장으로 그들을 그려내고 마주하고 셜을 내주는 일이 신나고 아프고 즐거워, 살이 내리는 것도 모르고 호텔 밖을 나가는 것도 잊고 썼습니다. 호텔 매니저 분이 제발 청소를 하게 해달라고, 30분만이라도 방을 비워달라고 부탁하던 얼굴이 기억납니다. 그렇게 『곰탕』의 초고가 완성되었습니다.

아버지와는 그다지 살갑게 지낸 것 같지는 않아요. 한데 그가 존재하지 않는다는 사실이, 그 상실감이 이토록 긴 이야기를 쓰게 할 줄 몰랐습니다. 몸이 고되어도 아침이 되면 출근을 해야 하고, 맘이 무거워도 마감 일이 다가오면 써야 하고, 사랑하는 사람을 잃어도 지금을 살아야 합니다. 시간 여행이 언제 가능해질지 모르지요. 그전까지는 어찌되었건 우리는 계속 지금에, 이 답답한 현재에 고스란히 살아야 합니다. 『곰탕』이라는 소설을 통해 그럴 수밖에 없는 제 스스로에게, 그리고 읽게 될 우리에게, 그래도 살아봐야겠지요, 라는 말을 전하고 싶었던 것 같습니다.

한동안 본업인 영화로 돌아가 "레디 액션"을 외쳐야겠지만, 뭔가 또 쌓여서 달리 털어낼 방법을 모르게 되면 어디 구석에 자리를 만들고 앉아 소설을 쓰게 될 것 같아요. 그때 또 뵙게 되면 좋겠지요. 아마, 양창근 형사와 그가 인천에서 만난 고등학생 김백구의 이야기가 될 거 같네요. 카카오페이지에 연재하는 동안 『곰탕』을 애정해주신 독자분들, 그리고 앞으로 만나게 될 미래의 독자분들에게도 감사의 마음을 전합니다. 그 마음이 넘칩니다.

2018년 3월
김영탁

곰탕 2 - 10만 부 판매 기념 에디션

개정2판 1쇄 발행 2025년 9월 17일
개정2판 3쇄 발행 2025년 12월 24일

지은이 김영탁
펴낸이 김영곤
펴낸곳 (주)북이십일 아르테

출판기획 (주)카카오엔터테인먼트 이수현
편집진행 이영애
디자인 김단아
일러스트 권서영
문학팀 김지연 원보람
출판영업팀 정지은 한충희 남정한 장철용 나은경 강경남 황성진 김도연 이민재 이정은
제작팀 이영민 권경민

출판등록 2000년 5월 6일 제406-2003-061호
주소 (우 10881) 경기도 파주시 회동길 201(문발동)
대표전화 031-955-2100 **팩스** 031-955-2151
이메일 book21@book21.co.kr

아르테는 (주)북이십일의 문학 브랜드입니다.

ISBN 979-11-7357-504-4 04810
    979-11-7357-502-0 (세트)

※ 책값은 뒤표지에 있습니다.
※ 이 책은 ㈜카카오엔터테인먼트의 독점 연재 소설을 종이책으로 편집해 출간한 것입니다.
  ㈜북이십일과 ㈜카카오엔터테인먼트의 계약에 의해 출판된 것이므로 무단 전재 및 유포,
  공유를 금합니다. 이 책의 연재 버전은 카카오페이지 앱에서 감상하실 수 있습니다.
※ 잘못 만들어진 책은 구입하신 서점에서 교환해 드립니다.